中国好小说

2024中国年度优秀短篇小说选

小说选刊 / 选编

〔短篇卷〕

中国书籍出版社
China Book Press

图书在版编目（CIP）数据

中国好小说.短篇卷：2024中国年度优秀短篇小说选/小说选刊选编.—— 北京：中国书籍出版社，2025.
4.—— ISBN 978-7-5068-5184-8

Ⅰ.I247

中国国家版本馆CIP数据核字第20252FD505号

中国好小说·短篇卷：2024中国年度优秀短篇小说选

小说选刊　选编

图书策划	武　斌
责任编辑	尹　浩
责任印制	孙马飞　马　芝
出版发行	中国书籍出版社
地　　址	北京市丰台区三路居路97号（邮编：100073）
电　　话	（010）52257143（总编室）（010）52257140（发行部）
电子邮箱	eo@chinabp.com.cn
经　　销	全国新华书店
印　　刷	三河市华东印刷有限公司
开　　本	710毫米×1000毫米　1/16
字　　数	240千字
印　　张	18.25
版　　次	2025年4月第1版
印　　次	2025年4月第1次印刷
书　　号	ISBN 978-7-5068-5184-8
定　　价	58.00元

版权所有　翻印必究

目 录

照　　相　□ 刘庆邦 / 001

寻　　烬　□ 鲁　敏 / 015

紫晶洞　　□ 徐则臣 / 031

惊喜连连　□ 杨少衡 / 044

春风凌乱　□ 付秀莹 / 058

小寒日访程爷　□ 张　翎 / 070

走马灯　　□ 海　飞 / 100

冬天到东北来放羊　□ 海勒根那 / 126

山坡羊　　□ 包　倬 / 142

碧螺春之夜　□ 李　黎 / 164

我只告诉你　□ 丰　杰 / 181

樱桃树　　□ 秦汝璧 / 205

再生稻　　□ 翔　虹 / 230

带皇口的女人　□ 林筱聆 / 251

花　　窗　□ 黄丹丹 / 275

001

照 相

□ 刘庆邦

守明和张楼的那个男孩子定亲后，作为定亲的证明，男方为守明送了一包彩礼，守明精心为那个人做了一双鞋。彩礼是几块用石榴红方巾包着的布料，鞋是白底黑面的千层底布鞋。在得知那个人要去远方当工人的头天晚上，守明通过媒人，约那个人在一座石桥上见了面。见面的主要意思，是鞋已经做好了，不能老在自己手里放着，趁那个人要远行，她得亲手把鞋送给那个人。最好是那个人能当着她的面，把新鞋穿上试一试，看看合脚不合脚。

日子到了七月，再过两天就是天上的牛郎会织女的日子。地里的高粱、玉米等高秆庄稼，都长到了应有的高度，看去黑森森的，如同无边的树林。这里那里，都有野生的昆虫在鸣叫。如果说它们以前的鸣叫只是在练习，现在已经练得字正腔圆，有声有情，到了可以合唱的程度。它们的大合唱几乎没有间歇，把一个高潮推向又一个高潮。天上的月亮是新月，弯弯的月牙像一根鸽子毛。这样的月牙不是很亮，内沿待生长的地方有些毛茸茸的。满天的星星还是原来的样子，不见它们长大，也不见它们变小，还是习惯性地眨着俏皮的眼睛。石桥下有河，河里有水，水是活水。守明和那个人在石桥南面的栏杆边站下，他们没有听见桥下流水的声音，一切似乎都静悄悄的，静悄悄的。

守明叹了一口气。她叹得轻轻的，想叹气不敢叹的样子，不叹气又管不住自己的样子。

那个人听见了守明的叹气，他没问守明为什么叹气，只是把守明看了看。别看他和守明定了亲，他却从没有近距离地好好看过守明。他所在的村庄和守明的村庄同属一个大队，大队部设在守明所在的村。去大队开社员大会时，他只是远远地看见过守明。在媒人的安排下，哪怕是两个人在守明家相亲的时候，也是守明在里间屋，他在外间屋，两个人只是隔着箔篱子说了几句话。这样的相亲，跟走过场差不多，过场走过，亲事就定了下来。说起来，是那个人的大姐、二姐相中了守明，她们认为守明生得高，长得壮，里里外外都是一把干活儿的好手，就托媒人把守明介绍给了她们的弟弟。当弟弟的对女孩子还没有什么判断能力，既然大姐、二姐都认为守明不错，他就同意了和守明定亲。这次他和守明离得这么近，总该可以好好看看守明了吧。可是呢，因夜色朦胧，他对守明还不是看得很清楚，看不清守明的眉目，也看不清守明的表情。他只看到了守明修剪整齐的头发、圆圆的脸庞，还看到了守明的眼睛。在星光下，守明的两只眼睛像是两颗星子。

光心跳不行，总要开口说话。守明问：你明天就走吗？

明天就走。

我去送送你。

不用。

要送。

那个人不说话了。

河边陡然飞起一只长腿鹭鸶，无声地向远方飞去。

我给你做了一双鞋，你明天走的时候带上吧，算是我的一点儿心意。守明把那双鞋递向那个人。那双鞋脸对脸扣在一起，只能看见鞋底子，看不见鞋帮子。鞋底子是白色的，白得一尘不染，在月光下似乎有些反光。

那个人接过鞋，觉出鞋底子厚墩墩的，并闻到了新鞋子的气息，说了一声谢谢你。他把两只鞋分开，分别装进上衣下面的两个口袋里。

也不知道合适不合适，你穿上试试吧。

那个人往桥面上看了看，没有坐下来脱旧鞋，试新鞋。他说：不用试，肯定正合适。

你没有试，怎么知道正合适呢？

我听说你不是跟我大姐要过我的鞋样子嘛，既然是照着鞋样子做的，就不会有错。那个人抬手整理了一下自己的头发，他的发型是一边倒。

遍地的虫鸣愈加繁密，以大地作舞台，以星空作天幕，它们的大合唱像是掀起了新的高潮。然而，在夜里，昆虫们的合唱越是响亮，田野里越是显得沉静。夜在往深里走，天边偶尔打起一道露水闪，表明在下露水。谁都看不见下露水的过程，但露水会使人的头发打绺，会浸湿人的衣服，也会使天气变凉。守明和那个人都没觉出凉意，他们心里都热乎乎的。这两个十八九岁的年轻人，这两个已经定亲的年轻人，一个血气方刚的小伙子，一个情窦初开的姑娘，在各自回家之前，他们还会有什么行动呢？或者说他们还会有什么仪式呢？仪式是有的，那个人在说再见的同时，向守明伸出了手。临别握一下守明的手，这似乎是那个人的一个重大行动，而且早有预谋。为了实现这个预谋已久的重大行动，见到守明，他心里一直鼓荡着握手的事，对别的事都不太在意，仿佛握手才是他当晚要达到的最终目的。

守明是灵透的，她很快明白了那个人的意思。守明怎么办，她要不要把自己的手交出去？在此之前，守明的手在割草时握过镰把子，在刨红薯时握过铁锨的把子，在和脱坯用的泥巴时握过钉耙的把子，以为自己的手只是用来干活儿的，没想过还有别的用场。是的，守明从小闺女长成一个大闺女，从来没和别人握过手，没和女的握过手，更没和男的握过手。夜里去公社所在地看露天电影，在故事片前面所放的纪录片上，她看见过人和人握手。那些握手的人都是大人物，而且握手是发生在用电光打出来的电影上，她连个小人物都不算，跟电影更是离着十万八千里，握手哪里轮得上她呢。可是，天哪，那个人像搞突然袭击一样，一下子就冲她伸出了手。不用说，那个人要模仿大人物，要模仿电影，也要握一下她的手。守明不能拒绝人家握她的手，她意识到了，她是定了亲的人，已经是人家的人，人家可以向她提出要求，她也有责任把自己的手交出去。于是，守明把自己的右手交了出去。在交出右手的同时，她低下了头。在夜色中，就算对方的眼睛再亮，看她也不会看得很清楚，她本来可以不低头，可像是出于一种顺从和害羞的本能，她不知不觉间就低下了头。那个人不失时机地握住了她的手，把她的手心、手背，还有五根手指，都握住了。那个人握得并不是很用力，守明的手心里还是忽地出了一层细汗。

桥下的水在流，月光下，流水波光粼粼，如同碎银。

握过了手，他们就下了桥，一个向东，一个向西，在黑庄稼夹岸的小路上走回各自的家。

来到家门口，守明却没有马上进屋，又在月亮地里站了一会儿。她想，握过她手的那个人这会儿也应该到家了。她觉得自己的右手好像还在发热，就把右手举到眼前，对着月光看了看。她的手没什么变化，还是五根手指头，还是每根手指头上都有指甲。可是，因为这只手被那个人握过，仿佛一切都发生了变化，手已不是原来的那只手。我哩个亲娘唉，真让人发愁！

堂屋的门没有关，守明轻手轻脚走进家门时，还是被娘听见了。娘说回来了，问她用不用点上灯。他们家只有一只煤油灯，在爹和娘住的东边屋里放着。

守明说不用。

守明和妹妹睡在西间屋的一张小床上，床上铺的是光光的苇席，姐妹俩一人睡一头，二人合盖一条粗布被单。守明摸黑走到床边，听见妹妹已经睡得很熟，跟一头死绵羊差不多。妹妹睡觉很占地方，睡得支里八叉，小床被妹妹占了一多半。若搁往日，守明会抓住妹妹的一条腿，像推磨一样把妹妹往床里边推一推。这晚她没有动妹妹，不声不响地就在床边躺下了。她刚躺下，就听见成群结队的蚊子，嗡嗡叫着，向她围拢而来。她听人说过，每年到了这个季节，蚊子因急于补充营养，急于产子，就疯狂叮人，吸人的血。往日里，一听见蚊子的叫声，她就有些反感，会挥手驱赶蚊子，或者耳朵下面拍一巴掌，把蚊子拍死。这晚她的心情有所变化，听见蚊子的叫声，感觉蚊子像是欢迎她归来似的，不是很排斥。她甚至想到，蚊子们活得也不容易，它们想吸点血就让它们吸吧。守明的手是在活动，但没有用来对付蚊子，而是一只手握住了另一只手。那个人是用右手握住了她的右手，她是用自己的左手握住了自己的右手。她要重温一下，握手到底是什么滋味。握过自己的手后，守明几乎又想叹气。她觉得自己的手硬硬的，一点都不软乎，有点粗糙，手指里侧靠近手掌的地方还有茧子。要是事先知道那个人要握她的手，她会烧点热水，把自己的手泡一泡，泡得软乎一点。她还可能会提前到集上买一盒蛤蜊油，用油脂把手指、手心、手背和手脖都搽到，搽上油再搓一搓，揉一揉，把手变得细腻一些。好多事情就是这样，大的方面仿佛在意料之中，具体的事情常常出人意料。

第二天，公鸡刚叫第二遍，守明就悄悄起了床。她到院子里看了看，月牙儿落下去了，东边的天刚露出一抹浅浅的胭脂红。昨天晚上，她睡得不是很踏实，老是担心一觉睡到大天明。她刚睡着，脑子一明，就醒了过来。她又是刚睡着，脑子再一明，又醒了过来。每次醒来，她就赶紧眨眨眼睛，往窗口看，或张张耳朵，向外面听。见窗口还黑着，离天亮还早，或没听见打鸣的公鸡有任何动静，她才又勉强闭上了眼睛。就这样醒了睡，睡了醒，醒醒睡睡，睡睡醒醒，到底也分不清是睡还是醒。守明以前可不是这样，以前在生产队里干了一天活儿，晚上吃过晚饭，她都是倒头便睡，睡得比目前的妹妹还死性，天亮了还在梦中，鸡叫三遍还不醒。现在不行了，自从认识了那个人，自从和那个人定了亲，自从有了重重心事，她就跟变了一个人一样。特别是，那个人昨天晚上握了她的手，她又打算今天上午去送那个人远行，她怎么能不上心呢，怎么能不管好自己呢！另外，今天除了要把那个人送到县城，她还准备了一个重大行动，这个行动只有到县城才有完成的可能。可以说，和那个人定亲之后，她就有了这个心愿，就开始酝酿这个行动。她把这个行动深深藏在心底，不跟星星说，不跟月亮说；不跟树木说，不跟花儿说；不跟蜜蜂说，不跟蝴蝶说，连对自己的娘都保着密。

她拿上洗脸盆，在盆子里放上毛巾、木梳和半块肥皂，要去村口的水塘边洗头洗脸。她本来可以用水桶从井里把水提回家，在家里洗，可她只要一动水桶和脸盆，就难免会弄出一些动静，影响家里人睡觉。水塘里的水很清，像一面大镜子。守明来到水塘边，往水里看了看，"镜子"没照见她的面容。因为天还没有亮，水面还有一层薄雾，使"镜子"显得有些朦胧。对于这块水塘，守明是熟悉的，她经常在这里洗衣服。水边缓坡处，放有一块长条的青石板。守明和村里的妇女们都喜欢在青石板上搓衣服，用棒槌捶衣服。据村里人说，这块青石板原本是一块矗立的石碑，不知怎么就被人推倒，扔到这里，成了搓衣板和捶布石。石碑上原来刻的有字，时间一长，字迹逐渐变得模糊起来。守明舀了多半盆子清水，放在石板上，低下头，把后面的头发拢到额前，浸在水里洗起来。秋天来了，塘水已经有些发凉。刚接触到凉水，她不由得激灵了一下。洗着洗着，觉得水渐渐变温，就适应了。守明没有扎辫子，头发留得也不长，洗起来比较容易。把头发全部浸湿后，她就在头发上打肥皂。当地人把肥皂叫胰子，香肥皂叫香胰子，不香的肥皂叫臭胰子。守明家没有香胰子，只能用臭胰子洗头。守明不认为臭胰子臭，她闻着臭胰子也有一股香味呢。把头发洗了两遍，用毛巾擦了擦，对着塘面梳头。东天的胭脂红铺展得面积更大一些，也更红一些。胭脂不仅铺展在天上，还映进了水塘，似乎连水的面容上也搽上了胭脂。守明长这么大，还从没有搽过胭脂。天上的"胭脂"映在水里，她的脸也映在水里，就算搽了一次"胭脂"吧。

　　守明回到家，见娘已经起床，准备去灶屋做早饭。娘把她梳得光溜溜的头发看了看，对她说：你今天早上别进灶屋做饭了，你的头发还有点儿湿，别让草木灰沾在头发上。

　　守明点了头，感到娘到底是娘，只有娘才会这样为她着想。

　　你是要去送一下那孩子吗？娘问。

　　守明又点了点头。娘把她的那个人说成那孩子，这样的说法，守明不爱听，她觉得有点小瞧那个人了。可是，娘要是把那个人说成"你女婿"，恐怕守明更不喜欢听，会羞得满面通红。

娘还有话问她：是你一个人去吗？

守明嫌娘问的话太多了，可不回答娘又说不过去。这一次光点头回答不了问题，她只好说：跟他二姐一块儿去。

那娘就放心了，你以前没去过县城，听说县城深似海，我怕你迷了路，一个人走不回来。

守明想说：我又不是三生子两岁的小孩子；还想说：鼻子底下是大路。但她都没说出口。大早起的，她不想跟娘说那么多。

公鸡叫罢了第三遍，这家那院传来了开门声。朝霞铺红了半边天，村里飘起了淡淡的炊烟。娘的话还没说完。接着，娘就说到了守明所准备做的一个重大行动，也是藏在守明心底的一个秘密。娘走得离守明近些，左右看了看，压低了声音才说：县城有照相馆，趁着你送那个孩子到县城，你们照个相，合个影吧。

所准备的行动作为一个秘密，在守明心底藏着掖着，还是被娘说了出来。这个秘密属于她一个人，她不想让任何人知道。比如说，那个人在和她见面前，准备握她的手，肯定也是那个人事先所准备做的重大行动，也是那个人藏在心底的秘密。因为准备做得充分，保密也保得好，才顺利达到了目的。而她的秘密提前被娘说出来呢，就不太好，好像她的心思被人代替了一样，觉得有些别扭。她说：照什么相！又说：你操那么多心干什么！

你这孩子，真不知道好歹。你们是定过亲的人，是过了礼的人，照张相怎么了。你们合一个影，别人也说不出什么。我是怕你想不起来，才提醒你一句。

不用你提醒，你以为我是个傻子吗！

好好好，女大不由娘，就算娘多嘴，行了吧。

女大十八变，越变越好看。守明超过了十八岁，也是越变越好看。可

照 相

她从来没照过相,从小到大,一张相片儿都没照过。她在水面上看见过自己,在镜子里照见过自己,就是没在相片上看见过自己。不管在水面上,还是在镜子里,她看见的自己都是虚的,一转眼就看不见了。在离开水面和镜子的情况下,她也曾想通过回忆,再现一下自己的样子。可不管她怎样使劲儿回忆,回忆得脑子都胀大了,自己的样子还是飘忽的、模糊的。她抬手可以摸到自己的眼睛、鼻子、耳朵、嘴巴,一切都实实在在。她的手一拿开,五官一到脑子里,又变得不清晰了。要是有一张照片就好了,想知道自己长什么样子,拿起照片看看就可以了。

不光守明从没照过相,她的爹,她的娘,还有她的妹妹和弟弟也从来没有照过相。不光他们家,他们村也很少有人照过相,全村一百个人里头,恐怕连一个照过相的人都没有。在村里人看来,照相可不是闹着玩儿的。镇上没有照相馆,照相不方便是一个方面。另一方面,有人把照相说得有些可怕。说照相是什么,是用照相机吸人的血,照相机咔咻一响,就把人的血吸走了。倘若不信,把照片儿撕烂试试,每一张相片里都会滴出血来。既然如此,何必冒着被吸血的危险,去照那个相呢!

守明自己没照过相,却在村子里看见过两张别人照的相片。一张是在城里当兵的人给家里寄回的照片。照片是一张小窄条,黑白色,照的是当兵青年的全身相。那个青年头戴军帽,身穿军装,腰里扎着军带,脚上蹬着军鞋,那是相当的威武。另一张,是她的一个堂哥和堂嫂的合影。堂哥在县里的邮政局当邮递员,堂嫂在县城里读过中学,结婚的时候,他们就在县城的照相馆照了合影。照片小小的,也是黑白色。在一个下雨天,她去堂嫂家一块儿纳鞋底子,看到了那张照片。照片在一张圆镜子后面夹着,镜子在窗台上放着,人从窗户外面走过,一扭脸就可以看到镜子后面的那张照片。照片黑白分明,一眼就能看出哪个是堂哥,哪个是堂嫂。堂哥和堂嫂肩并着肩，呈现的是永不分离的幸福样子。也许正是受了堂哥堂嫂合影照片的启示，她才产生了和那个人照一张合影的想法。等有了照片，她想知道自己长什么样，不用再使劲想，一看照片就知道了。等有了合影，有合影为证，她和那个人才算真正走到了一起。还有，那个人要去外地参加工作，不知何时才能回来。她天天守着自己，连自己的面貌都想不起来。她和那个人只见过为数不多的几次面，最近时间和最近距离的一次见面，还是在夜晚。对那个人的长相，她更是记不清。等有了合影就好了，她想看她的那个人长得好看不好看，拿起合影就能看到。拿近，推远；横看，竖看，想怎么看，就怎么看。不管她怎么看那个人，那个人可能也会看她。因为看她的人是照片，她就不必害羞，不必紧张，更不必低头。她也许会对着照片，轻轻叫一叫那个人的名字，叫一声，又一声。那个人也许不会答应她，但是，对着照片叫，总算有一个对象，总比对着空气叫好一些。这样想着，她的嘴唇在不知不觉间动了动，几乎叫出了声。忽听得村街上传来去井台挑水人的脚步声，她才意识到自己走神儿走得远了，差点吃了一惊。

走进屋内，守明又想起有人说的照相机吸人血的话。她认为这样的说法是胡说，是吓唬人的。话说回来，就算照相机真的会吸血，她也要照。别说吸几滴子血，就是吸一茶缸子血，她也在所不惜。

那个人的二姐，是生产队的妇女队长，也是县里学习毛主席著作的积极分子。因她时常去大队开会，守明跟她比较熟悉。守明跟那个人定亲后，也跟着那个人叫二姐。她提前跟二姐约好了，两个人一块儿去送一下那个人。全公社被招工的十几个年轻人，上午到公社所在地的镇上集合，集体乘坐一辆解放牌大卡车到县里去。在县城住一晚，第二天一大早出发，奔赴建在山窝里的工厂。当那个人背着行李卷儿登上卡车后面的车斗子时，守明和二姐站在一棵树下，远远地看着那个人。等招工的人一一点了名，等司机进了驾驶室，卡车快要开动了，她们才爬上了卡车，站在车斗子的最后面一角。

从镇上到县城的七十多里公路，都是用砂礓铺成的，路面不是很平整。卡车在公路上跑起来，难免有一些颠簸。守明是第一次坐汽车，因心情有些激动，一点儿都不觉得颠簸。以前她坐过土牛、架子车和太平车，比起那些车来，汽车跑得可真快啊。公路左侧是庄稼地，守明从车上往左侧看，那些绿色的庄稼都连成了一块，嗖嗖地就过去了。公路右侧是一条河，守明站在车上往右侧看，那条河在快速往前面延伸，同时快速向后面拉长，像一条银色的带子。守明心想，这都是因为那个人要去远方参加工作，她去送那个人，才有机会第一回坐上汽车。当地有句俗话，叫大闺女坐轿头一回。她不指望坐轿，恐怕这一辈子都没机会坐花轿。"文革"以来，花轿都被砸烂了，烧毁了，哪里还有什么花轿可坐呢！花轿没了，汽车来了，她是大闺女坐汽车头一回。这都是沾了那个人的光啊！那个人就在车斗子的前面站着，她不敢往前看，一直脸朝后，向后看。车行带风，风把她的剪发吹得从后到前飞扬起来，遮住了她的脸。她的脸蛋儿圆圆的，胖鼓鼓的，还带着娃娃脸的样子。头发贴到她的鼻子上，她似乎闻到一股水香味儿。发梢儿贴到她的嘴角上，她稍稍张开嘴唇，就可以把头发含进嘴里。她伸出手，刚把遮脸的头发掭到耳后，露出光光的前额，可她一松手，风又把漆黑蓬松的头发吹到前面去了。

到县城下了车，那个人把行李卷儿放在指定的地方，在二姐的建议下，也是在二姐的带领下，他们三人在县城的街道上走了走。街道上有人开汽车，有人骑自行车，有人步行，车来车往，人来人往，比镇上的赶集日还热闹许多。一街两行都是商店的门面，有的卖烟酒，有的卖五金，有的卖布匹，有的卖书本，五花八门。他们一路走，一路看。守明对别的商店都不大留意，心里想的只有照相馆。县城的街道不止一条，她担心这条街上没有照相馆。她还担心照相馆的门面上没有写字，会把照相馆错过去。还好还好，守明的眼睛一明，总算把照相馆看到了，三个红色的大字，把照相馆标示得清清楚楚。守明的心跳得腾腾的，不由得呀了一下，把照相馆三个字念出了声。念罢照相馆，她就停住了脚步。她装作在不经意间偶然看到了照相馆，装作是看到照相馆后临时起的念头，对那个人说：咱们照张相吧。

就看那个人的态度了。

不料那个人拒绝了守明的要求，而且拒绝得有些断然，他说：一点儿准备都没有，照什么相，不照！

那个人没有准备，守明却是有备而来，而且准备得朝思暮想，憧憬满怀。她不愿因那个人的拒绝就轻易放弃，转而眼巴巴地看着二姐，希望二姐能理解她的心情，能帮助她说句话。

二姐对她弟弟说：既然守明有这个想法，你们就进去照一张合影吧。

那个人还是没有答应，他给出的新的理由是：照了相又不能马上取，得等好几天以后才能取呢。

守明说：那没事儿，过几天我来取。取出来以后我给你寄过去。

我说了不照就不照。

守明彻底失望了。

下午回到家，娘的眼睛追着守明的眼睛看。守明塌下眼皮，不愿跟娘的目光有半点对视。娘问：你们照相了吗？

守明害怕娘问这个话，她躲着躲着，娘还是问了。守明没有回答。

娘又说：你们照的相，给我看看呗。

郁闷之中，守明没有说实话，她说：照相，照相，你以为照相那么容易呢。照了相，得好几天以后才能取呢。

娘以为讨到了女儿的话底，她说：那不着急，只要你们照了相，娘就放心了。

守明想哭。但她忍住了。

夜半三更，守明还在想，那个人为什么不愿意跟她一起合影呢？想来想去，她想到，可能因为她长得不是很好看，她的眼睛不大，也不是双眼皮。她想到，那个人可能嫌她的文化水平太低了，因为她只上过四年小学。她还想到，那个人也许更喜欢别人。守明听那个人的二姐说过，那个人有一位中学女同学，那个人和女同学一起参加过中学宣传队、大队宣传队，还一起参加过公社宣传队。女同学一直暗暗喜欢着那个人，却没有对那个人说出来。直到那个人和她定亲后，女同学才向那个人吐露了心声，并哭了一鼻子。是了是了，倘若那个人的女同学跟那个人谈了恋爱，倘若女同学提出和那个人合影，那个人一定会欣然同意。

过了几天，娘提醒守明，该去县城的照相馆取照片了。

守明再也忍不住，一头扑在床上呜呜地哭了起来。

见女儿哭得如此伤心，当娘的什么都明白了。

像守明这样朴实能干的闺女，嫁人是不愁的。守明后来嫁给了一个高考落榜的高中毕业生，两人生了两男一女三个孩子。守明和高中毕业生结婚时，没有照结婚照。后来，镇上有了照相馆。再后来，有了可以照相的手机。照相不再是什么难事，比随便摘一片树叶都容易。守明还是没照过相。孩子提出照一张全家福。守明说：你们照吧，我不喜欢照相。

· 作者简介 ·

　　刘庆邦，男，1951年12月生于河南。中国煤矿作家协会主席，北京作家协会副主席。当过农民、矿工和记者。著有长篇小说《断层》《远方诗意》《平原上的歌谣》等十二部，中短篇小说集、散文集《走窑汉》《梅妞放羊》等七十余部。短篇小说《鞋》获第二届鲁迅文学奖。中篇小说《神木》《哑炮》获第二届和第四届老舍文学奖。长篇小说《遍地月光》获第八届茅盾文学奖提名。根据其小说《神木》改编的电影《盲井》获第五十三届柏林电影艺术节银熊奖。多篇作品被译成英、法、日、俄、德、意大利、西班牙、越南文等文字，出版有六部外文版作品集。

寻烬

□ 鲁敏

桥头大市场的火,也没烧太狠,说是凌晨三点多就扑灭了,烟势却相当嚣张,悬于城东南半空持久不散。早起送小孩的,买菜的,晨练的,上班的,都还拍到的呢。只见那粗大的浓烟,长长地蜿蜒着,由铁黑至墨灰至深蓝,衬映着金中裹红、红中又泛紫的明媚朝霞,有如光芒万丈中的一条乌龙,煞是好看。许多人发圈,顺带抒发几句对桥头大市场的怀旧与悼念之情。

算算这桥头得有三十年了,也批发也零售,位置是偏一点,可挺红火,那时人们还用自己的腿脚跑着买东西。厨房家伙,被套窗帘,皮带皮鞋,喜糖喜帖,小孩尿不湿红领巾书包,姑娘的裙子丝巾头花,老人的护腰热水袋,出门要用的四轮箱。啥都有。宽宽大大五层楼,每层都曲里拐弯挤挨着两三百号铺面,家家都便宜,便宜了也还能再讲价。但凡会过日子的，谁去商场挨刀子？桥头等于就是所有小户人家的大仓库，能管男女老小的一辈子，要什么跑一趟就是。当然，能说这话的，起码得是四五十岁的"小老人"，就算这拨子人，也早都不用腿脚而用手指买东西啦。小老人们在微信里睿智地发表拟人化的想法，认为这把因线路老化而起的大火，等于是桥头大市场的一种自决，就此烟尘遁去，也算顺应大势了。

董野没发圈，听到消息后他去了父亲房间。父亲当年，或者说他大半辈子，可都是靠着桥头市场那个319号的铺面，养家，并一路供着董野。老头小鼾正好呢。他就坐在老头边上，刷了一会儿火场视频，画质很渣，摇晃着的火光外层，能听到有人在号哭。当夜跑去的耿大中回来后跟他打电话，说根本近不了前，安全线拉出有几个街区呢，甭说他家只是卖画卖画框的，四楼那些卖首饰卖家电的，五楼卖羊绒卖皮草的，也都给拦得死死的，就眼睁睁看着烧哇。

隔了两天，耿大中又讲，通知商户们去做登记了，有没有得赔、谁来赔、怎么赔都还不知道呢。过了火，又透了水，啥都没用了。还是你家老头子精啊，当初转手给我，可是价码最高的时候，看看我这几年，真的倒贴都来不及。董野顺着话头，略微劝了几句。我老头当初是精，瞧现在，这不都傻了嘛。人哪，两头一拉，都一样。

耿大中这人也有意思，其实跟老头就是个上家跟下家的交易关系，却像是抱养了一只狗过去似的，但凡桥头市场319铺子那边有啥情况，涨税、营业时间缩短、上面大老板换人、隔壁家两折抛货、一楼改游戏厅等，都要跟老头说叨几句。当然老头也特别喜欢听，还追问，还大放厥词，还胡乱支招。老头痴呆之后，耿大中就转头跟董野说。其实董野跟他也就见过两三次，但听听也行。毕竟，董野打小就在桥头大市场长大，假如说，每人都得认一个老家或故乡什么的，那桥头这里，对董野来说，就是。

眼下这桥头是连碗带锅地都烧了,耿大中以后怕是不大会打电话来了吧。董野一时感到悬空——其实铺子那边,他这里,还有件未了之事。小事,没太上心,主要也是提不上筷子,电话里讲,显得太重,最好是哪天路过,随口问一句才合适。可桥头位置偏,哪里又会路过,除非专程跑去。就一直耽搁下了。

傍晚,董野去玄武湖跑步,一路跑一路都在想他那"老家"。跑满十公里,煞住脚,叫个车就直接去了。

已不是桥头,是桥头废墟了。小时候觉得硕大无朋的L形大楼,前半片整个缩成一副歪歪扭扭的焦黑骨架。曾投映着灰蓝天空并粘着无数鸟屎的外层玻璃幕墙,成了黑洞洞的巨型大嘴巴。楼板裂缝里裸露着缠绕的钢筋,凶器般刺向仍有烟雾弥漫的暮色。两架橙色推土机正分头挥舞着长胳膊,咬牙切齿地发出击打之声,加速着桥头的消亡。已有小道消息,说这里会改成立体停车场,也有说要建胶囊旅社什么的。总之,就连这焦黑骨架,也快要没了。

围着大半人高的绿色围挡,董野慢吞吞地,绕到背街的后半边,他有点拖延着自己。这半边类似于后场,进出货都在这里,东西乱,场面更乱,简直崇山峻岭,是桥头铺子半大小孩们待得最多的地方。一楼那时还没改游戏厅,全是简餐区,挺实惠,铺子小老板、逛市场的都爱来吃。记得外墙面是仿竹林式的装饰,现已熔成一片片黑胶状的糊片,乱七八糟翻翘着,像扇面儿大的逆鳞。当初这里有个麻脸厨子是老爹同乡,常给刚放学的董野端一碗只有油和葱花没有蛋但依然特别香的炒饭,不要钱。

从一层的简餐区慢慢抬眼向上,如耿大中所说,这边果然还能看出大概样子。三楼,从左边数,第七个隔断,七隔断的中间窗台,这都还能分辨出。那里就是老头子的319号铺面。原来哪里要数，想不看到老头那一大片难看的粗绿条窗帘都不行。不知耿大中接手后换了没。反正此刻什么都不在了。只见横梁半塌的窗台，熏得乌亮。附近一排行道树，全是半枯半绿的阴阳脸。

摸摸后兜，没带烟。脚有点酸，慢车道上找个隔离桩子，董野坐下。小车子，电动车，行人，自顾来往，已没人驻足呆望了。刚才转了大半圈，也没见着有警察或看管的，兴许是下班了。那过会儿直接翻围挡进去？他拿出手机，拍了几张全景，又重新数了下，拉近，定到三楼左边第七个，拍那窗台的特写。回家不会给老头看的，都不会提这事儿。突然有人走近，拍他肩膀。

"行，我这就删。"董野嘴里先自服软，心里想着，那正好问一问管事儿的。一回头，却是位大妈，岁数不小了，脑门上缠着块花头巾，"爱拍不拍，谁管你这？我呀，是劳驾你，也给我拍一张。就站这儿，带上后面这黑麻麻的一大片桥头。"

董野接过她的手机，依言而行。手机滤镜真是个好东西，再怎么的，透过它一看，都没那么残酷了。头巾大妈这张照，上半截像是个大型后现代装置，下半截的绿色围挡，则又像是框起了一处什么古迹遗址。

头巾大妈嘴里叼着烟，在手机上扒拉着放大，挺满意，董野没忍住，管她讨要了一根。"您老，是在，是有铺子呢？""真没眼力，我像做买卖的？我旁边小区的。可瞅你好一会儿了，你刚才拍个啥？"

两人这就扯上了。董野大概其地说了他吃过炒饭的简餐馆，老爹的319铺面和那不存在了的粗绿条纹窗帘。大妈冲满是逆鳞的墙面抡一圈胳膊，看遍桥头起落的样子，"简餐馆，那都哪年的皇历了，你起码七八年没来了吧？游戏厅关了之后，又改成健身房，生意不行，也倒了。直到弄成大药房和棋牌室,这还凑合,附近小区老人多,正好有个去处。"随即开始吹嘘,说她是棋牌室元老人物了,长年风雨无阻,哪怕小毛小病,每天下午要来这里大战一局,嘿,病都能好三分。

头巾大妈讲到这里,突然停下,瞪着董野,"嗳,你给分析分析,我琢磨好几天了。都说这后半片,烟大火小,离烧透还远着呢。那你说,有些火烧不坏、水泡不怕的东西,应当还在吧,能不能去翻翻哪?"

咦呀!一下问到董野心尖上。他刚才没展开讲,主要是觉得,何至于跟大妈说呀——他一直念之难忘,以致终于还是跑到这片废墟之地,确实,也是想来找样东西的。是他小时候的一样东西,就在这铺子里,老头亲手所藏。东西太小了,老头又藏得好,他都没找到,耿大中更不可能发现。理论上说,应当还在。

董野煞有其事地又抬头张望了一会儿对过的桥头骨骸,站起身,把头巾大妈让到隔离桩上坐下,"您这,是落东西在棋牌室了?"心想怕不是金戒指金镯子啥的,就算真金不怕火炼,那镯子戒指,也得有碗口大才行。心里想到自己的惦记,起码,他那东西体积还行,好扒拉。

头巾大妈想是看出他脸上有点发笑,不悦地掉开脸,凹下腮帮子,吸她的烟。董野也没吭声。

隔一会儿,大妈却碎头碎脑地讲起她的牌搭子。徐会计、张工,还有钱委员,这是最近的基本班底。几年前,张工和钱委员还没退休,对家则是赵画家和赵师母。再往前,她刚退的时候,赵家老两口还没搬来,是童校长、段书记。她来之前呢,跟蒋院长打对家的是满主任。她报出的好像都是挺大人物,董野打岔问了几位,原来这只是他们相互间的一种叫法,总之会挑一个跟这位原来工作或兴趣相关的最大名头最好听的叫法,彼此喊着,图个开心。比如童校长,是一位退休地理老师。段书记,原来是个政工干事。张工，是做电器售后的。赵画家，是业余喜欢涂几笔。再问什么，就没有了。感觉他们除了一起叉叉麻将，似也没别的交情与了解。董野听得有点不耐烦，忍不住打断，说这样吧，要找东西，不如陪你找人问问。

头巾大妈使劲哼了一声，抱怨说她都找过了，都问遍了，说出于安全考虑，连桥头正经商户都不让进，更别说她这打牌的了。"敢情你，也来找东西？"大妈又把眼神戳过来，料定他不会是助人为乐。

这大妈真可以的，董野只得又交代了几句。

要找的，是他的玻璃弹子球。一个大饼干筒，积到大半筒，小学二、三年级时的宝贝。当然，这是可以买到的，可他这一筒，没有一枚是买的，买的有啥意思，当然得是赢来的，无数场大战小斗，一颗颗自己挣来，这才金贵。

最老早的两颗，是老头子给的，可能也是哪里顺手抓的，却正经八百地，说这是一个奖励，那次董野破天荒地，居然考进班上前三十。不大不小的一对三号珠子，里头没花纹，对准阳光一照，透亮，董野没见过钻石，可他觉得，这就是钻石。他比眼珠子还要爱惜，但又得靠它们去出征，不久即输掉一只，仅剩的一只，撞得满是坑点，却打遍操场、巷子、野园子、周边大院、桥头停车场等各处，一场又一场地立功扬名，成为一只相当于皇太后那样的老龙珠，替董野收球无数，直至装满大半个饼干筒。

其实那回考到前三十，是撞运的，只撞了一次，后来又重新跌回到倒数十名，老头也没啥反应，主要是顾不上。老头很算计，从来不雇帮工，从开张到落门，铺面就全靠他一个人盯着。挑货、进货、理货、上货、换货那些，就得赶早或趁夜，自家忙完了，有时还要相帮别家铺子。

桥头有这个风气，尤其是女摊主或手脚不利的或年纪大的，吆喝一声，大家一起出力气。忙完了，就几个小老板坐在纸箱子边上，拆几包豆干或咸鱼，分一瓶高度烧酒，直喝得七横八竖。反正董野每天放学回来，在麻脸厨子那里吃一大碗没蛋的炒饭，就到后院去耍，鼻尖贴地，屁股朝天，尽情地大战弹子球。桥头院子的小孩彼此相熟，每个角落和角落里的野猫也熟，甚至停着的小货车也都熟，装货卸货的男人们在不远处发出忽高忽低的吆喝，一处处的麻袋纸箱堆得小山高，有种热气腾腾、兴旺发达的样子，叫他感到一种集体感般的安心甚至富足，这是董野一天中最巴望，也是最快活的时段。总要玩到天黑透了、弹子球看不见了才回319号铺子。

柜台后面，有他一个做作业的小角落，大小刚能坐下，头上一层层悬着各样领带，周围堆的全是衬衫盒子，像个掩体。董野挺喜欢，在这个掩体里，他得对付最讨厌的没完没了的作业卷子，可是不怕，边上有他最心爱的一大罐玻璃弹子。这就能挨过了呀。他只用一只手忙功课，另一只手呢，就搁在那罐子里头，无意识地拨弄着，偶尔随机地掏摸一颗出来。嘿，这五彩旋儿的，前主人是隔壁班那小结巴。这只傻大个儿光板珠，丑虽丑，体量大呀，当初能赢到手也是侥幸，轮到他打珠子时，对方正好在地势斜下处，就力借力，出界喽！有时也会摸到老爹给的那只老龙珠，满是坑洼嘛，他不拿出来，只团在手心里，捂一捂，再轻轻地感激地埋到罐子最深处。

"你要找的，是一筒玻璃珠子？"大妈这回也还了他一刀，笑得直咳，连脑门上缠着的花头巾都有点歪。

"我查过，玻璃起码到六百度以上才会变软。你看这半边的窗户，都是掉下来碎的，不是烧化的。再说，我装在铁皮盒子里，铁的，更扛烧，得一千五百度以上。"

"不是说化不化的，你这，一盒玻璃球！"大妈理理头巾，把笑好不容易收住，重新皱起眉，"那骨头呢？你帮我查下，牛骨能撑到多少度？"

牛骨头啊？董野实在难掩惊讶。大妈这岁数，总不会没熬过肉骨头汤吧，工夫到了，骨头都是能嚼成渣渣的。

"是一副牛骨麻将，牛头骨。你玩过牌的吧？手感是最最重要的。市面上卖的那种树脂的，可太没劲了。黄金玛瑙翡翠的呢，咱也没那福分。玉石的玩过几副，我嫌沉，冬天还冰手。瓷的呢，瞧着讲究，可容易磕着碰着，不尽兴。嵌竹片的虽是耐实，却又轻了一点。怪不得说，最上手的得数象牙，那牛头骨，也差不离。满主任的这副牛骨牌真是不赖，大小轻重都特别趁手，养得润润的，全是我们这些年的手汗手油呢，不止我们，他这是祖上老货，还有老一辈儿的人们盘摸出的包浆，哈哈。牌盒子也好看，上面刻着几道山山水水，赵画家说是鸡翅木，值大价钱，满主任怕人给惦记着，就换成个铁皮盒子，哐里哐当的特难看。现在想想倒好，你说得对，铁皮盒子更耐火……满主任那人哪，脾气特别不好相处，可就凭这副骨牌，大家可都认他。"她又开始扯回到麻将搭子们身上，说徐会计总跑厕所，还不爱洗手，讨厌吧。童校长胃不好，零食不离嘴，弄得到处黏糊糊的。钱委员是悔牌最多的，还把牌给桌子底下掉呢。赵师母啥都好，就是太冲鼻子，你说打个牌天天见的，全都老得嚼不动了，还喷香水作啥？

董野一边听一边分神，敢情她想去灰烬里捞的，非金非银，是满主任搁在棋牌室供大家玩的一副牛骨麻将，虽是所谓老货，说到底，跟弹子球一回事，都是个玩意儿。再说，他心里替自己辩护，后来他那罐弹子球，早就跟玩没关系了，反倒成了"玩不了"。

还是跟老爹有关。那天很平常，没考试，没闯祸，不是新学期开学，不是妈妈忌日，铺面生意也正常，连周末都不是，前不着村后不着店的个日子，冷不丁的，动作很大，喝酒归来的老头子，一把地，把董野从他的小掩体里拽出来，他正右手捏着笔左手攥着弹子球自得其乐呢。明晃晃的日光灯下，一时吓住。老头子倒是没揍没捶，只是开口训了一段，也无甚新意。就是叫董野要好好地搞作业搞分数，得玩儿命地弄，这话他以前喝过酒也会咕囔两句，今天却展开来，讲得长段长篇，却又毫无体系，更像是扯闲话——你看看137号黑秃头，看看145号的韩二姐，205号的高低脚，还有楼下炒饭的老麻子，他一口气讲了一堆桥头男女，挨个儿地排数他们，还配以长吁短叹的感慨，听起来，他们个个的都是活闹鬼苦命鬼，简直没有一个人的日子是值得过的。董野垂着脑袋，听得稀里糊涂。你要再玩下去，你跟我，跟他们，就一模一样了。老头咬着牙关说。本来就一模一样啊，董野心里想。桥头铺子的这些黑脸黄脸，瘦男胖女，真的都差不多，有人经过，就扯着嗓子笑容堆面地吆喝，没人了，就灰不落拓地落眉耷脸。董野经常从他们铺子前跑过，从来分不大清谁跟谁。他只留意弹子球，谁谁谁有什么特别的弹珠，惦记着下次要打进自己手中。一想到弹子，左手里捂着的弹子球忽然被汗水粘住了。一下子预感到，老爹怎么就不熊他不打他，语气怎么这么平淡，甚至可以说是抒情——果然，老头正弯下腰，在他的小掩体里掏摸，嘴里平平淡淡地下着死命令：这个拿来，再不许碰。从此，你只许搞作业搞分数。

那还不如捶死他算了。要没弹子球，别提做作业了，放学都没劲了，回家都没劲了，活着都没劲了。这一大罐都快满了呀，多少的心血心力，跪着爬着，膝盖上都磨出茧子来了呀。董野感到自己呼吸都快接不上了，活脱要淹死一样，嘴里勉强冒出半句争辩：可最早也是你给我的⋯⋯

老头子听到这句，笑了。正是呢，解铃还须系铃人，该着我拿走啊。

眼睁睁瞧着，心爱的铁皮罐子，被老爹从他的小角落，一下子抓提出来、暴露出来。老爹晃荡着，像要倒一盆脏水，弹子发出闷闷的搅动声，听来像被捂住嘴的啼哭与叫喊。

那能不能，替我好好地留着。我保证不碰，但你得留着，一颗都不能少。你给我说个任务，我完成了，你就还我，好不好？董野手脚冰凉，小腿发晃，胡乱请求。搞分数就搞分数，他不是也考过班上前三十名的。真要把珠子全散了，他一定会马上就死掉。

老头儿盯着他，看了一会儿，又原地转两圈，四处打量他们这个十四平方米的铺子。行，我替你收着，就搁这铺子里，你不许找。我保证替你留好。然后等你，嗯，考上个好中学，就还给你。

弹子总算给保全了。三年后董野并没有拿到——老头儿一摆手，对着面前的录取通知书，自斟自饮地敬一大杯酒，喜不滋滋儿。看看，亏得我一把头截住，你这不考上育才了，区重点哪小子！看看，这一年，老爹让老麻子给你在炒饭里加上两鸡蛋，也不是白给的。儿子，接着冲，一口气地冲，整个重点高中，把这正道给走稳了！那到时，我真没话说，肯定给你。为了强调他的信诺，还伸出胳膊上下左右地指着铺子虚晃了一圈，放心好了，就搁在这里头，大铁皮罐子囫囵着呢，珠子个个都好着呢！

其实董野当时的玩心已经淡了，真要还给他，也未必会碰，就算想玩，也找不到伴儿了，外头也不大流行了。他只是怪想那些弹子的，好像是他身体的一部分，老悬在外头，整个人总觉得不全乎。那晚趁着老爹酒醉，他仔仔细细扫了一通铺子，连绿条纹窗帘杆子上面都寻摸了一遍，愣是没找着。思来想去，只有头顶没找过了，他盯着日光灯看，反复看，它后面那块天花板似乎有条松动的缝。肯定在那里，只会在那里。但这就得要架起个梯子，动静有点大。作罢。最最主要的，他是想让老爹自己拿出来，正儿八经、手过手地交还给他，那才像一回事。不就重点高中嘛，考来就是，他现在不怵考试了。什么前三十，前二十，前十，他早把碰巧变成了必定。

……耳朵里一直叨叨着的头巾大妈也不知讲到哪里，董野听到她突然停住，扭过脸来冲着自己，"两人一起更好，我们再去找找什么部门，没别的要求，咱就是去翻一翻，他们派人盯着也行。但你不要跟他们讲是玻璃珠子，我也不讲是麻将。或者你再打听打听别的铺子，万一有人想翻找金银财宝什么的。人多了，东西值钱了，那就好去讲话……"她劲头很大，不达目标不罢休的架势，接着又主动扔给董野一根烟，显然是想巩固好他这个同盟军，"要不拉上你老爹，我们两个老不死的冲在前面，哼，他们就更不敢拦了！"

"我老头早痴呆了。他天天早上睁开眼，浑不知天上人间，都不晓得铺子早转手了，顾不上拉屎洗脸吃早饭，只一条，急急忙忙地要给铺子开张，嘴里还高一声低一声吆喝呢。"

就算没生病，老头子怕也早就忘掉弹子球了，这无所谓，包括董野自己，也有意无意地按下这事不表。中考他也干得很漂亮，桥头几百个铺子的小孩，统共就两个考到市重点，另一个还是在外头借读的。打那之后，麻子大厨炒饭时不仅加鸡蛋，还加虾仁了。董野自然也越发地自矜自爱，那个暑假，只歇了一周，就报了补课班，老头掏学费时可利落了。当然，他一丁点儿都没有忘记弹子球，甚至比三年前更强烈地想拿回到自己手边。但就这样吧，就让它们还在铺子里远远地悬着浮着好了，像是一个已经中了，可他偏不去兑换的大奖，就算老头子忘了，只要他没忘，就一直在、一直有效。

不急的，还没忙完，也没法当真歇口气，过了这一程还有下一程，总有新的任务在前——高中完了，就是冲211大学，四处投简历找份工作，做小伏低拍马屁喝大酒，争取一步步晋升，最好能一年赚它个十来万，总归要攒出首付买上房，这样才能找个好人家的媳妇——这都是老头整天挂在嘴边跟他叨叨的。反正他是死守着319号铺面，肉嗓子喊累了装小喇叭，

025

名片没人要了就发彩页广告，衬衫卖不动了就做T恤做圆领衫做运动服，有起也有落，大部分时候将将就就，有时赔本，也有两年赚了不老少的，总归能托着董野一程程地去往前奔。

到哪一年才收手的？对，是白内障实在太严重，得做手术了，而董野这里儿子快要出生，家里需要人手，老头这才不情不愿地把铺子出手了。他开了个很高的价码，一会儿嘴松，一会儿口紧，把个耿大中给谈得精疲力尽，连卖不出去的发黄了的老款衬衫都统统接手了。老头子啊，确实是精明过头了。就比方说这弹子球，当初带给他玩儿，等于一只小胡萝卜，害他上了瘾，后来突然夺走，又歪打正着地，把这弹子球的瘾头给变成了一个想头，或者说，一个引擎，轰隆隆地从小学三年级一直响到现在，拖着董野一直跑一直跑，直跑到现在，他都开始跑他自己的儿子了，双语幼儿园、重点小学、重点初中……

不想跟头巾大妈扯这许多，只吐露了一点懊恼，要是当初铺子一转让，他直接去耿大中那边拿回来，不就完事了嘛。也怪那阵正忙着考会计证，又想着那耿大中是个没主张的，估计不会改造铺子，不几年整个桥头市场人气衰微，铺子主们谁家还会整修。董野总想着，等忙过这阵子再说。可事情么，总是忙过这一阵，又要忙起下一阵子。固然时不时的，某些深更半夜的阑珊之中，会闪过他那罐悬浮在外的弹子球，又巨大又微小，像一粒粒小行星，在银河中缥缈转动，如沙如霰，肉眼难见。想想就会疼痛，空落。那是他的小时候，是他的一部分，是他空空的左手，是什么也没握到的那部分。

"你真要这样看重，那是立时三刻，也要拿回去的。所有没做的事情，都是因为你并不是真的想做。"大妈毫不留情地指责，用的是手机短视频里那种诲人不倦的口气，"我其实不恋旧，要是我自己个儿的东西，没了也就没了，拉倒。早晚有一天，连人也要没的，我才无所谓。关键哪，这副麻将，是人满主任的。"

头巾大妈又回到她的主题上。他们这群麻将搭子，说是固定的，其实也不是，差不多相当于流水席，有的来得早，吃得长，有的走了，空出位子，又有新来的。但每个人，无非都是几个阶段，她简单地用数字来讲：一、退休了，刚刚加入。二、稳定相熟的老搭子，欢声笑语，每日一聚。三、得病了，身体弱了，隔三岔五，慢慢就来得少了。四、进医院了，没声没息，走了。差不多人人都是这样的。反正前脚有人空出打牌位子，后脚也就有新人来了，不断轮转。牌桌是天天开天天满，人呢，是常常换常常新。

说的这位满主任，其实大妈并没有跟他打过牌。只是听前面人讲，他四十出头就内退了，得的是什么老慢病，全靠补养撑着，但是特能熬，在别的棋牌室已玩了好些年，这里一开张，他就带着几位老牌友转场至此。他呢，嘴碎，还有小脾气，并不招大家喜欢，可就凭着这副滑溜顺手、油光水亮的祖传牛骨牌，俨然就成了桥头棋牌室的半当家。头巾大妈来之前，他早已去康复医院等死了，没住几个月，也就没了。关于这副牌，他住院之前就碎叨叨地，正式交代给了其他几位，说要留在桥头这里，人不在，牌在，并且要他们接手后也要好好地过手，不断茬地往下传留。牛骨这东西，没了汗血气养着，就容易焦干开裂，那等于也是人物两误，可惜了的。

头巾大妈初到桥头棋牌室，跟童校长、段书记还有一位赋闲在家的小浪哥，摸的头一局，就是这副牛骨牌，大家一边摸，一边说着刚刚没了的满主任。后来，段书记回滁州老家了。童校长发了心脏病。接上来的呢，是新搬来的赵画家、赵师母。他们两口子太恩爱，走了一个，另一个就不再下楼了。张工和钱委员，那在大妈看来，都只能算晚辈儿。嘿，以前我说赵师母香水味太冲呢，谁晓得张工，别看是个男的，他不用纸巾，擦汗擦嘴擦手都用手绢，每天换得不重样，掏出来一扇乎，我真个要打喷嚏的……

好像启动了一个循环按钮，头巾大妈又开始点评起诸位新老牌搭子们的各种毛病，就好像他们都在对边那废墟里，还噼里啪啦地摸着牌呢，就像大水里冲不走的顽固石头一样，随便怎么样，这个走了，那个来，总归四人一桌，稳稳地坐废墟里，坐在流水里，继续推摸着满主任的那副牛骨牌。

董野闭下眼睛，重新抬眼看看马路对过的绿色围栏。敢情，真应当帮一下大妈，把那副牛骨牌捞出来，得让大妈和她的搭子们以及将来的搭子们一直打下去。他点点头，表示他愿意跟她一块儿去找找人。

"真不嫌丢人？我可是要去闹一闹的。我就不信了，还不让人拿自个儿东西了！人说趁火打劫，这都成灰了，我们还能怎么的？最好能有个管事的小头目出来，我立马就势倒地打滚，你到时可不要拉我。"一路走，她扯开头巾，露出大光脑袋来，略带得意地亮出底牌，"我可特意把病历揣身上了。这都晚期了，化疗两个来回了，哼，我把报告扔到他们脸上。就不信了！反正满主任这牛骨牌，不能在我手上给断了。你小子啊，就等着沾我的光吧。"

她想到什么，马上又精明地补一句，"丑话说在前头，我是这把年纪了无所谓，你现在还是好时候，有头有脸的。万一给拍照了，视频了，搁网上了，网暴了或怎么样，你可得想好了，现在打住还来得及——反正不就一罐玻璃豆子嘛，真要舍不下，你把地方给我说清楚，到时我顺手帮你去翻翻也没问题。"她有意说得难听，一会儿玻璃球，一会儿玻璃豆，怎么都瞧不上的口气。

头巾大妈的体贴让董野有点伤感。他早不在好时候了，也没有头没有脸了。

　　差不多从老头儿脑子不行开始,他这里也不行了。过去这三两年,更是集齐了各样的荒谬与悲剧,鬼打墙般的滑稽,他一样样拼来的,又一样样没了。一起创业的合伙人,突然不哼不哈掏空余存跑了路。两个大项目回不了款。妻子闹分居。儿子总不肯起床不肯开门不肯上学不肯说话,一查已是重度抑郁。贷款的二套房子烂尾。哪儿哪儿都破绽百出,四处漏风。唯一、唯一好的,是老爹啥也不知道,每天晚上还打小呼噜,每天一睁眼还以为他的桥头铺子开着,还以为儿子董野仍在向前奔着——

　　春节前,董野把儿子送到医院阶段治疗,把房子让给妻子,把公司卖了折现,大家分分,散了员工。董野现时是无家无业,光溜溜回到起点了。一个人拖着箱子搬回老头这边住的时候,他有种奇怪的感觉,似乎,他又回到了当年桥头大市场319号铺子后面,回到那个挂满领带、塞满衬衫盒、站不直只能坐着的小掩体里了,他甚至想,自己怕从此就是要在这里活埋下去了。

　　直到桥头市场这一场半夜火起,董野才一个热烈又冰冷的激灵,突地想起那罐远远漂浮着的弹子球,想起小时候,一只手苦哈哈地对付那没完没了的作业,一只手甜蜜蜜地在罐子里头抓摸着玩——他惊醒似的,急不可耐地,怎么也想去找出来。他感到,在这个世间,他手上已没有任何东西了,同时,他好像也没别的想要的,或者说,是他能要到的了。就这罐弹子球。他只有这罐弹子球,他只要这罐弹子球。他想把那罐弹子球再放在手边上,他会又变成孩子吧,弹子球还会是他的小甜头与小盼头吧。他还想给老头子看看,说不定,老头子也能变回去,有了脑力和体力,重新能说能讲。再说不定,等儿子从医院治好回来,他就找块地儿,拉着儿子趴下来,趴在灰的黑的粗泥地上,两个人一起玩。玩累了,就躺下,拈起一粒来，给儿子看，对着光，看，哪怕丑丑的什么花纹也没有，只要对着光，就跟钻石一样闪哪。

董野抖抖上衣，抬脚在前面带路，"为这两样小东西，咱也不至于真要撒泼打滚吧。您老人家把头巾缠好，别招了风。那不有俩开推土机的嘛，直接去商量试试。他们就没个小的时候嘛，就没个老的时候嘛。您等下，我先去买几包好烟。"

· 作者简介 ·

鲁敏，女，1973年生，现居南京。江苏省作协副主席，中宣部文化名家暨"四个一批"人才。1998年开始小说写作，代表作《金色河流》《奔月》《六人晚餐》《墙上的父亲》《取景器》《伴宴》等。曾获鲁迅文学奖、冯牧文学奖、施耐庵长篇叙事文学奖、曹雪芹华语文学大奖、人民文学奖、十月文学奖、汪曾祺文学奖、万松浦文学奖等。有作品译为英、德、法、瑞典、西班牙、意大利、阿拉伯、荷兰、土耳其、匈牙利、塞尔维亚文等十五种文字。小说《六人晚餐》《奔月》《惹尘埃》《零房租》被改编成电影、舞台剧等。

紫晶洞

□ 徐则臣

认识齐桑纯属偶然。我们的翻译急性阑尾炎住院了，临时请的翻译要后天上午才能从圣保罗赶过来。按行程安排，这两天就是瞎溜达，没翻译，吃喝拉撒我们用英语也应付得了。但我不想浪费，来都来了，我想看看乌拉圭的紫水晶矿。众所周知，乌拉圭的紫水晶与巴西的齐名，颜色甚至更胜一筹；也是众所周知，我老家连云港市东海县是世界上最大的水晶矿石交易中心，乌拉圭的紫水晶和紫晶洞是交易的重头之一，所以，无论如何得看看。这是个专业的事儿，没翻译真不行。拐了几个弯才找到齐桑，他长住蒙得维的亚，现在做导游。听说我要看紫水晶矿，一口回绝了。他不接这一单。为什么？他之前可是数一数二的矿山翻译，据说中国人来乌拉圭找晶矿，都找的他。

"对不起，"他在电话里说，"戒了，不接矿山的业务。"

"我不买矿,一块指甲大的水晶都不会下手,"我向他保证,"就是好奇,文化意义上的,故乡意义上的。实在不行,我见一下小师弟总可以吧。"

我打听了,齐桑北大西语系毕业,比我低六届。后来去圣保罗大学读研究生,就留在了南美。

他在电话那头沉默了三秒钟,"好吧。只导游,不导购。"

我们直接在阿蒂加斯城会合。城市周围分布着大大小小的水晶矿,我们要去的是拉斯托雷斯矿,靠城市更近。碰巧齐桑做矿山翻译时在拉斯托雷斯待过一段时间。

乌拉圭不大,但他从首都开车过来,也是从南跑到北,午饭后才赶到。简单吃点东西我们就进了山。齐桑个头不高,戴一副深度近视镜,非必要不开口,跟我见过的导游不一样。导游是嘴巴上装了弹簧的一群人。他对此的解释是:"我本质上是个翻译。"他说得没错,我们去了拉斯托雷斯的第一家大矿,矿主就说,齐翻译来了啊。那个大肚子的乌拉圭人像熊一样抱住了他。他们有两年没见了,就是在阿蒂加斯,齐桑做了最后一次矿山翻译。

拉斯托雷斯炮声隆隆,工人在炸石开山。炮声间隙里充斥着嘭嘭嘭的打钻声和咔咔咔的切石头与打磨声。这座山有大小好几家公司在开采水晶。流程都一样:先察看山体,湿润的地方用手提钻往里打,遇到岩石,继续钻,如果有水从钻孔和石头缝里流出来,那就意味着有了。千百万年前的火山运动时,水晶洞就被包裹在这些玄武岩里,火山岩有孔,水一点点渗进包裹其中的水晶洞,洞里便封存了大量的水。洞被打穿,水流出来,工人就明白找到了水晶矿。接下来是往钻孔和缝隙里放炸药,"嘭"一声,山石裸露出来,如果你运气好,第一眼就可以看到晶芽在太阳底下发出耀眼的紫蓝色幽光。剩下的就是想办法把规则和不规则的球体从石头中剥离出来。球切开了,便是两个紫水晶洞。

这是露天矿场的开采。另一种是地下矿洞开采,像穿山打隧道那样,在山体里寻找。当然有迹可循,紫晶洞就分布在一条条古老的火山熔岩流上。正在开采的矿洞有危险,矿主也视之为商业机密,齐桑就带我参观了几个废弃的矿洞。水晶矿脉已采尽,留下了曲折阴森的地下迷宫。咳嗽一声,无数的方向对我回应,仿佛离去的工人们还在劳作。我在地上捡起一颗破损的晶芽,应该是从母体上被碰撞脱落的。擦拭掉尘灰,晶尖依然凛利,颜色醇酽深紫,尽管只有小拇指头大小,盯久了,整个人也能坠入其中,如同纵身跃入蔚蓝的大海。

齐桑从事矿山翻译也属偶然。开头只是帮朋友一个忙,相当于我们的翻译紧急去了医院,托他应个急。他对紫水晶知之甚少,但熟悉南美历史地理文化,来客是台湾商人,想投资开挖一座矿山。老先生有钱有文化,齐桑肚子里的墨水和谈吐对了他的路子。齐桑就从临时工转成了正式工。一则薪水高,这行业暴利,一个上好的紫晶洞开采出来,打磨包装好,运回台北、广州等地,几十倍就翻上去了。谈妥一个项目的薪酬,够他在圣保罗的巴西人外贸公司干上一年,外加哼哧哼哧翻译两本西语小说的稿费。另一个原因,他的确被水晶给迷住了。这东西太神奇。台商盯着他不放,在其位谋其政,他觉得应该补补功课,就找了些资料,看完又逛了一家水晶博物馆,就是在看展中他被一块水胆水晶给镇了。

他从手机里找出那张照片。一块白水晶六棱柱原石,高三十二厘米,初看相当普通,下半段还有杂质,但是,他把顶端放大,再大,"看见没?"他问我。我瞪大眼,水晶到了顶端已经成了棱锥,在一个倾斜的锥面上,有一个小空间,在那个封闭的小房子里,有个泡泡模样的东西。

"水。"齐桑说,"一滴水。"

你能想象吗?那确确实实是一滴水,一滴现在还可以在那个封闭的空间流动的水。当水晶形成时,碰巧包裹了一个气泡,而这个气泡里恰好有一滴水,行话叫"水胆"。千万年了吧。就是说,这滴水已经存在了千万年,不增不减,不大不小,只要这块水晶不破碎,这滴水将继续存在千万年,永世存在下去。

"你知道我当时什么感觉吗?"

我等他说下去。

"我觉得我老了。时间,时间,"他举着手机,咽了口唾沫。那灵魂出窍般的表情好像又回到了博物馆。"太伟大了。我觉得我老得不行。我觉得我太渺小了。一个人实在不值一提。完全不值一提。玉环飞燕皆尘土,我必须做点有意义的事才行。"

"做水晶的业务?"

"对,我当时就这么想的。我要跟伟大的时间在一起。"紫水晶的着色过程也让他心驰神往。紫水晶就是一种石英,因为暴露在放射性物质中数百万年而改变了颜色。数百万年里,石英逐渐吸收存在于周围岩石中的自然辐射,这种辐射搅动石英中的铁原子,以可见光的形式燃烧掉多余的能量。正是这种放射性使水晶变成了紫色。铁的浓度越高,颜色就越深。又是时间的力量。我以为他要继续感叹,他却把目光从悠远的地方收回来,手机锁屏装进了兜里:"那会儿到底年轻,少不更事,轻狂。"

"那是理想主义。"转折有点突兀,但我还是顺着鼓励他。

齐桑一笑,"哪有什么理想主义,想当然耳。"

尽管各个采矿点大同小异,我还是兴味盎然地逐一看过。矿主一茬茬地换,都是一锤子买卖就走。像那个大肚子乌拉圭人矿主极少,财大气粗,他是当地人,天时地利人和之便,一承包就是好几座山,可以常年待在这里。其他小老板只能见好就收,换个地方再赌一把。山也如此,挖完了就是挖完了,剩下一座空山。开掘过的地方就是一片废墟,坑坑洼洼里积满泥水。在山里,没有一条道路是好的。但就财富而言,越乱的山,出的水晶洞就越多,挣的钱也就越多。

既然可以和伟大的时间并肩作战,同时又财源广进,为什么半道放弃了呢?在老家我听那些出来买矿的老板说过,好的翻译可遇不可求,他能把钱之外的所有问题都摆平,抓住了千万别撒手,待遇你提就是。

"待遇是不差,"齐桑说,"但也有你不想干的时候。"

"嫌数钱辛苦?"

"师兄,要不,再找一家矿看看?"

难言之隐,强迫人家说就不合适了。我跟着他看了一家矿主的库房兼操作间。一铁桶一铁桶的紫晶洞运到库房,都糙得很,每个球体后面都附着了沉重的岩石。工人必须酌情把多余的石头层切掉,再打磨,越接近包裹晶簇层的玛瑙层越好。紫晶洞运出去,是按等级和重量卖的,没人愿花冤枉钱。当然,如果开采时下手太狠,有伤及晶簇层之虞,那工人必须在玛瑙层外边加固一层水泥。库房一片喧嚣,五个工人,高压冲洗、岩石切割、球体打磨、水泥加固、审美加工,各司其职。光线暗下来,矿主打开简陋房顶上的几盏大灯,整个库房一片璀璨,无数的晶芽发射出明亮的紫色光芒。那是光的世界,是时间的世界,也是美轮美奂的童话一般的世界。

但齐桑说，该回了，山路难走。

我们在阿蒂加斯的一家酒店住下。晚上在附近的酒吧聊到半夜，齐桑问我这几年国内的状况，我则对他的海外生活好奇，还聊了我们共同关心的母校。我们俩都喝高了。我顺嘴又一问，为什么罢手？他大着舌头说，师兄，明天告诉你。

第二天本想睡个懒觉，不想马路上举办游行的庆典，把我从床上薅了起来。去餐厅吃早点，齐桑已经在座。饭后回程，我们先同行一段。到分手的路口，齐桑没拐弯，而是跟着我继续走。

"昨晚答应过的，"他说，"带师兄去看我最后工作的一个矿山。"

他没忘。

那座山在我回去的半道上。同样千疮百孔。钱是有味儿的，全世界的矿主们都带着钻机和铲斗扑过来。我们在泥泞的山路上绕了一圈又一圈，停下来，面前是一部分坍塌的山体。齐桑指了指，就它。跟其他尚未开采、已经开采和已经采尽的山没有任何区别。

"有区别，"齐桑说，"这座矿里的水晶质量更高。"

所谓质量高，就是开采出的紫晶洞球体更大，形状更规整，大恐龙蛋似的紫晶球数不胜数；晶芽颗粒更大，紫颜色更深也更纯净。一句话，拿下这座矿，等于拿下其他的五座矿。从出了第一批料开始，各路矿主闻到了味儿，就鱼贯而来。

所谓矿主，并非一定要买下这座矿山，只要他能从具备开采该矿资质的当地人那里租借来开采权就行。有资质并不代表你有能力开采。财力、器械、招工、产品加工流通、资金回笼，这套程序当地人能完整走完的没几个。所以外地人揣着钱就来了。

齐桑是跟着一个中国老板来的,前一座矿刚开采完,老板赚了一笔,让他有信心参与这座矿的竞争。他们是排着队和当地人谈判的团队之一。老板和他带着礼物敲开了镇长的家门。镇长就是握着开采权的那个人。齐桑说,显而易见,他们的价码最高。离开时,镇长让自己的六个孩子从高到矮像琴键一样站到大门口欢送他们。

开采设备进入工地。工人们跟着几条矿脉深度掘进。齐桑还记得几年前的现场,告诉我那些坍塌的山体中曾有过怎样曲折的坑道。采出的晶洞真的漂亮,齐桑比画着。涉足这行业几年,他也是见过世面的行家。他向我要了一根烟,坐在一块石头上抽起来。

我们脸对脸抽了两根烟,他决定跟我说。

一个翻译会受雇于好几个老板。因为老板不是长年待在乌拉圭或者巴西,有钱了、有空了、有头绪了,他们才会从四面八方赶过来。中国老板大部分时间待在国内,过了雨季,开采和运输条件好了才会过来。齐桑受雇过的另一位东南亚老板私下里找到他。按规矩,长驱直入地全面开采已经开始,该矿主也有足够的能力运行下去,他人再觊觎是相当不妥的。但那位东南亚老板就是动了心思。他把两捆美元往齐桑面前一拍,说:

"拿下。"

"拿不下。"齐桑一口回绝。

老板把美元推到齐桑面前,在刚才放钱的地方撂下一张银行卡,"那是你的,这才是镇长的。用这个拿。"

"还是拿不下。"齐桑站起来要走。

老板起身更快,已经到了门口,回过头说:"再想想。你只需要和那个狗屁镇长沟通好,确保出了问题我可以接手。其他的跟你没关系。"

齐桑盯着那两捆美元坐了一个小时,拨通了镇长的电话。

"难吗？"我问。

"盯上了钱，一切都变得无比容易。"

齐桑说，他的确就干了那么多。接下来采矿按部就班继续进行，顺利得让他怀疑那两捆美元是假的。他觉得是自己想多了。谁都可能心血来潮，东南亚老板更有可能。这个喜欢穿花衬衫的老浪子，经常在酒吧里为了某个乌拉圭美女甩出一大把钞票，唯一的要求就是让对方坐到他对面让他看上半小时。

那天雨后初晴，中国老板独自去了矿场。他想催促工人把大雨耽误的工期补回来。就是日常的监工，齐桑不必跟着。他在短租的房子里读爱德华多·加莱亚诺的《火的记忆》。下午三点，工头给他打来电话：矿道塌方了。

"有人伤亡吗？"他问。

"没有，人都在。"

"赶快通知老板。"

"找不到老板。"

"打电话。"

"不通。"

"他不是在矿场吗？"齐桑觉得后背一凛。

"不见了啊，"工头声音怯怯的，"刚有人说，好像看见他进过矿道。"

齐桑刚从歪躺的旧沙发上坐直了，现在跳了起来，扔下书开车就往矿场跑。一边开车一边盼咐工头带人全力清理矿道，接着要打电话报警，拨出键按下之前又停住。他一遍遍说服自己，这种事报了也没用。的确没用。

山山水水地开到矿场，车上被糊了一层厚厚的泥浆。工人们还在清理，他们下手谨慎，担心一铲子碰到不该碰到的东西。好在矿道坍塌的部分不太长，又靠近出口，清理难度不大，天黑时就收拾利索了。除了干的湿的泥土和大大小小的石头，别无他物。齐桑紧张得衣服湿了干、干了又湿，矿道重新敞开的那一瞬间，他觉得腰酸背疼。经验丰富的工头判断，是连日的大雨让被掏空的山体不堪重负。很有道理，可是老板去哪儿了呢？

"去哪儿了呢？"我也同问。

"悬案，"齐桑捡起一块石子在手心里盘，"我也想知道他去哪儿了。"

"再没出现过？"我隐隐觉得这故事似曾相识。

齐桑摇头："这几年我几乎把所有矿山和做这行的翻译都问遍了，没一个人见过他。"

"然后，那东南亚老板就接手了这一片？"我用手对着眼前坍塌的山体废墟划拉一圈。

"不然呢？"

"你继续给东南亚老板做翻译？"

"不然呢？"

有两分钟我们都没出声。

我在记忆里使劲儿翻找，想把某件事给打捞出来。然后听见齐桑幽幽地说：

"水晶真是个神奇的东西。"

第二次听他感叹。我笑笑，"既然神奇，为什么又放弃了呢？"

齐桑的瞳孔立马放大，现出了敬畏的眼神。

"给东南亚老板只干了二十三天，我就辞职了，再不做矿山业务。"

第二十三天下午，他陪东南亚老板视察矿场。矿道里阴凉，但粉尘太多，老板一路用花衬衫捂住鼻子。正在作业的一个工人在前头叫他们，说发现了一个奇怪的紫晶洞。一座山的肚子里全是紫晶洞，有什么好大惊小怪的？东南亚老板没理会，捂着鼻子往外走。齐桑一个人过去。粉尘已落定，工人的头灯在那个被打坏半边的紫晶洞上一晃，紫光勾勒出一个转瞬即逝的轮廓，酷似一张人脸。他让工人放下机器，用自己的头灯去照。的确挺像失踪的中国老板嘴巴之上的面部侧影。嘴巴以下岩石层和玛瑙层还在。

他的心跳开始加速。他看那个发现紫晶洞的工人，一对眼他就知道那工人也这么看。他对工人做个手势，别吭声，继续作业，小心，完整地把它切割开来。他从口袋里掏出所有的零用钱，塞到工人的裤兜里，"收拾好给我。别让第二个人知道。"

傍晚东南亚老板回城时，他留了下来，跟着怀抱紫晶洞的工人进了操作间。那工人担心出差错，给晶洞保留了厚厚的一圈岩石层。操作间的工人都下班了，齐桑和那工人开始忙活。他们先把岩石层切薄，继而打磨，让岩石和玛瑙层保留足够安全又合理的厚度，最后才是从上到下对称着切开那个紫晶洞。紫晶洞包裹体都是球，对称切开后大多是一模一样的两个凹洞，洞内生满密密麻麻大小不一的紫色晶芽。紫晶洞之美，既在晶芽，也在整个洞的轮廓。破损的那一半被放置一边；完整的那半个晶洞，不唯色泽醇酽幽深，晶芽雄壮，其轮廓的不规整恰到好处。岂止是像，简直就是失踪的中国老板的侧脸。在齐桑的想象里，如果以紫晶洞的形式给中国老板做一个侧影，就应该是这样，只能是这样。那个侧脸的紫晶洞让乌拉圭工人直哆嗦，嘴里念念有词。他认为是神在显灵。

"我在操作间对着那个紫晶洞坐了一夜。"齐桑说，"抽了两包烟，身上被蚊虫叮出了五六十个包。一分钟都没睡着。"

天亮时，他给东南亚老板写了一封辞职信，压到老板常坐的椅子上，背着完好的那半边紫晶洞开车出了山。乌拉圭工人趴在操作台上睡得正香，呼噜声惊天动地。

齐桑的车在前头，送我到路口。本想摁个喇叭就此别过，他下车了。那就来个他乡遇故知的拥抱，一个师兄师弟的拥抱。他把手机打开，从图库里找出一张照片，说：

"还是应该给师兄看一看。"

侧脸的紫晶洞。的确非常像一个男人的侧面像。我表示感谢，再次握住他的手。

齐桑说："我终于把它说出来了。"

回到北京，处理完工作上的事，我回了趟老家。找到做水晶生意的朋友，说起乌拉圭的紫晶洞。朋友说，你真是离开老家太久了，城西高老板的事你没听说？我说好像听到过那么一耳朵，怪不得这事似曾相识。

两年前，我老家做水晶生意的高老板在乌拉圭失踪，活不见人死不见尸，在当地也报过案，始终没头绪。至今还是悬案。老家倒是风传过一阵，各路消息都有，猜测五花八门，但高老板人间蒸发的结果是确凿的。我可能就是那阵子回老家时风闻了一丢丢。我跟水晶缘分薄，水深水浅完全不明白，高老板于我也只是传说中的暴发户，听完也就过了，没往心里去。

朋友不信鬼神，只对撞脸感兴趣，奈何我手中又没有照片，他一拍桌子，直接去高老板家。他认识高老板弟弟，也是做水晶生意的，在水晶城有半层楼的铺面。

高家对高老板的下落已不抱希望，但还是很配合地拿出他们能找到的所有高老板的纸质和电子相片。翻了大半个小时，有一张侧面特写，我把它放到朋友眼前。

"怎么说？"他问。

高家人也凑过来。

"形神兼备。"我说。

朋友和高家人此刻反倒怀疑了。我理解，这事听起来是不怎么靠谱。我决定向齐桑求助，请他把紫晶洞照片发我。乌拉圭是半夜，他还没睡，叮当两声，连着两条微信回过来。第一条是一句话：

"师兄，当时我就是听说你是东海人才决定见你的。"

第二条是图片。我还没来得及下载好清晰的原图格式，扎在我手机屏幕上方的一群脑袋就发出了惊叫。

我把高清照片在众人面前再巡回展示一遍，惊叫声又起。高老板的老母亲扑上来要抓我的手机，被两个孙子拉住了。

我回齐桑："收到，谢谢师弟。高老板全家也表示感谢。"

过一会儿，他回："给我个高家地址。"

半个月后，我正上班，高老板弟弟打来电话。

"谢谢徐老师，"他说，"也务请再次代我们全家感谢齐老师。"

"实物像吗？"

"像不像他都是我哥。"电话那头带了哭声。

我给齐桑发微信感谢，告诉他紫晶洞收到。短信被退了回来。再试，又退。

他把我拉黑了。

· 作者简介 ·

徐则臣，男，1978年生，毕业于北京大学中文系，现任《人民文学》杂志主编。著有长篇小说《北上》《耶路撒冷》《王城如海》，中短篇小说集《跑步穿过中关村》《如果大雪封门》《北京西郊故事集》等。曾获老舍文学奖、冯牧文学奖、华语文学传媒大奖等多个奖项。2014年，短篇小说《如果大雪封门》获第六届鲁迅文学奖，同名小说集获中国好书奖；2019年，长篇小说《北上》获第十届茅盾文学奖、中国好书奖、中宣部"五个一工程"奖。部分作品被译为英、法、意、西班牙、阿拉伯文等二十种文字出版。

惊喜连连

□ 杨少衡

出发时陈泰和自嘲："偷鸡摸狗总是充满惊喜。"

"谁跟你偷鸡摸狗？"汪明丽不高兴，义正词严。

其实此刻没有什么惊喜。陈泰和丝毫不敢放松。上路后他一边驾车，一边持续扫视，以求不放过任何异常。这种时候，不太可能有刺客举着一支手枪突然从夜幕中钻出来，却依然大意不得，小心为要。他们开的是一辆别克轿车，七成新，车牌很普通，绝不引人注目。上路时天还是黑的，路灯光比较耀眼。陈泰和戴了一顶很低调的黑色鸭舌帽，还有墨镜。他曾考虑是否去弄两撇假胡子粘在鼻孔下边以充八字胡，像是前去横店申请参加抗日神剧的群演一般。终放弃，因为口罩已经成为标配，有那一片便遮住大半嘴脸，两撇假胡子纯属多余。这当然是开玩笑。

此刻路上车辆稀少，交通通畅，十几分钟后他们出城，经收费口上了高速公路，一路上除了几个重要路口的监控探头表示关心，没有多余目光。但是偷鸡摸狗与惊险刺激也属标配，驶上高速不久，意外便扑面而来，猝不及防。

有一个活动物体从隔离带的绿植中突然窜出，从他们的车头前方闪掠。别克车已经提速到一百一十迈，达到本车道标定限速。车灯直射下，前方活动物体呈现褐色，一个脑袋四条腿，猛然间一闪而出。陈泰和只觉得脑门一紧，下意识急踩刹车，两手紧把方向盘，一动不动。以他感觉，此刻别无他法，只能让自己直直地一头撞上去，高速行驶中匆忙猛打方向闪避，稍稍失控便可能飞车翻覆。

汪明丽坐在副驾驶位，直接给吓住了："啊！啊！"

活动物体飞快地从车前一掠，没有逃过。刹车片刺耳摩擦声中，陈泰和感觉车头右侧"砰"地一响，车身一震，这该是撞上了。此刻无法理会，他依然握紧方向盘一动不动，感觉车身在晃动，需要竭尽全力握住才能让车不偏离直行线。别克车减速到接近刹住，陈泰和才放开右脚，打方向，轻加油门，把车开到右侧前方路旁紧急停车线内，缓缓停了下来。

还好，汽车未曾失去控制，缓行停车均正常。

"刚才那是什么？"汪明丽发问，声音发颤，惊魂初定。

陈泰和没回答，表扬："表现不错，很镇定。"

其实刚才汪明丽只差拿尖叫掀翻车顶。但是此刻必须把她稳住。

陈泰和让汪明丽下车，站到路旁隔离栏外以防万一。他自己从驾驶座跳下来，立刻跑到车头观察。他注意到车头下方挡板最右侧异常，明显变形凹陷，肯定是撞到了，所幸没被撞脱。高速运动物体相撞，冲击力巨大，刚才要是晚踩一秒刹车，或者是闪掠而过的那个东西逃避速度稍慢一秒，撞击将发生于车头中段下方，其冲击力会成倍放大，挡板必定有更严重损毁，不可抗力还可能令车辆完全失控，那就完蛋了。幸好该场景只供后怕，眼下没事，挡板轻微缺损不至于影响车辆行驶，他们算是逃过了一劫。

汪明丽问："那是一条狗吗？"

"很好，你提醒我了。"陈泰和继续口头表扬，"我得去看看。"

"看什么，赶紧走。"

"肇事逃逸吗？"

"又不是撞人。"

"还是得看看。"

刚才那一瞬间，紧张中很难看清突然窜出来的是个什么。以个头、速度论，似乎像一条黑狗，车灯下接近褐色。高速公路不同于一般公路，全线处于封闭防护状态，由铁丝网、隔离带等设施与周边隔开，体型稍大点的动物很难闯入，但是或因自然力破坏，或因人为，防护网偶尔会出现破损，于是便有了眼下这种意外惊险。假设从公路中线隔离绿植带中突然钻出来的真是一条狗，它当然不可能从天上直接落到公路中线，此前应当是从一侧路基某处钻入。这条狗肯定是野狗，否则不会在这种时候出现在这种地方。野狗虽属野生，但目前尚未列入动物保护名录，因此撞了也是白撞，无涉任何法律条文。即便其后发生相关连带事件，也可从公路监控资料一直追溯到这辆别克车，此刻陈泰和一走了之也没啥问题，绝对不算肇事逃逸。

但是陈泰和还是决定去看一看。无论如何，小心为要，有些人可以什么都无所谓，很不幸陈泰和不行，他必须格外留神，尽量防患于前。刚才发生的这场意外撞击，不管是他们撞了狗，还是狗撞了他们，总之彼此硬碰硬了，坚硬的车头金属板都给撞了个变形，硬度小得多的血肉之躯肯定凶多吉少。以轿车被撞部位的角度判断，撞击发生后不太可能倒卷，也就是被撞物不会被卷到车下并被车轮碾过。如果发生那样的情况，车上乘客会有碾压产生的震感，没感觉到，那就是被撞物让冲力整个儿抛出去了。如此撞击抛出，力度足以让被撞物倒地不起，此刻它应当躺在撞击现场右前方不远的路面上。无论是一击毙命，还是在苟延残喘，它躺在那里便是隐患，特别是在夜间缺乏足够照明的高速公路上，对于行驶经过本地段的后来车辆，地面上一堆血肉模糊的东西可能比隔离带绿植中窜出来的物体更有威胁，因为活动物体更容易被发现，地面上一动不动的低矮障碍物则可能给毫无戒备的司机一记意外重击，需要特别小心。

"虽然防不胜防，"陈泰和说，"还得尽量防。"

他让汪明丽待在隔离栏外别动，自己从后备厢找出一支手电筒和三角警示牌，沿着临时停车带匆匆往逆向走。下车前他已经打开了双闪灯，提醒身后车注意，如果必须停留，三角警示牌不能不放。

这一段高速公路是单向三车道，路面相对较窄，目视可及。这里远离城区，照明路灯设置较少，夜间光线不足，幸好手电筒电力够用，凭借这一辅助光源，足以看清路面上的特殊情况。陈泰和拿手电筒扫描路面，向前走了百来米，从碰撞现场到别克车紧急停车点，最多就是这么远。很意外，他没有发现任何异常，没有任何动物躺在路面上，无论是死的还是活的。

莫非它逃走了？它没有一撞毙命，但肯定受了伤，也许伤在胯或腿上。以别克车头的撞击痕迹判断，它受的伤肯定轻不了，却似乎没有妨碍它逃命。高速撞击的冲力把它抛向右前方，估计会落在接近紧急停车线附近。落地后它挣扎滚翻，竟然重新站立起来，然后便以惊人的敏捷逃命，一瘸一拐甚至翻着跟头横过剩余路面，钻过路侧的隔离栏，离开了这块横祸飞落的恐怖之地。它在滚下路基之后还能跑多远不得而知，很大可能是再无逃命之力，只能躺在草丛边忍痛喘息，等待毙命。人到了这种时候或许会回顾此生，追悔失误，反思自己怎么会这么不小心，搞成了这样。它还没进化到这种高度，不需要反思，只能一味等死。无论如何，在它离开这条公路路面之后，陈泰和不必，也不可能再找到它，它已经不再对后车和车上的人们产生潜在威胁，与陈泰和再无瓜葛。

陈泰和掉头往回走，再次仔细察看路面，确认无误。路面上无狗，安全。

这时有一辆轿车从他身后飞驰而至，沿着最靠隔离绿植带的超车道行进，与陈泰和此前的行驶路线一致，对紧挨路基护栏步行的陈泰和以及前方紧急停车线内的别克车不构成威胁。陈泰和注意到那是"一匹马"，宝马。宝马车隔着两个车道从陈泰和左侧掠过时突然刹车减速，陈泰和不由一怔：难道又有一条狗从绿植带里窜出来？或者此前被撞的那条狗竟躺在那里？不是。宝马车没有停下，转眼加速驶离。估计当是司机发现了路侧的陈泰和与别克车，感觉诧异，减速看一眼而已。

陈泰和再次留意自己的标准配置。鸭舌帽、墨镜、口罩均"健在"，没像那个挨了一撞的东西眨眼间消失得无影无踪。

汪明丽还是那句话："是一条狗吗？"

"它不见了。"

汪明丽惊讶，一时说不出话。

"不必担心。狗会撞车，鬼不会。"

"怎么一眨眼就……"

陈泰和自我表扬，称自己一语千钧。刚说"偷鸡摸狗充满惊喜"，果然一上路就摸到了一条狗，虽然是车摸到的，人还是随之惊喜不已。一眨眼不见了可称好事，表明该狗还能跑，足够结实，跟这辆别克车一样。比较起来，狗比汽车更值得表扬，以血肉之躯迎击钢铁，受了伤连滚带爬还要前进，至少想办法爬出了高速公路，不给人找麻烦。祝它和别克车都没事儿，健康快乐。

别克车确实没事儿，经得起表扬，启动声音正常，上路行驶正常。陈泰和小心驾驶，不动声色却分外紧张。剩下的行程里，隔离绿植带没再突然窜出个什么，也没有潜伏在路面的动物遗体让别克车猝不及防"咥"一下轧上去。但是偷鸡摸狗注定不那么健康快乐，下一个"惊喜"在十几公里之外笑脸相迎。

那地儿已经出了高速公路，在一条山间公路上。当时天色微明，路两侧山岭林木在天际中渐显轮廓，山间公路上人车罕见。这条山间公路坡度大，弯道多，路况尚好。别克车到达一个山口，前方豁然开朗，一个林木茂密的圆形小山包似已近在咫尺。下坡道路依山傍水，右侧山体大片护坡连绵，左侧傍着溪流，路基边竖着一根根石质护栏，顺山势而下。对面无车，别克车踩着中线行驶，这条线周边路面磨损最轻。接近坡底时，陈泰和感觉车身意外一震，方向盘一抖。他立刻刹车，把车停到前方右侧路旁。

汪明丽不解："又怎么了？"

陈泰和表扬："很敏锐。"

他感觉像是车轮轧到了什么，当然不是高速公路上消失得无影无踪的那条狗。别克车一路上始终开着车灯，没有照到任何动物，车轮却"咥"地一震，震感非常真切，不是幻觉。

"我得去看看。"陈泰和说。

"不是快到了？"汪明丽问。

"是啊。"陈泰和说，"还是小心为要。"

陈泰和让汪明丽待在车里别动，自己下车往回察看。天色已经显亮，却还不足以看清路面，依然得借助手电筒。

他发现了路面上的一道裂缝，参差不齐，靠着左侧路基向上延伸了十数米。裂缝外侧路面明显下陷，这应当是刚才别克车意外一震的原因。抬眼观察，路基边缘的隔离石栏柱已经不正，肉眼可见几根石栏向外仰，这显然是路基变形造成的。路基外边下方就是河道，听起来水声特别浩大。

陈泰和回到停车位置。没上车，直接先做准备。他打开后备厢，把塞在里边的一团折叠物品搬出来，在路旁复原，三两下完成，却是一辆轻便折叠式电动车。后备厢里还有一个沉甸甸的大双肩包，陈泰和把它取出来背上，关好后备厢，把电动车推到别克车头前放好，再回到车上。

"路基变形。可能因为昨晚那场雨。"陈泰和告诉汪明丽。

"有麻烦吗？"

"对。"

汪明丽指着别克车头前的电动车问："现在走？"

"还记得路吧？"

"我很笨？"

"你聪明极了，绝对可以承担重任。"陈泰和表扬，"下坡，拐个弯就到停车场。"

"知道。"

陈泰和把双肩包交给她。

汪明丽掂一掂："哦，挺沉。"

"足够开一家银行。"陈泰和交代，"天马上亮了，小心为要。"

"你呢？"

陈泰和就待在车上。从天亮起，别克车就是红线，陈泰和必须待在自己的红线里，戴着他的全套标配。偷鸡摸狗，不能不防。

"什么啊？"汪明丽不高兴。

她拉开车门，背上包，骑上停在车头前的电动车离开。

陈泰和立刻打开手机，给曹兴元打了一个电话。他告诉曹，他刚得知林东公路有一段路基变形，地面上出现裂缝，长度在二十米以上。具体地点大约在该路段十五公里路碑附近，下坡中部位置。

"你是不是也得到消息了？"陈泰和问。

"没有。可靠吗？"

"绝对可靠。"陈泰和强调，"赶紧派人处理。"

"明白，明白。"

"知道今天是什么日子吗？"

"有个什么北师祖？"

"三年前那次翻车死了十二人。记得吧？"

"哎呀！那里啊！"

"赶紧。最多再两小时就要走车队了。"

"陈副放心。"

陈泰和把手机放下，放低驾驶座，半躺卧闭目养神。估计他得在车上待将近一个小时，待汪明丽办完事再原路返回。不料仅仅过了半小时，下一个"惊喜"骤然而至。

是一辆警车，警灯闪烁，突然从后边弯道冲了出来。陈泰和看到警车即感觉诧异：曹兴元反应不会这么快吧？曹也不可能调得动警察啊。

警车竟是朝着陈泰和而来，它减速，缓缓越过一动不动的别克车，停在前方路旁。车上有两个警察，坐在驾驶座的警察坚守岗位，副驾位上的另一个警察下车走了过来。这是一位辅警，他走到别克车头边，躬身朝车里看看，举手敲敲车窗。

"开门。"

陈泰和把车窗降下来："什么事？"

辅警把一支快速筛查棒从窗口伸进来，命令："吹。"

原来是酒驾检查。

"这么早就上路巡查了？"陈泰和挺惊讶。

对方没回答。陈泰和也不再说话，拿下口罩，对着筛查棒用力吹了一口气。对方看了看显示屏，似乎感觉意外，放下筛查棒盯了陈泰和一眼。

陈泰和笑笑，"要不要再来一嘴？"

"从哪里来的？"对方问。

"市区。"

对方要看陈泰和的驾驶证。陈从口袋里取出来交给他。

"干吗把车停在这里？"对方发问。

陈泰和把手往后一指："那边有一条裂缝。"

"什么？"

陈泰和打开车门，探出身子往后边指了指，说了情况。对方将信将疑，即转身往坡上走，前去实地察看，手里还抓着陈泰和的驾驶证。

不一会儿辅警回来，陈泰和还坐在驾驶座上，开着车门。辅警把驾驶证还给陈泰和，似乎并没有认出他："你走吧。"

陈泰和称自己等人，一会儿再离开。

"小心点。"对方交代，"那边有塌方。"

警车发动，驶离，迅速消失，只留下蚊子飞过般的"嗡嗡"声不绝如缕。

陈泰和关上车门。自始至终他没有离开别克车，固守于"红线"之内。

一个月后，他才知道其实已经破防。

那天开办公会，会后郑立把陈泰和叫住，让陈到他的办公室去一下，有点事。陈泰和做兴奋状："市长有个大红包？"

郑立笑:"小意思。"

郑立的小意思或称大红包却是又一"惊喜":一张照片。照片里有别克轿车,停在山间公路旁,车门开着,驾驶员戴鸭舌帽、墨镜、口罩,正从车门探出半个身子。

陈泰和摇头,指着照片骂了一句:"妈的,这家伙。"

"不是你吧?"

"准确无误,拿获于作案现场。"陈泰和感叹,"难道是无人机?"

他想起那天警车开走后的"嗡嗡"声,显然那不是什么大蚊子骚扰,是附近有东西,也许是一架航拍小型无人机。

"不会只有一张照片吧?"陈泰和问。

郑立点点头,从办公桌上一个信封里又取出一张,这张拍的是一个女子独自在供桌前点香,周边香烟缭绕,像是在一座庙里。女子背着双肩包,看上去沉甸甸的。

陈泰和指着照片上的女子告诉郑立:"这是汪明丽。"

"你妻子?"

"市长见过的,原配加现任。"陈泰和点点头,"还没换过。"

"这是在哪座庙?"

"北岭寺。"

郑立说明:"赵要我了解一下情况。"

"赵"是赵成,本市市委书记,一把手。赵把这两张照片交给郑立,要郑找陈了解。书记手中可能还有其他照片,至少还会有一张匿名举报信,很可能是从省里转下来的,举报陈泰和违法违规等。陈泰和身为副市长,摸黑自驾数十公里,赶一大早来到北岭寺,自己躲在山路旁轿车里不露面,让老婆独自上庙烧香,这是为什么?贪官即将败露,心慌意乱,求神明保佑？或者是官迷谋进，想在眼前一轮班子调整中往上爬，跑到庙里烧纸送钱，贿赂神明以求助一臂之力？都可怀疑。具体还举报些什么，写得如何惊悚，没看到原件之前，郑立肯定也不甚清楚，陈泰和更得靠想象。可以断定的只是该举报包括两张照片都属于表现空间很大、确凿证据不多一类，也就是所谓"可查性不足"。如果具有足够可查性，那就不会让郑立先找陈泰和本人了解，而是会直接交由负责部门安排约谈、函询甚至启动调查程序。市长郑立同时是市政府班子廉政建设第一责任人，他来出面较为合适。

陈泰和解释：前些时候，有一个晚间，陈泰和的母亲告诉媳妇汪明丽自己没钱花了，神情似存抱怨，汪明丽感觉很不安。实际上老人的抱怨只是托梦，她已经过世数年了，生前从不与后辈计较钱财，死后基本也不来相扰。不料汪明丽竟做了这个梦，所以才决意去一趟北岭寺。北岭寺是本地名寺，供奉"北师祖"，相传是千余年前住持并圆寂于该寺的一位高僧。陈泰和当年参加高考前，其母曾与一位女工友结伴于农历四月十九去该寺许愿，那一天是民间所称的"师祖升天日"，为高僧忌日，有大批信众在这个日子从四面八方前来祭奠朝拜。其后不久，陈泰和考上一所好大学。陈母从此成为北岭寺粉丝，不时前去朝拜，从陈泰和学业优秀到成家立业到仕途顺遂，时有所求，似有求必应。陈泰和自嘲，称在母亲面前缺乏成就感，方知自己几十年来各种努力其实很渺小，烧香更为重要。陈泰和的妻子汪明丽在市直一个事业单位当会计，与北岭寺并无渊源，只是知道该寺对婆婆的特殊意义。梦见婆婆抱怨后，汪明丽决意通过该寺送钱，当然是送纸钱，不需要让婆婆在那边开银行，至少也得够花。

"心意可嘉。"陈泰和表扬，"但是不能去。"

陈泰和已经不是当年即将参加高考的高中学生，眼下可算公众人物，其亲属亦连带着为人关注，公然烧香拜庙涉嫌迷信，影响不佳，有所不宜。

汪明丽却难以释怀。陈泰和怀疑，所谓"婆婆托梦要钱"很大可能只是托词，实际是汪明丽自有心病。近年间陈泰和职位渐次上升，权大事多，料理不少急难险重，难免得罪人，也较容易犯错。加上外界纷繁美妙，钱财美女遍布，地雷随时可能碰响，家人自然有所担心。汪明丽心思重，心病多，时不时疑神怕鬼。心病多了需要解脱，陈泰和不时对之加以口头表扬，但是效果相当有限。前些时候，汪明丽利用双休日，与单位里的同事结伴到北岭寺一游。作为本地旅游名胜，该寺除香客外，游客亦众。那一次汪两手空空前去踩点，貌似旅游而已，未造成不良影响，却掌握了若干基本信息，包括进香之路线、环境、程序等，还确定了最佳"送钱"时段，这就是"师祖升天日"。据说这一天很神圣，送往另一个世界的钱不会遭到任何克扣，将全数照单送达。陈泰和思忖，如果走一趟北岭寺对她有帮助，试试也无妨，关键只在小心防护，不为人知。相较而论，让北师祖知道，也比让心理医生知道安全。汪明丽会开车，但是车技一般，上班可以，对付高速公路和山间公路有困难。找个人送她一趟很容易，却扩大了知情面。经多方考虑，陈泰和决定自己干，夜半出门，清晨到位，赶在"师祖升天日"大批香客、游客到达之前完成任务，返回后还可以照常上班，最多稍迟一点。该路程和周边环境陈泰和恰好熟悉，三年前同个日子，曾有一辆旅游中巴因道路塌陷翻车，滚下路旁溪流，造成重大安全事故，该事故由陈泰和牵头处理，当时他曾几次到过现场。类似上庙有如偷鸡摸狗，需要精心策划。出于小心为要，保险起见，陈泰和决意不让自己在北岭寺露面，车子也不进停车场，只临时停靠于公路边，最后一小段路让汪明丽骑电动车对付，当时天已经亮了，安全没有问题。

　　不料百密一疏，尽管陈泰和始终固守于自己划定的别克车"红线"里，终还是给拍进照片，捉拿于作案现场。这叫天网恢恢，疏而不漏。

郑立问陈泰和："心里有点数吗？"

郑说得比较含蓄，直白一点即"能猜出是谁干的吗"。

陈泰和感觉没底。从当天情况分析，不可能是某无关者于无意中狭路相逢拍照留念并加举报，对方显然是有意且肯定还是有预谋有准备的。无论照片是通过无人机航拍，或者只是躲在路边草丛里拿照相机创作，此前都要经历打探情报、跟踪追击、传递指令、现场操作等过程，得有一个运行网络，才能让步步留神小心防范的陈泰和破防。高速公路上那匹早起的宝马，有可能是在负责追踪。查酒驾的警察有很大可能是追踪者报假案招来的。只有绿植隔离带突然窜出来的那条狗可以断定属于意外，很难让它按照预定脚本参与出演。开展跟踪、记录、举报活动需要一定的人力、物力、财力，不会出自"广大干部群众"，只可能来自比较直接的"利益攸关方"，出于某种动机，例如报复、警告或者狙击。以往陈泰和曾经邂逅过若干类似举报，被上级函询过、约谈过，所幸他一向心思缜密，防护小心，此来均无大事。遗憾的是他也一直心里没底，不知道是被谁"爱"上了，至多只是存有若干无据之疑，只能告诉自己务必更加小心。

"其实谁都一样。"陈泰和自嘲，"一概认领不谢。"

"你需要写一个说明。"郑立交代。

陈泰和表示情况不难说明。那天有一个万幸：意外发现一段公路路基塌陷，他在现场给交通局局长曹兴元打了电话。曹反应很及时，应急处置和控制措施迅速到位，防止了事故发生和人员伤亡。这个电话可从侧面表明当时他还是干了件正事。由于涉嫌自吹，陈泰和在说明情况时不能提这个事，只可以做深刻剖析检讨，这是必需的，毕竟是偷鸡摸狗。对他来说，比较痛苦的是如何切实整改。他考虑是不是下决心把汪明丽换掉，以绝后患。

"瞎扯吧？"郑立眼睛一瞪。

陈泰和笑笑:"感觉还是舍不得。人家是贤妻良母好媳妇。"

当着郑立的面,陈泰和打开自己的公文包,从里边取出几张纸上交,却是一份"本人前往北岭寺事项的说明与检讨"。

原来他早有准备。他这样的人长于防护,但是防不胜防,总会在意想不到的地方破防。怎么办呢?想开点,该干吗干吗,我行我素。一旦惊喜临门,该检讨检讨,该拉倒拉倒,未曾拉倒那就继续。

·作者简介·

杨少衡,男,1953年生于福建省漳州市。西北大学中文系毕业。福建省文联原副主席、福建省作家协会名誉主席。1979年开始发表小说,出版有长篇小说《新世界》《海峡之痛》《党校同学》《地下党》《风口浪尖》《铿然有声》《相约金色年华》《金瓦砾》等,长篇纪实文学《天河之旗》,长篇儿童文学《危险的旅途》,中短篇小说集《彗星岱尔曼》《西风独步》《红布狮子》《秘书长》《林老板的枪》《县长故事》《你没事吧》等。

春风凌乱

□ 付秀莹

回芳村的路上，燕乔发来微信：哪天回啊？

燕乔跟我是发小，从小玩到大的那种。如今，她在县中学教书，我在北京瞎混。我们难得见面，平时联系也不多。但只要我回老家，她总要赶回芳村来，陪我说说话。私心里，我挺迷恋这样一种关系。确定的人，确定的地方，确定的友谊——生活中的不确定太多了，这点小小的确定，显得尤其难得，并且珍贵，不是吗？

照例是一干人等着，哥哥嫂子，妹妹妹夫，还有我八十岁的老母亲。早有孩子们通风报信，来了来了地喊着。大家都跑出来迎接。我心里惭愧，恨不能像个魔术师，立时三刻变出一车子礼物来。打发走出租车，他们过来跟我寒暄，仿佛我是远道而来的客人。嫂子哎呀一声，问我怎么又瘦了，太瘦可不好。女孩子到了这个年纪——话说半截，被我哥打断了，叫她去厨房看看，炖着肉呢。老母亲在人群里悄悄打量我，一眼一眼地。大半年不见，她似乎显得比先前瘦了，人也矮了，佝偻着腰，被高大结实的孩子们遮挡着碰撞着，又欢喜，又有点慌乱。我走过去，揽住她的肩膀，跟她贴一贴脸，她费力地挣脱开，有点不好意思："嫑，嫑，这么大个人了——"

午饭颇丰盛，七个碟子八个碗，嫂子她们还在川流不息地端菜端汤。看架势，显然是待客的饭。老实说，我就怕这个。跟他们说过多少回了，甭费事，就家常饭最好——我在外头还吃不上呢。他们哪里肯听？看得出来，老母亲显得更为不安，甚至有点焦虑。她坐在饭桌的一角，不大说话，只是拿眼睛看看这个，看看那个，带着一种近乎讨好和歉疚混杂的笑容，还有暮年之人常有的茫然无助的软弱。母亲老了，说话做事开始看儿女们的脸色了。当年那个风风火火性格强硬的辣椒嫂呢？屋子里弥漫着饭菜的香味，立式空调吹着暖风，电视柜旁边的那盆水仙开得挺好，白花黄蕊，散发出幽幽细细的香气。男人们另开一桌，喝酒划拳，吹牛斗嘴，关心着买卖和时局。女眷和孩子们就安生多了，吃菜，说笑，扯各种八卦。我从兜里掏出几个红包，给孩子们发压岁钱。一阵欢腾和喧闹声中，老母亲悄悄扯了扯我衣角，嘴角嚅动，似乎想要说什么，终究没有出口。我拍了拍她的手背，叫她放心的意思。她的手干枯，瘦，秋天的棉花秸秆一样。我夹了一个肉丸子，放在她碗里。

阳光挺不错，明亮而和煦，给人一种模糊的混乱的错觉，仿佛春天已然来临了。五九六九，沿河看柳。今年春节晚一些，马上就要六九了。树木倒还看不出丝毫绿意，只是乡下的风里，似乎多了一些柔软湿润的气息。树枝微微摇动，也流露着温柔舒缓的表情，不似寒冬里那么冷硬倔强了。村庄静谧，偶尔传来一两声狗吠。

我们坐在院子里晒太阳，有一句没一句地说话。燕乔是午饭后赶来的。

她穿一条今年很流行的米白色阔腿裤，咖啡色羊毛大衣，头发微微烫过，很随意地扎在脑后。她也说我瘦了，早先是圆脸，现在下巴颏儿变尖了。你看你这儿，就这儿——她摸着自己的脸，跟我比画着。我只是笑，不承认也不否认。在北京讨生活，好比在荆棘堆里打滚儿，胖了或者瘦了，都是小事儿一桩，皮外伤而已。倒是内心里那些个沟沟坎坎，大窟窿小眼，旁人看不见的那种，才最是要命。不过，这话我没有说出口。不是不想说。问题是，即便说了，有什么意义呢？如鱼饮水，冷暖自知罢了。这是我自己的选择，并没有人逼我这样。当初，我也完全可以留在家乡的县城里，结婚生子，过一种衣食无忧的安定生活，像燕乔这样。我怎么就一根筋似的，一心只想着离开，只想到大城市去呢？是我自作自受，怪不得旁人。燕乔说："我倒是胖了，你看我这腰——"看上去，她确实比上次见面的时候胖了一些。从小到大，她一直是一个清瘦的姑娘，长胳膊长腿，单薄到叫人担心。而今，人到中年，她倒出落得比年轻时候更好看了。丰腴，饱满，称得上珠圆玉润，有一种到了这个年纪才有的成熟韵味。看起来，她的生活颇不坏。至少，比我混得强多了。

嫂子收拾好碗筷，过来打招呼。端过来瓜子花生，又倒了两杯水，递给我们。水太烫，一时喝不到嘴里。我抱着杯子，在两只手里倒来倒去。燕乔呢，干脆把杯子放在地上。热水冒出袅袅白汽，在新春的风里迅速消逝。嫂子问起县城实验中学的事，好不好考，怎么报名，要哪些条件。侄子马上小学毕业了，嫂子想让他去城里读中学。燕乔耐心地给她讲解起来。可能是多年教书生涯的磨炼，她已经拥有一副很好的口才。我记得，小时候的燕乔，是一个少言寡语的人，性格内向，一说话就脸红，甚至，有一阵子，还有那么一点轻微的口吃。尤其是当她着急的时候，或者面对陌生人的时候，她的口吃会更加明显。什么时候，她口吃的毛病消失了？正月的阳光洒落下来，院子里仿佛铺上一层薄薄的金沙。天空是那种极浅的蓝，浅到发白，有几块云彩，一会儿变作一条狗，一会儿变作一匹马，变幻莫测。燕乔说的不是芳村话，也不是普通话，介于芳村话和普通话之间吧，夹杂着正式的书面用语，还有简洁有力的手势。她在讲台上应该就是这个样子吧。嫂子很认真地倾听着，不时点头、发问，眼神里满是信服和尊敬。"嫂子，有啥事你就说话，咱都不是外人——我跟萍这么多年——小时候，我白天黑夜长在这院里——"

我跟燕乔同岁，论生日，她还要比我小两个月。她性子温柔，安静懂事，不像我，出了名的疯丫头，顽劣淘气，什么坏事都干。在我母亲这里，燕乔是最受欢迎的。她的一句口头禅就是"看看人家燕乔"——我是在多年以后，才似乎恍然悟出了生活的一些秘密，或者叫作命运的细微暗示。而今，几十年过去了，母亲也已经步入她的晚年，藏在她心底深处的那一句，恐怕还是这个吧。看看人家燕乔——当然，我怎么不知道，这是一个母亲的担忧。她那远在天边的闺女，漂泊在外，老大无成，并且，一个人，孤苦伶仃，并没有过上她想象中的理想生活。我该怎么安慰她呢？

哥的鼾声从东屋传出来，打雷一般，他又喝醉了。他总是这样。酒量不大，还挺敢端杯。耳根子又软，听不得人家一句劝。心眼儿呢又实，人家给一点好处，恨不能立时三刻掏心掏肺，割头换脑袋。难怪嫂子老骂他。我早就看出来了，在我哥和我嫂子的关系中，我嫂子属于强势的一方，处处压我哥一头。怎么说呢，嫂子是个好嫂子，芳村出了名的好媳妇，贤惠，能干，孝顺——这后头一条最是难得。不说别的，就凭人家给老刘家生下两个欢蹦乱跳的大孙子，坐定江山，绝不在话下。芳村有句老话，媳妇越做越大，闺女越做越小。早些年倒不觉得，这几年回来，嗯，确实不一样了。

午饭过后，人们都散去了。打牌的打牌，串门的串门。孩子们也呼啦一下子不见了。院子里的喧嚣热闹，仿佛也被他们统统带走了。地下零乱扔着橘子皮、花生壳、烟蒂，一只红气球被丢弃在那里，落寞地飘来飘去。老母亲颤巍巍过来，端着一杯水，往东屋去。又喝多了，一喝就多——絮絮叨叨地。我想过去帮忙，到底忍住了。对于一个年过八十的老母亲来说，给喝醉的儿子送杯水，该是一种无人能够剥夺的权利吧。

我们都停下说话，齐齐屏住呼吸，看着母亲小心翼翼地上台阶，一磴，两磴，三磴。等她终于稳稳当当站在东屋门口的时候，才都轻轻呼出一口气来。"都老了——"燕乔说，语气里混杂着感伤、悲凉和无奈交织的复杂情绪。不知道是感叹母亲她们这一代老了，还是感叹我们这一代也老了。"你还好，一点都不显老。"我说的是实话。当然，我的实话里也有那么一点修饰的成分。我不知道自己为什么会这样。在燕乔面前，我是不需要任何修饰的。是不是，这么多年来，我已经对诸如真实啊诚恳啊这些所谓的人类美德，变得越来越麻木了？我有点讨厌自己。我讨厌自己这种熟极而流的话术，脱口而出，几乎没有经过大脑，更谈不上发自内心。问题是，我怎么以前从来没有觉察到呢？燕乔看了我一眼，笑起来。这一笑，她眼角的细纹被骤然聚拢在一起，变得明显。饱满的两颊微微凹下去，被散落下来的两缕碎发巧妙地遮住。她的头发还是那么好，蓬勃而茂盛，在阳光下闪耀着健康的光泽。"别看了——染的。"她再一次笑起来，仿佛这是一件令人好笑的事情。我很记得，燕乔天生一头好头发，发量惊人，她常常为此苦恼。梳辫子要分四股，橡皮筋最容易弄断，洗头发呢更是麻烦——要用一个很大的脸盆，头发满满铺进去，黑压压一把抓不透。伏天里，须高高盘起来，免得捂出痱子。她母亲常常不无担心地叹息，贵人不顶重发——在燕乔的头发这件事上，她母亲一直怀有很深刻的偏见。是啊，燕乔的头发确实过于茂盛了。她母亲把她的瘦弱单薄统统归罪于她过于茂盛的头发，吃点东西，营养都让头发抢去了。这是她母亲的理论。还有一点，过于茂盛的毛发，总是让人产生过于丰富的联想，比方说，身体的某些部位。对一个姑娘家而言，这简直是一种羞耻。总之是，少女时代的燕乔，为了自己一头过于茂盛的头发，吃尽了苦头。"真的——我骗你干吗？"燕乔说。燕乔的头发烫成细碎的小卷，一大蓬松松扎在脑后，令她看上去有一种慵懒的松弛的腔调，小城生活滋养出来的烟火气，家常而温润，叫人觉得和煦宜人。不像我，这么多年了，在外头跌跌撞撞，鼻青脸肿，浑身上下成天紧绷着，连睡梦里似乎都攥紧了拳头，仿佛随时随地就能身上长出刺、头上长出犄角来。我成天穿戴着厚厚的盔甲，化着浓妆——不是为了美，而是为了厮杀和抵挡、进攻和防御。然而，我最终得到了什么呢？

发现自己的第一根白发，是在去年。好像是个周末吧，早晨起来梳头的时候，看见鬓角有一根头发，半截已经白了。心里一惊，知道岁月这东西厉害，岂肯轻易饶过谁。后来，我又发现了第二根，第三根。我先还细心拔去，后来，白的多了，就渐渐失去了兴致。我不是不想跟时间对抗，我是不敢。时间这东西，谁能奈何得了呢？最是人间留不住，朱颜辞镜花辞树。自古以来，这样的感慨从来就没有停止过，何况我等碌碌之辈。这么多年了，我离开故乡，在别人的城市瞎混，幻想着有一天能够混出一点名堂来。有时候意气风发，有时候心绪低沉，有时候彷徨歧路，有时候又觉得人生有味、人间值得。总以为一生漫长，足够我挥霍。在故乡和他乡之间往返奔波，万千滋味，说不得。

然而，是从什么时候开始，我变得越来越不愿意回芳村了？奇怪得很。在外面倒不觉得，一回到芳村，我就深切地感到，我老了。我们正走在一条越来越短的路上，当然，你说越来越漫长也行。街上走着的年轻人，不认识的越来越多了。那些跑来跑去的孩子，竟然没有一个能叫出名字来了。熟悉的老人，一个一个相继离开。每一回，当我提及某个人，母亲淡淡一句："他呀——早走了。"心下一惊，久久说不出话来。

"你——还是找一个吧——"燕乔说这话的时候，是小心翼翼的口气，还有一点不易觉察的迟疑。"我没有别的意思，就是觉得吧，一个人，总归还是孤单。"燕乔她为什么要解释呢？作为发小，作为一起见证过彼此童年和少年时代的伙伴，她不需要任何解释。尽管，在这件事上，我不愿意接受所有人的善意，或者叫作美意也好。没错，我年过不惑，还是单身。在芳村人眼里，我简直就是一个妖魔鬼怪，要么就是有什么问题。总之，我就不是一个正常的人类。在芳村，跟我一般大的发小们，都早已经成家立业，儿女成行了，有的甚至还有了第三代，当上了爷爷奶奶或者姥姥姥爷。我不愿意猜测，在这件事上，我的亲人们，尤其是我的母亲，到底承受了什么，承受了多少。"慢慢来吧。"我说，"这种事，没办法。"燕乔没有说话。她把手上的戒指摘下来，戴上去，摘下来，再戴上去，反反复复。仿佛这枚黄金戒指是一个魔咒，戴上它，就会"从此过上幸福的生活"。然而，摘下它呢——这么多年来，这是她第一次跟我谈到这个问题。她算是早婚，二十三岁吧。当然，在我们这一带，也属于正常。结婚，生子，有一份稳定的工作——当老师，是我们这地方能够想象到的最适合女孩子的职业了。她住在县城，跟村庄保持着千丝万缕的联系。娘家在芳村，婆家在田庄，跟芳村相邻的一个村子。她在这个熟悉的人情世界里往返奔忙，如大雁在天上，鱼在水中。我从来没有问过她是不是快乐，也不知道她对自己的生活是不是满意。我的意思是说，我自己混成这样，有什么资格对别人的生活指手画脚呢？阳光从燕乔背后照过来，可以看见她脸颊上细细的绒毛，被镀上一层薄薄的金色。她的耳垂圆润可爱，近乎透明。还有下巴颏儿上那颗美人痣，在光影交错中显得俏皮生动。有那么一瞬间，我就恍惚了。仿佛眼前还是那个一头浓密头发的小姑娘，被大人的梳子弄疼了，噘着嘴，眼睛里含着泪花。不知为了什么，却又笑起来，笑得弯了腰，笑声清脆，在时间的深处激起迷人的回响。阳光静静地照下来，我们坐着，吃花生，喝水。花生是自家种的，拿细沙炒过。水是白开水。我们这地方，大多没有喝茶的习惯。老实说，我挺享受这种感觉。两个人，安静坐着，即便是不说话，也不觉得尴尬。风悠悠吹过，一点凉意也没有。暖阳之下，有一种时间静止、地老天荒的错觉。我这是怎么了，一回到芳村，我怎么就变得软弱了？

我哥的鼾声忽然停止了。东屋里传来砰的一声。母亲受到惊吓，瑟缩地看了我一眼，又小心翼翼看一眼东屋。东屋挂着丝绒门帘，大红底子，上头绣着莲和鱼，是连年有余的意思。我朝着母亲笑笑，叫她放心。她坐在廊檐下，离我们不远不近，安静地鼓捣她的那些干菜。燕乔也看着我，眼神里滑过一丝紧张。"没事。"我笑。我知道，这是每次回来必须上演的一出。没有这一出，我的回乡就算不得完整。这么多年，我都习惯了。东屋里隐约传来争执声，极力压低了声音，依然能够穿过门窗，穿过那张寄托着连年有余的美好心愿的大红门帘，传到院子里来。母亲显然变得惊慌，她已经顾不上她的干菜，坐直了身子，警觉地盯着东屋的门帘。我用目光安慰她，不让她过去看。不痴不聋，不作家翁。我怎么不知道，这是一场无须劝说的战争，不见硝烟，莫名其妙地开始，莫名其妙地结束。每次回来，必定上演。我想，很可能，我就是那个唯一指定的观众，或者，叫作裁判，你叫作事件终结者也行。无论是主动还是被动，他们通力合作，演了这出好戏，给我这个远方归来的不孝女看。我不知道他们是不是对我的困境知情。也许，他们，尤其是嫂子，根本不相信，我在外头混了这么多年，真的是两手空空。没有房子，没有车子，没有钱，甚至，连个像样的家都没有。

那我还瞎混什么呢，这么多年。很可能，我的那种死要面子活受罪的做派，打肿脸充胖子的臭毛病，容易给他们造成某种错觉。燕乔渐渐变得松弛下来。从她的表情看，她似乎也明白了一些其中的奥妙。以她的聪敏明慧，人情通达，还有什么她不知道的呢？她在城乡之间往返，事实上，她自己就身陷在世俗人情的大网之中。她比我懂得太多了。小时候，玩过家家，她总是扮演那个当家的女人，做饭铺床，抱孩子做家务，内政外交，她都能搞得定。在那些童年游戏中，她就已经显示出某种过人的禀赋。这么说吧，燕乔她是世俗生活的胜利者。不像我，我是在经受了这么多年生活的捶打之后，才慢慢悟出了一些道理。比如，东屋的这场没有硝烟的战争，以及东屋门帘上的莲和鱼，它们之间某种不可言说的关联，千丝万缕，只能一点一点细细拆解。

　　燕乔的电话响起来，是任素汐唱的《大梦》。正月的阳光下，在芳村的老院子里，听这首歌，有一种百感交集的感觉。身边是迟暮之年的母亲，还有一生下来就认识的发小。东屋的鸡零狗碎，此刻也显得那么甜蜜，甜蜜而悲伤。这平凡而琐碎的人生，叫人爱不得恨不得，爱恨交织的生活呀。燕乔接电话，不知是不是出于习惯，把身子略略向外倾斜了一下。日光下，她的影子落在连接院子和屋子的台阶上，被一段一段截开，歪歪扭扭，却富有某种韵律。她微笑的时候，下巴颏儿有点双，可是奇怪得很，她的双下巴挺好看，有一种中年妇人才相配的雍容。阳光从她的背后穿过，她的头发蓬松柔软，每一根都被勾勒了灿烂的金边，星星点点，金丝银线，有点雾鬓云鬟的意思了。她的咖啡色大衣敞开着，露出里面的米黄色毛衣，胸脯饱满，微微显出一点小肚子。她饱满的胸脯，微微凸出的小腹，她的双下巴，她眼角的鱼尾纹，还有她右手无名指上那枚金戒指，让人觉得亲切有味，甚至于，让人隐隐生出一丝羡慕，我不想说出嫉妒这个词。没错，我一直在微笑着，我为我的发小，我的多年老友而喜悦，可是，我得承认，内心深处，我是感到有那么一点点嫉妒了。岁月偷走了她很多，然而，生活到底还是给予了她更多的馈赠，或者叫作补偿也好。我这是怎么了？我为什么总是想起当年那个清瘦单薄的小姑娘呢？有点口吃，说话的时候，眼睛亮晶晶看人。阳光照在我的背上，暖暖的，熨帖温柔，包容万物，给人一种巨大的抚慰感。强光下，我轻轻闭上眼睛。无边的黑暗包围了我，还有一种骤然降临的微微的眩晕，世界仿佛在安静地旋转，旋转，耳边似乎有轻轻的鸣叫，夹杂着燕乔说话的声音，嘈嘈切切，然而也安宁妥帖。就这样大睡一觉多好，大睡一觉，醒来发现所有的一切，不过是一场大梦。电话那头应该是燕乔的丈夫，他们在说孩子上补习班的事情。燕乔叮嘱丈夫去接一下，别让他老玩手机。燕乔说："我在萍家——跟你说过的——"我睁开眼，燕乔冲我挤挤眼，小女孩一般，仿佛我是她的同谋，我们共同拥有一个不为人知的秘密。"没事吧？"我说，"耽误你接孩子了。"燕乔说："让他接去，正好让他干点活——老打麻将。"关于燕乔的丈夫，我知道的并不多。就像燕乔对我的生活，也不见得有多少了解。我只知道，燕乔的丈夫当过兵，从部队转业到地方，在县城里工作。他们有一个儿子，正在读中学。这样的家庭，在县城里，算得上不错的人家，稳定，富足，体面，脱离了农村，而又跟乡下血肉相连。燕乔是她父母的骄傲，这种骄傲看得见，摸得着，骗不了人的。不像我，说起来在北京，可是，天知道在北京干什么，混来混去，到现在还没有混上一辆车——当然，房子也没有混上，只不过人们看不见罢了——更要命的是，连个家也没有。这个你还不能跟他们辩解，婚都没结，怎么能算有家？我常常乱想，在母亲眼里，尤其是在哥嫂眼里，这么多年来，我是不是越来越成了一个不便提及的话题？这个让我日思夜想的家，我还能轻易回来吗？

正月里，白天到底还是短的。阳光一点一点收敛起它的金色光芒，淡淡的雾霭悄悄升腾起来，村庄沉浸在薄薄的暮色中。院子里觉得有点冷了，杯子里的水也早已经变凉。我请燕乔到屋里坐，燕乔说不坐了，她还要回家去看看她母亲。我没有挽留，我已经占用了她一个下午。她的儿子，她的丈夫，她的母亲，正月里，她肯定还有很多家务琐事要应对。燕乔说，她母亲不知道她回芳村来，她们原来约定的是明天回来。东屋的门帘一动，嫂子笑眯眯出来，热情地留客，说晚上包饺子，现成的肉馅儿。你们难得见面，好好说会子话——燕乔说，今天就不麻烦了，下回再来吃嫂子的饺子。夸嫂子的羽绒服好看，气色真好，还是那么年轻，不知道的，还以为是萍的妹妹呢。嫂子欢喜得不行，脸上红扑扑的。两个人加了微信。嫂子说："孩子上学的事，少不得麻烦你。"燕乔说不麻烦，不麻烦。笑眯眯的。

燕乔家早先跟我家不过隔着一户人家，后来搬了。她弟弟盖了新房，住在村子西头。她母亲跟她弟弟一家住。我眼看着她开着车飞快地向村庄深处驶去，汽车扬起淡淡的尘土，又慢慢落下来。天边的晚霞已经消失了。夜风吹过树梢，发出细碎的声响。门口的大红灯笼亮起来，暖融融的灯光，照着大门上的春联。又是一年春草绿，依然十里杏花红。门上贴着门神，怒目金刚，威风凛凛。母亲咳嗽一声，喉咙里发出一声类似于叹息的无意义的声音，蹒跚着往回走。此时，太阳早已经落山了，暮霭淡淡，笼罩着田野和大地。远处的树木变得模糊，只能看出大概轮廓。而夜晚的村庄越发幽深，幽深而安静。我正要抬头看有没有月亮，燕乔的微信来了：萍，好好的，都好好的。一个拥抱的表情。

嫂子的饺子不错，猪肉白菜馅儿，是我们芳村最家常的吃法。我得承认，这么多年了，吃过千奇百怪各种馅儿的饺子，我还是最好老家这一口。你说怪不怪？

晚饭后出来，站在院子里，抬头看见天边的月亮，月牙朝上，细细弯弯的，金色镰刀一般，在蓝黑色的天上静静悬挂着。繁星点点，稠密极了，在头顶闪烁，那么远，那么近。而夜风浩荡，新的春天已经降临人间。

· 作者简介 ·

付秀莹，女，1976年生，《中国作家》杂志副主编，中国小说学会副会长。著有《陌上》《他乡》《野望》《爱情到处流传》《锦绣》《夜妆》《有时候岁月徒有虚名》《小阑干》等。《陌上》获施耐庵文学奖，入选《当代》长篇小说年度五佳、《收获》文学排行榜；《他乡》获十月文学奖，登2019年度中国小说排行榜，入选《当代》长篇小说年度五佳；《野望》登2022年度中国小说排行榜、扬子江文学评论长篇小说排行榜、第七届长篇小说年度金榜、中国新闻出版广电报年度好书榜，入选"十四五"国家重点出版物出版规划。部分作品译介到海外。

小寒日访程爷

□ 张 翎

王钰约了阿陶元旦过后去看程爷。动身的时候，下了几天的雨突然停了，轰地炸出一个大太阳，晒在身上酥酥痒痒的，像爬了层蚂蚁。

"二十一度。啥妖孽，还是不是小寒了？"阿陶骂了一句，把外套脱了，扔在后座。

阿陶跟程爷熟，前一次也是他陪王钰见的程爷。

"你说他还认得我吗？"王钰问。程爷刚过完九十八岁生日，正在往九十九岁上奔，记性像一张网眼很大的筛子，落上去的多，留下来的少。

"前两天老马去了，提前做了个准备。给他看了视频，说是记得。鬼晓得，这个岁数，上午一个样，下午一个样。"阿陶说。老马是志愿队的头儿，阿陶是老马的副手。

路不远，一个半小时就到了。到了村口，王钰说要看看风景，阿陶便在一棵槐树底下停了车,两人走路进村。路是土路,雨压过,倒也没什么大灰尘。路边都是两层的矮楼,有石灰墙的,也有马赛克铺面的,不同时期里盖的,各有各的路子,横不成行,竖不成列。各家门前的竹架上都晾着衣服,有的还湿嗒嗒地滴着水,是婆娘们赶着天晴刚洗出来的。田里有些耐冬的青菜,阿陶指了几样,王钰大多不认得。日头把黄的绿的都洗成了灰,王钰一下子觉出了身上那件沉红呢子大衣别扭。

程爷住的是老平房,陷落在一群矮楼之中,好认,却是难找。阿陶来过多回,回回都走过了。兜兜转转的,才在两座小楼的夹缝里,找见了程爷的乌龟壳。房子是程爷死去的老伴的。准确地说,是他死去的老伴的头一个丈夫的。那年程爷从牢里放出来,已经四十六岁。回到村里,发现爹娘留下的那间老屋早塌了。砌墙的石头,已被邻人挖去盖了猪圈,连窗框都被人拆走做了柴火。爹娘和哥哥都死了,嫂子带着孩子改了嫁,他就在队里的农具仓库睡觉,地上铺块塑料布,夜里脸上爬着老鼠。村里有个姓萧的寡妇见了不忍,就把他给收了,好歹算个劳力。

程爷在娘胎里就不老实,没日没夜地闹腾,差点把他娘的肚皮踢出个窟窿。从小爱打架。四岁时,邻人的鹅啄了他一口,他抓起一块石头,就把鹅拍成了一坨肉泥。长大了越发不可收拾。一个不中看的眼神,一句不中听的话,一笔没算清楚的账,一寸越过他家地界的篱笆,他懒得骂人,直接就用拳头说话。祸闯大了,也跑出去躲过几年。名声传得远了,年过三十还是一条光棍,没人敢把女儿嫁给他。

三十一岁那年,他闯下了最大的一场祸,和村里骟牲口的阿旺起了争执,一锄头砍断了阿旺的跟腱。故意伤人罪,蹲了十五年监狱。爹娘到老到死也管不住他,牢狱却把他收拾得服帖了。出来后,拳头软了,不再出声。

乡下人日子过得潦草,不如城里人长寿。渐渐的,程爷就把那些知道他陈年旧事的人都熬死了,只剩了个他自己,还没完没了地活着。村里一茬又一茬的新人出生长大,看见程爷在村后的果园里摘瓯柑,在门前的自留地里拔萝卜搭黄瓜架子,一脸泥塑木雕,从不开口说话。众人只晓得是个姓程的老绝户,再不知其余。再后来,青壮劳力都到城里打工去了,村里住进来一些租地做营生的外地人,程爷就成了弃地里的草,自生自灭,被人忘了。

直到有一天,村里突然开进来两辆汽车,一队人马捧着鲜花和一条红绶带,走进程爷的家,送来一个装着一枚黄灿灿的纪念章的匣子。众人围过来看热闹,看清了纪念章上的字:中国人民抗日战争胜利70周年纪念章。这才知道程爷年轻时当过兵打过仗。那时程爷的脑子还够用,进里屋换了身平整衣服出来,被接到城里,开了一个会,吃了一顿请。饭后,程爷站起来,脚跟"啪"地并拢,直直地敬了个礼,从兜里掏出一张捏出了水的百元纸票,递给领导:"长官说过,不能吃白食。"席间有个记者听了感动,就把程爷的事写成一篇洋洋洒洒的报道,发表出来,四处有人转载。打那以后,程爷的家里进进出出的就有了人声。

程爷的故事开始出现在各式媒体和网络平台上,被编进各种版本的口述历史书里。村人没想到这个抽巴老头竟有过一段这样猛爆的人生经历,方懂得人不可貌相海水不可斗量。从此见到他,远远的就喊一声"程爷"。他哼哈地应答着,脸上隐隐裂开了缝。王钰偶然看到程爷的故事,便辗转找到志愿队帮忙搭桥,联系到程爷做了一个专访。

转眼这就是七八年前的事了。这七八年里,世界发生了许多变故。程爷的老伴儿没了,自己也走不太动路了,脑子从一条偶尔泛浑的小河,变成了一锅糨糊。阿陶从供职多年的商报辞职,利用从前积攒的资源,开了一家文教产品网店,直播卖货,赚了点小钱。而王钰自己,还待在原先那家华人媒体，只是从雇员变成了老板。用阿陶的话来说，是炒股炒成了股东。当年还有个办公室，现在她一个人在地下室办报，偶尔找个临时助理。从前的收入叫底薪，现在的收入叫利润，永远战战兢兢地趴在亏损线上，随时预备着落水。

程爷的屋子从外表看跟前次没多大变动，依旧低矮，依旧破旧。但凡一样东西烂到了骨头，也就再无可烂之处了。门楣上贴着一张"民族脊梁"的红纸，色泽新鲜，显然不是王钰从前见过的那一张了。只是不知从那一张到这一张，中间还换过多少张。

程爷门前也摆着一个晾衣服的竹架子，却是光秃秃的，风吹日晒雨淋，白森森的露出竹筋，看着恍如一副人骨。屋旁的自留地里种着菜，喂饱了雨水，叶子精瘦精瘦的，倒不见有杂草。"老马带人收拾过了。"阿陶告诉王钰。

"地里的事，平时谁管？"王钰问。

"一个拐了八百道弯的堂侄，偶尔过来打理。"阿陶贼头贼脑地四下看了看，压低了嗓门，"惦记这间破屋呢。房子不值几个钱，宅基地有用。你别写这事。"

王钰已经走到门口，又被阿陶喊了回去："再走一遍，刚才忘了拍视频。国际媒体探访民族英雄，有噱头。我也可以发个抖音。"

阿陶玩抖音玩上了瘾，每天以放百子炮的速度发推送，路上跟王钰嘚瑟，说已经攒了十二万粉丝。

"还有什么事是你不发抖音的？"王钰笑问。

"有啊，床上的事不发，茅坑的事也不发。"阿陶说。这几年阿陶和王钰一直没断了联系，两人已经混成了哥们儿，一个敢说，一个敢听。

"拍后背，不秀脸。"王钰折回去又重走了一遍，突然感觉长出了两只左腿。

"微笑，背影也要有表情。"阿陶喊道。

程爷的屋子坐北朝南，可惜窗子小，又被两边的楼挡了光，就有些昏暗。两人从大太阳底下乍一进门，只觉得眼睛掉在了屋外。咣当一声，王钰撞倒了一张条凳，身子一矮，搂着膝盖嘶嘶喊疼。阿陶熟门熟路地摸着了一根灯绳，轻轻一扯，黑暗就破开了一个窟窿。王钰一眼瞧见半面墙的报纸，从门口一路糊到将近厨房的位置，都是关于程爷的报道，大多是地方媒体。再看了一眼，她就发现最显眼的位置上，贴的是她写的专访——还是她当年从多伦多寄过来的，整整四版。全球华文文化周刊。报名本来就是粗体，又被重重地勾出了一个圈，旁边有一行颤颤巍巍的钢笔字：著名国际媒体。纸比人还不经老，才几年的工夫，已经皱起一身黄皮。王钰拿指头轻轻一蹭，听见了沙沙的脆裂声。

著名国际媒体。王钰的脸一热。

程爷不会知道，在多伦多，阿猫阿狗都可以成立一家公司，不需要注册资本，有个小房间就能办报。世界，环球，国际，宇宙，五花八门的名字，只要不重了别人的名，就可以随意挑。她所在的报纸，即使在最鼎盛时期，加上老板也只有四名正式员工，一个管钱，一个跑广告，两个管采编。实在忙不过来，再雇一两个临时工。采访程爷的时候，报业已过巅峰期，版面从最初的四十版，缩水到了二十版。最惨淡的星期，只卖出三则半版的黑白广告。为了填版面，有时还要免费放置广告。老板对外咋呼，说发行量是一万五千份，实际印数不到两千，放在超市门口任人免费取。若是没取完，剩下的，超市的收银员就拿去包顾客买的酱油醋瓶子。程爷的脸贴过多少只瓶子？五十个？一百个？

后来实在办不下去，老板就用五百加元的象征性价格，把这个烫手的山芋转手扔给了王钰。王钰愿意接手，是因为办公室租约到期了，她可以搬到家里办公，辞退员工，再减印数。除了印刷费，她几乎没有其他费用，而老客户的广告收入，大抵可以和印刷费持平。丈夫有一份高薪工作，女儿已经大学毕业，她知道下一顿饭在哪里，心稳。她是中文系毕业的，她只是戒不了码字的瘾。而办报，是最顺手的解药。

那回见程爷，是一次精心的预谋。老板从一个位于纽约的亚裔文化基金会申请到一笔专门支持北美华文媒体的经费，需要完成一个关于"二战"东方战场的调研写作计划。计划内容是书写北美军人在东方战场和中国人携手作战的经历。老板收了钱，把活派给了王钰。正值焦头烂额找头绪的时候，王钰突然在一篇微信公众号文章里，看到了程爷的故事。程爷参过军，接受过美国人的训练，打过日本人。程爷的经历严丝合缝地对上了基金会的每一项要求。于是她一趟飞机飞到中国，兜兜转转找到了程爷。程爷是她的一篇命题作文，一份课堂作业。

可是，她亏负程爷了吗？程爷在脑子还没烂透的时候，经历了一个高光时刻，出演了一场真刀真枪的好戏。程爷不是龙套，程爷是正儿八经的主角。只是程爷不知道她的班子是个草台班子。程爷用不着知道。真相杀人。程爷的记忆筒仓如今已经满了，盖了盖，上了锁，不会再打开，不会再添新的内容。她在盖子合上的前一刻，往筒里放进了最后一样物品。那是一支火把，叫程爷走进永夜时带着一片光亮。

更何况，那四个版面，每一个字都经过了水和火的锻造。那是她一生里写得最好的文章。

早在王钰之前，程爷已经被好几家媒体写过了。这家和那家，援引的都是同一个范本，各添些油加些水，是体积膨胀了的通稿。人物，时间，地点，事件，原因，过程，该有的新闻要素都有。他们搭造了一副完美无缺的骨骼，唯独少了些血肉和情绪。血肉和情绪是她一点一点挤牙膏似的从程爷的记忆窄巷里挤出来的。

见程爷时，王钰已经在网上趴了好几天，把所有能查到的资料都扫过了一遍。训练班所在地的地理位置，乡俗民风，美国教官留下的照片，中国学员在二十世纪六七十年代写下的交代材料，村民对训练班的回忆，各种版本的口述历史……材料稀少而零散，每个字都得细细咀嚼。王钰把所得的信息绕着程爷编成一张网，在稀疏的网眼里组织着她的问题。

在程爷身份曝光之前，他已经好多年没在人前说过话了，舌头已经锈迹重重。生锈的过程是缓慢的，今天一个点，明天一块斑，日积月累。而除锈的过程却像魔术，只需要几盏镁光灯。程爷是识字断文的，读过中学——那也是当年训练班挑上他的原因之一。这些年里，舌头虽然没派上大用场，眼睛和耳朵却还没废，依旧能观六路察八方。自从门前有了车马，程爷也学会了说场面话。王钰有备而来。王钰耐心地听程爷麻麻溜溜地说过了开场，才甩出第一个问题。

"那年你送日本人的寿桃和挂面，事先尝过吗？是什么味道？"

程爷猝不及防，一怔。这是一个行家的问题，客套和场面话都使不上劲儿。

程爷就是在那一刻明白了，他遇上了一个较真的人。

那次王钰和阿陶老马几个在程爷家里待了整整一天。那时程家阿婆还在，给他们煮了两顿便饭，都是肉丝笋干短尺。短尺是一种状如尺子的面条，是程爷家乡的特产。程爷七十年里讲的话，加起来都没有那一天多。程爷讲得口干舌燥，王钰拿出西洋参切片，让阿婆泡茶给程爷喝，润肺润嗓。程爷尝了一口，咂了咂嘴，就不肯再喝。

离开程爷家时，天已经墨黑。回城的路上，阿陶说今天老头很嗨啊。老马说老头这阵子天天都嗨。阿陶说今天是不同的嗨。王钰问怎么个不同法。阿陶想了想，才说像是被人挠着了痒处，从前没听他讲过这些事。众人忍不住笑了。笑过后，王钰想起了一件正事。

"我看了一下，程爷炸日本人的事，最早是从你们做的一篇口述历史来的。后来的报道，都没有作独立调研，全是引了你们现成的故事。你们……"王钰顿了一顿，仿佛喉咙里鲠着一根鱼骨，话突然就扯成了布絮，"除了程爷自己的说法，你们还有，还有别的佐证吗？我只是，只是，想，严谨一点。"

她的语气很委婉，但是最柔软的丝绸也藏掖不住刀刃。车里一下子静了下来，呼吸听起来像飓风。她的手下意识地一哆嗦，轻轻捏住了安全带。

"老马是历史学会的……"阿陶还想往下说，却被老马拦住了。

"程爷的名字和籍贯，是我们在抗战历史资料馆里偶然发现的。后来通过当地民政局，找到了程爷本人，才有了纪念章的事，还有民政局的补贴。那些在程爷前头死了的，只能是命。"老马说。

"我们在军事档案馆找到的部队番号、训练班时间，和程爷自己说的都对得上号。炸日本人驻地的事，一九四四年九月二十七日的芦安县志里有五百六十九个字的记载。那时县里没有报纸，但我们在孔夫子网上找到了一封写于一九四四年十月的家书，是县医院一个叫林巧梅的护士写给她的未婚夫的，信里讲到几天前有个姓程的小伙子，一个人混进日本军营炸死了六个日本人。日本人摸不清情况，只好退出了县城。还有一个叫酒井的日本军官，在浙江驻扎过，写下一本战地日记，有人翻译了，叫《支那的油菜花》，一百五十六、一百五十七页里，也讲到了这件事。"

"天，你这个记忆力！"王钰惊叹。

"记忆力个头,你问他早上吃的是什么?"阿陶哼了一声,"还不是层层认证审核,一次一次准备材料,傻子也记住了。"

王钰无语。

回到多伦多,王钰就开始动笔。一泻千里,一气呵成,两万三千个字。搁置了几天冷一冷,再回头看,王钰吃了一惊。这些年在多伦多,她从没停过笔,一直满城疯跑做采访、写报道,写过就忘。她的采访对象大多是投资顾问、移民律师、房地产经纪人、超市老板、社区名流,他们是报社的潜在客户。跑广告的同事拿来一张名片,她就打电话给名片上的人,主动约采访。她知道他们想听什么,写起来得心应手。笔知道路,很少来烦她的脑子。待采访印出来,往往就会收到一张广告订单。这是报社的流水线,每人各司其职,彼此无缝对接。可是她的笔遇到程爷,突然就生出了自己的主张,挣脱了那条跑了十年的熟路。程爷惊了她的笔,叫笔活了。笔也叫程爷活了。

其实程爷的故事早已被人说过了,程爷人生的那个截面已经被锯下来,像一圈带着年轮的木头,摊晒在互联网上,经过了千万双眼睛的拂扫。那些写程爷的人都讲了同一个故事:浙南芦安县有个叫程高远的年轻人,十八岁那年辍了学,奔赴国难。因为机敏勇敢,被挑选参加美国人办的特种技术训练班。训练班所在的县城被日军占领,他化装成商会头目,把炸弹藏在礼品中,只身前往日军驻地,心怀殉国之志,一举炸毁了指挥中心,而且平安脱身,毫发无损。

这是一个英雄的故事。英雄离天很近,她踮着脚尖也够不着。她想写一个她够得着的故事。赴与不赴,国难都在。在头顶,在脚下,在前,在后,在左,在右,一抬头一伸手就碰上了,没人躲得开去。那个叫程高远的年轻人像一只缠在蜘蛛网里的昆虫那样，被缠进了国难里，于无奈之中做出了一件惊天动地的事。

于是，她就写了一个新版本的老故事：浙南芦安县裕元村有一个叫程高远的乡下男孩，生性暴躁，时常打架闯祸。爹娘节衣缩食，把他送到县城上中学，心想学堂的先生兴许能管得了他。在学校里这个孩子安分地读了几年书，长成了一个年轻人。临毕业，因为一瓶咸菜跟同学起了纷争，到头来还是没能管住拳头，误伤了前来劝架的先生，被学校开除。年轻人没脸回乡，就在外头流浪，走了许多路，吃了许多苦。百般无奈之中起了回家的念头，不料在路上被抓了壮丁。他本来是可以逃的，可是他没逃，因为他觉得当兵至少还可以有口饭吃。后来因为他受过教育，会说官话，就被挑去参加了美国人办的训练班。

训练班里教的是对付日本人的特种技术：通讯监听、电码破译、心理战、定时、遥控爆破……年轻人对武器表现出极大的兴趣，任是什么型号的枪，只要看过一次，就能在十分钟内拆成一堆零碎，再严丝合缝地装回去。美国人通过驼峰航线带来一种软性炸药，能做成面食形状，可以在遭到盘查时少量食用。教官将经过安全测试的面食发给中国学员，中国学员尝了，却全体腹泻，有人甚至陷入昏迷，只有那个年轻人安然无恙。后来县城里来了日本人，训练班驻地随时面临暴露的危险。长官命令那个年轻人只身去县城执行任务，炸毁日本人的驻地。一个人行动方便，行事进退更灵活。训练班几十人，单单选上他，不仅是因为他机敏，射击精准，有一副牛马一样的肠胃，会说当地方言，更紧要的是，长官发现他的眼神很特别，无论怎样逼视，都不会躲闪。年轻人似乎不知道何为害怕。

出发前的几天，年轻人接受了另一轮培训。这一回，美国教官的洋花头经完全派不上用场了。上头请来一位专给有钱人做衣服、见惯了江湖各路人马各类做派的老裁缝，教导年轻人相应的礼数：怎样穿丝葛长衫戴礼帽，怎样撩起下摆落座，怎样脱帽行礼，怎样掖怀表，怎样把头发梳成分头显得老成。年轻人在乡下长大，挑惯了担子，犁惯了田，老裁缝又教他怎样把腿并拢，并肩抬胸，用和皮鞋相宜的步态走路。当年轻人梳洗穿戴完毕，拄着一根文明棍，怀揣一张商会秘书长的烫金名片走出营地的时候，他看起来就像是一个三代经商、腰缠万贯的富家子弟。

训练班得到情报，知道日本人的头目龟田少佐那天过生日。年轻人带到日本人驻地的礼物是寿桃、鸡蛋挂面、各样精美糕点，还有市面上极为紧俏的洋皂和消炎药，都是经过巧妙伪装的软性炸药。为防止日本人收到礼物后一样一样仔细盘点，露出马脚，或者当场分派礼品造成分散储藏，枪械师把炸药的定时设得很紧。事后回想起来，年轻人才明白，长官派了他一人出行，其实没有指望他会活着回来。他本想把礼物搁在门房就走，没料想值班的日本兵跟商会的人很熟，说并不认得他，他只得说了几个事先打听好的商会头目的名字。来回盘问搪塞了几句，就拖延了十来分钟。他不能当着日本人的面掏出怀表看时间，只急得脑瓜仁子咚咚地捶鼓。等他最终脱身，跳上一辆黄包车，才跑出半条街，就听见了身后天塌地裂的一声巨响。

等他回到训练班驻地，已经是第二天凌晨。众人见到他，仿佛见到了鬼。他丢了一只鞋子，浑身湿透，衣服滴滴答答地淌着水，在泥地上流成一条散发着隐隐臭气的小溪。一屋的人只听见他上下排牙齿格格地相撞，却问不出一句话来。这一路到底发生过什么？他是怎样走回营地的？他完全没有印象。他没冲洗，直接扎进被窝，倒头便睡，整整睡了一天。醒来后同宿舍的人告诉他，他一直在说梦话，不停地问："我死没死？"

他们都错了。爹娘错了，学堂的先生错了，训练班的长官和战友也错了。年轻人不是不害怕，他只是不知道自己害怕。

这就是一个卷在国难中的寻常人的故事。寻常人在不寻常的时代里做了一件寻常日子里想都不会想的事，寻常人身上便有了非同寻常的光亮。有光是因为有裂缝，裂缝里透进了光。

时隔八年，王钰面对面地站在那几页鸡皮一样发黄起皱的报纸面前，依旧觉得那是她一生写得最好的文字。草台班子唱了一出好戏，她没有亏负程爷。

"这些报纸要电子化一下，要不就变粉尘了。"王钰转身对阿陶说。

"都扫描存档了。每一次采访，每一张照片，每一段视频，都备了三份，老爷子一份，军事档案馆一份，志愿队一份。"见王钰没吱声，阿陶就笑，"你以为我们就是送送花，系系红领巾，年节挂个横幅，送个红包的？"

卧室的门是开着的。程爷家大大小小的门都是开着的，没有一个地方上锁，谁都可以堂而皇之长驱直入地直捣程爷的中枢。

程爷在睡觉。九十八岁的觉很轻，眼皮上有一只白蛾子在轻轻颤动——那是太阳投下的光斑。程爷的被子霸道，捂住了一整个脖子和半个下巴，只露出一颗头，头发稀落落的像是风吹过的蒲公英。程爷的脸上已经没有肉，皮贴在骨上，阳光一照，几乎看得见骨头的纹路，卸了假牙的嘴是一个黝黑的坑。

床上方的墙上，挂着两张镶了镜框的放大照片。一张是阿婆的黑白照，有些年月了，还是中年往老年奔的模样，头发掭在耳后，穿一件对襟布衫，笑得有些拘谨勉强。另一张是程爷的彩色照，中山装衣领一路扣到下巴颏，一只手托着胸前那枚抗战胜利七十周年纪念章。程爷在照片里看上去很慈祥，每一根皱纹都柔软，没有人会在那样的神情里想到拳头手枪和炸弹。墙上的程爷俯看着床上的程爷浑浑噩噩地睡着，脸颊一起一落，鼻子里轻轻扯着风箱。

王钰的鼻子抽了一抽。屋里有味。

"不肯用尿不湿，总是要自己起来，动作慢，夜壶。"阿陶叹了一口气。

王钰嘘了一声，阿陶说不要紧，醒着他也听不见，半个聋子。

"程爷，王老师来看你了。"阿陶推了推程爷。

程爷的嘴咂了一下，却没有睁眼。

"这屋真特么冷，你先别脱大衣。"阿陶抬头看了一眼空调，上面的显示是"自动"。他拉开桌子的第一个抽屉，摸出遥控器，调到二十三度。空调张嘴打了个哈欠，吐出些风来。

"每次都给他调到二十三度，你一走，他就按回自动。鬼知道自动是怎么设的，十七度、十八度？不冷才怪。"

"好办。你把遥控器没收了，恒温。"王钰说。

阿陶哼了一声："他能拄着拐杖爬上桌子，拔了电源，你信不信？"

程爷的卧室变了些样子，先前的灰泥墙壁和天花板，现在全换成了塑料贴面，就平整敞亮了些。空调是新装的，电视机也换过了，用的都是这几年志愿队筹得的善款。

程爷的房子的确是乌龟壳，只有两间小屋，一间睡人，一间是灶披间。灶披间里一个柴火灶头就占去了一半，如今不用了，也没拆，只是在灶台上摆了个小电磁炉，剩下的空间里堆满了各式杂物。卧室里摆了两张单人床和一张桌子，走路就得侧着身子。靠门近些的那张床原是阿婆睡的，如今堆满了物件，有阿婆留下的被褥和程爷换下来还没洗的脏衣服，也有重重叠叠的礼品盒。王钰瞄了一眼，有牛奶、蛋白粉、芝麻花生糊、麦片、干贝、各样水果饮品、复合维生素、软骨素、洗洁精、厕所用纸，还有两大包尿不湿。

"慰问品，有的是厂家送的。建军节，胜利日，国庆节，重阳节，元旦，春节，元宵。都挤在下半年，上半年毛也没有。这批应该是元旦刚送来的。他能用多少？还不是谁见了谁拿走。乡下的事，不在眼皮底下，管不了。"

王钰连忙拿出自己带来的驼羊奶粉："你叫醒他，我马上冲了给他喝。我要看着他喝下，开了盖看谁还拿走。"

"谁？"程爷突然醒了，睁开眼睛，摸摸索索地想坐起来，被阿陶按了回去。

"是我，阿陶。"

程爷嘿嘿笑了，口齿不清地说："陶老师，长远不见了。"程爷管谁都叫老师，马老师，陶老师，眼镜老师，扁头老师，长人老师。

"没良心啊，上个星期龙头漏了，是谁修的？昨天还给你打电话，说王老师要来。"阿陶把王钰推到了程爷跟前，"这个王老师，前几年来过你这儿的。"

"程爷你还好吗？"王钰伸出手来，想给程爷握，程爷的手却藏在被窝里，不肯往外伸。王钰的手僵在半空，阿陶就知道没认出来。

"就是那个把你写到加拿大去的，堂屋墙上，报纸，四大张的，还记得啵？"阿陶贴在程爷的耳边，大声说道。

程爷挂在自己的胳膊肘上，撑起半个身子，嘴巴张得大大的，舌头死命地找脑子，脑子藏得太深，舌头很辛苦。

"助听器呢？怎么不戴？"阿陶打开桌子上一个长方形的铁盒子，眼镜在，却没看见助听器。

程爷一脸茫然。

"今天不是个好日子。"阿陶对王钰摇了摇头。

王钰把奶粉罐子举到程爷跟前："我带来的，新西兰出产的，好奶粉。泡了给你喝，好不？"

程爷点了点头，又摇了摇头，指了指自己的嘴巴。

假牙泡在桌上一个崩了瓷的搪瓷缸子里，水面上漂着一丝韭菜叶子。王钰看了阿陶一眼，阿陶也看了王钰一眼，最后还是阿陶伸出两根指头，用指尖捞出了假牙，递给程爷。程爷嘴里没有多少肉，牙套格楞格楞地找了半天路，才上了轨。

"春英，春英啊！"程爷大声喊道，牙齿嘶嘶地漏着风。

见王钰不解，阿陶就轻声解释："就是那个拐了八百道弯的堂侄的媳妇。上午过来烧个饭洗点衣服，给他买点东西。一个月两千块钱。全日制的保姆待不住，老头子舍不得钱。"

阿陶掏出手机，拨了个预存的号码。"这个时候程爷还没吃早饭，你在哪里？"也不等那头回话，就挂了电话。

"西洋参，那个，西洋参。"程爷突然说。

阿陶大喜："你想起来了？就是这个王老师，上次送你西洋参的。"

"程爷我给你烧水泡奶粉。"王钰正要起身去厨房，却觉得袖子沉，是程爷的手："有开过罐的，先喝。"

阿陶朝王钰眨了眨眼："人间清醒。有什么事，你赶紧说。"

王钰在程爷的床边上坐了下来。床窄，怕碾着程爷的腿，她只沾了个边儿。一会儿觉出来程爷的腿只有一把骨头，离她还远，她才敢放心地放下了屁股。

"程爷，加拿大有一位，大学教授，他爸爸参加过，解放荷兰，今年一百零二岁。教授要和我，合作，拍一部小成本的，纪录片，记录他爸，也记录世界各地……"王钰犹豫了一下,咽下了"幸存"二字,"记录世界各地,'二战'老兵的生活。有手机公司,愿意赞助,只要我们全程,使用手机拍摄。我想征求,你的同意,愿不愿意,我们拍你的镜头?"王钰一字一顿地对程爷说。

程爷听了,犹犹豫豫地问:"格个荷兰,地方很远的吧?"

阿陶就吼道:"不用去荷兰。王老师问你拍不拍电影,当明星,就在家里,讲讲打鬼子的事。"

程爷"哦"了一声,牙套掉出一半,又塞了回去。"电影,好啊,拍电影。"

"不是讲打仗的,就是随便聊……"王钰还没讲完,就听见程爷在嚷嚷:"春英啊,格个春英,换衣服呀。"

王钰从包里拿出一份文件,递给程爷:"我们有一份法律文件,英文的,有中文翻译。我给你念一念?不复杂的,但是你要,签一下字,授权我们,使用你的音像权。"

程爷歪过脸去,愣愣地看着阿陶。阿陶接过文件,拍了拍程爷的肩膀:"王老师问你同意拍电影不?同意就按个指印。"

这时春英走了进来。春英是个四五十岁的胖女人,穿了一身花棉睡衣,卷了满头的卷子,脚下趿着一双踩倒了跟的布鞋,走起路来踢踢踏踏,裤脚上落满了灰。见了阿陶,便热络络地招呼:"陶大哥好久不见了,今天有空来看程爷啊?"

阿陶低头翻着手里的文件,不吱声,半晌,才说:"我空得很,我来的时候,没看见你。"春英便有些讪讪的,看了看王钰,问有客人啊?

阿陶朝厨房努了努嘴,说:"把上回云南孙总寄来的普洱敲一块出来,给王老师泡茶。王老师是远客。"

春英"啪嗒啪嗒"地走了，身子矮了几分。

王钰用肘子碰了碰阿陶，小声说："兔子也有虎威啊。"王钰和阿陶都属兔，王钰大阿陶一轮。

阿陶哼了一声："别以为程爷家没人了。"

不一会儿的工夫，春英端了茶出来，放到桌子上，嗫嚅地说："我儿子发烧，今天没去学校。"阿陶啜了一口茶，说："你招呼程爷把早饭吃了，换身干净衣服，王老师要做采访。"

春英热了牛奶，浇在一碗麦片上，一勺一勺地喂程爷吃。

"平常被褥要勤换。"阿陶说。春英张了张嘴想说句什么，见阿陶的脸紧，就咽了回去。

喂完了，放下碗，春英找了套干净的毛衣秋裤，就去撩程爷的被窝。王钰扯了扯阿陶，两人便端了茶，掩上门出去了。

"这样好吗？"王钰问。

"有什么不好？收钱的时候挺痛快，人呢？三天两头不照面。总得有人替程爷说句话。"阿陶愤愤地说。

王钰扑哧一声笑了："我是说那份文件。加拿大要求严格，要是没解释清楚哪个条款，将来怕吃官司的。"

阿陶"喊"了一声，说："怕个头。程爷听我的。再说，谁告你？程爷老婆走了，也没有子女。你们那个教授到底有没有脑子啊？'二战'剩下的，都是百岁的人了，还有几个是人间清醒的？抢救历史，他懂不懂？"

王钰就不再吱声。

王钰和阿陶搬了两张凳子，一人一边，门神似的在程爷门前坐下。太阳快升到头顶了，树上的叶子还没有落尽，雀儿在枝头窜来窜去。一眼望过去，路上连只猫狗都没有。邻人的菜地里，有个老妇人在弯腰干活，背对着他们，也看不清楚在做什么。四下静得很，妇人劳作的声响传得很远。咔嚓。咔嚓。咔嚓嚓嚓。

王钰就问："中午上哪儿吃饭？你找地方我买单。"阿陶说："等一等老马，他刚发信息来，一会儿就到。"王钰问："老马不上班吗？怎么说来就来？"阿陶说："老马图书馆上班，又在文史学会挂个职，两边是兄弟单位，跟这头说在那头，跟那头说在这头，自由得很。"

"索性等你拍完程爷，我们去'刘长贵面铺'，开车十五分钟。三代人做的小生意，打仗也没关过门。他家短尺最好，大肠的一碗，猪油桂花的一碗，老马那个胃口，能一气吃两海碗。"

王钰突然就想起了那次程家阿婆给他们煮短尺的事。很安静的一个老婆子，走起路来无声无息，仿佛没在用腿。王钰和程爷聊天的时候，阿婆要么在厨房里忙活，要么就搬个凳子坐在过道里拣茶叶梗。后山有人种茶，收茶的时节，忙不过来时，也会分点零活给村里人做。无论阿婆在哪个角落，她的耳朵一直在屋里，王钰知道她在听。

阿婆和程爷结婚四十多年，两人在一个锅里吃饭，却在两张床上睡觉。阿婆的头一个丈夫害肺痨死了，孩子也死了——是她睡得太沉，把孩子压死的，到早上才发觉。程爷知道她的事，她以为她也知道程爷的事，没想到一枚纪念章却送过来一个她不知道的程爷。她这才醒悟过来，她从前知道的程爷，只是程爷大故事里的一个小故事。她心里糙糙的像扎进了一捧茅草，说不出是个什么感觉。日子接着往下过，她一个人静静的，就把心头的草撸顺了。谁知后来又来了一个王钰，又掏出些新故事来。她只觉得她的丈夫像集市里卖的香料罐子，大罐里套着小罐，小罐里套着更小的罐，掏出一个还有一个，却永远也不知道哪个才是最后一个。

"程爷跟阿婆，感情好吗？"王钰问阿陶。

"半路夫妻，结婚的时候，阿婆就生不得孩子了，又能好到哪里？后来有了民政补贴，日子顺了些，可惜没几年就走了。"阿陶叹了一口气。

"程爷在县城读过书，又跟着美国人当过兵，在外头闯荡，就没有碰上自己喜欢的？"王钰问。

这句话她八年前就想问。那次她在程爷家里磨了一整天，这话也在她喉咙里堵了一整天，到最后也没吐出来。阿婆的耳朵无处不在，堵住了王钰的口。

"你知道程爷为什么给判的刑？"阿陶问。

"不是打架伤人吗？"

"是为什么打架？"

王钰摇了摇头。

"程爷有不能说的理由。"

王钰知道故事来了，就把茶杯放在地上，掏出手机就要录音，却被阿陶一把夺了过去。

"这事程爷只跟我说过，连老马都没说。你敢写出去，我就敢告你，你没给程爷解释过授权条文。我是直接证人，你信不信？"

王钰见阿陶急得额头上暴出青筋，就笑："我信，在程爷这儿你就是天。"

阿陶这才把手机还给王钰。

"程爷被关了十五年，是为了他嫂子。"阿陶说。

王钰吃了一大惊。前次程爷把当年的逮捕令、审讯笔录、判决书都拿给她看过了，从头到尾，只字没提起过他嫂子。

"嫂子进门的时候，程爷已经回乡务农好几年了。村里人都道是他在外边待腻了，终于浪子回头，却没人知道他当过兵，连他爹娘也不知道，他没告诉人。"

程爷只有一个哥哥，哥哥娶亲的时候，已经是新中国成立后。政府提倡移风易俗，新娘子就免了遮盖头坐花轿的繁文缛节。那头的爹把女儿送到村口，这头程爷陪着哥哥去人家村口迎亲。结婚前，两人只在介绍人家里见过一面，女人脸皮薄，不敢抬头，只粗粗看了个大概。程爷和哥哥长得很是相像，那天走在前头替哥哥开路，新娘就误以为程爷是新郎。程爷是识字断文见过世面的人，一件白衬衫扎在卡其裤子里，口袋上别一支英雄钢笔，做派自然与纯粹的乡里人不同。新娘见了暗自欢喜，脸红红的，便跟在程爷身边走，倒把真正的新郎落在后头了。

新娘子的爹是木匠，木匠有手艺，家里日子过得比旁人强，女儿也少受了些风吹雨打的苦，就比别人显得细皮嫩肉些。那正是油菜花开的时节，满地的黄花，衬着一片瓦蓝的天。女子穿了件红布衫子，刚开过的脸粉白生光，鬓旁簪了一朵红绒花，走起路来，裤管里灌满了风。程爷见了，只觉得两腿化成了水，再也走不得路了。他不知道这一路是怎么走回家的，只隐隐记得新娘的一条月白绣花手绢，一半捏在手心，一半露在外边，在他眼角一颤一颤地飘着，像只扑扇着翅膀的鸟儿。

"'画儿里的人'，这就是程爷的原话，我没编排。"阿陶说，唾沫星在阳光里飞成碎银珠子。

新娘子到了家，拜公婆时才明白程爷不是新郎，心中到底是怎么想的，程爷自然不清楚。只是自从嫂子进了门，程爷便再也不肯在桌子上吃饭。每天只端了一碗盖了浇头的米饭，一个人坐在门槛上埋头吃。即使不抬头，也知道嫂子在哪个角落，忍不住就要脸红。从此他在地里的时候就更长了，干活也更卖力气了，回家却没有几句话。爹娘见了，觉得奇怪，倒是宽心些了，以为这些年在外头吃的苦终于把他给修理老实了，便开始托人给他张罗婚事，他没说肯也没说不肯，只是一味地拖着。

有一天下午，程爷正在田里间苗，天突然下起雨来，一时半刻没有停的意思，他就跑回家来躲雨。他一头冲进厨房，正想从水缸里舀水喝，才猛然看见嫂子一个人站在屋角里，正拿着一块毛巾擦拭胸脯。嫂子生了孩子不久，丰腴了些，那片雪白像根棒子砸在程爷脑门上，砸得他脑子一片空。嫂子没想到这个时候程爷会回家，一时脸涨得绯红，飞也似的跑回到自己的房间，"砰"地撞上了门。程爷站在厨房里，不知该进还是该退，恨不得一头扎进水缸里，不是图死，而是图个凉快清醒。

过了一会儿，他听见窸窸窣窣的声响，知道是嫂子出来了，却不敢抬头。嫂子把一个搪瓷缸子塞到他手里，轻声说："小宝喝不了，泼了也可惜。你要是不嫌弃，趁着还暖和喝了。"

程爷捧着缸子回到自己屋里，坐在床沿上，浑身格格发抖，缸子端不稳，差点洒了。发了一会儿呆，才慢慢喝了。一股温热顺着喉咙走下去，到了心尖，就不往下走了。他并不记得是什么味道，只觉得他已经把嫂子喝进肚子了。从今往后，嫂子在不在眼前都不打紧，嫂子已经在他身子里了。

小宝五岁的时候，和程爷家隔了三个门的老绝户胡爷收养了一个儿子，取名阿旺。那阿旺三心二意地跟着胡爷学杀猪宰羊骟牲口，却不学好。程爷的哥哥是泥水匠，时常在外头给人盖房子。只要嫂子一人在家，那阿旺就会有事没事地凑过来搭讪。嫂子面皮薄，说不出难听的话，只是紧紧跟了婆婆，婆婆上哪儿，她就去哪儿，总不肯一人待在家里。

有一天，嫂子跟了婆婆去田里送饭，阿旺也在，当着众人的面，又拿话来撩拨嫂子。乡下人生性粗鄙，并不当回事，都嘻嘻哈哈地起哄。嫂子把头沉了，说不得话。谁也没料到程爷一声不吭，直起身，一锄头就朝阿旺砍去，酿出了大事。

　　警察来的时候，嫂子像换了个人，全然不顾颜面，号得像一个泼妇。程爷身子已经在警车里了，嫂子还是扯住他的胳膊，死死不放，最后还是警察拿警棍才敲散了。程爷从车窗里探出头来，说了一句："好好在家。"程爷总共也没和嫂子说过几句话，这句话就是最后一句。可是这话说了也是白说，等程爷出来的时候，程爷的哥哥去世了，嫂子已经成了别家的人。

　　程爷被抓起来，一提审，就直接认了罪。只说和阿旺素来不对付，却只字不提前因后果。他不想说出嫂子的事。嫂子是他心头的事，心头的事只能在心头放着，进不得他人的耳朵。

　　王钰听了，只是唏嘘。这不是她期待的故事。她期待的故事里有一个梳着长辫子的女同学，或者，一个剪短发的女战士。

　　"假如程爷回来，嫂子等住了，你说会怎么样？"王钰怔怔地问。

　　阿陶就笑："琼瑶小说看多了吧？能怎么样？程爷出来，是个半老头子了，要体力没体力，要手艺没手艺，又有前科，出门连个介绍信也打不着。拿什么养嫂子？拿什么给小宝娶亲？萧寡妇没儿没女，省心。"

　　王钰想找一句话来？阿陶，搜肠刮肚，竟然找不出一个字。

　　这时春英就来喊话，说都收拾停当了，可以开始了。

　　王钰和阿陶回到屋里，见程爷已经梳洗过了，戴了助听器坐在床上。吃过了早饭，程爷的颊上仿佛添了几两肉，平顺了些。春英给他换上了一套仿军服样式的厚布衣服，脖子上挂了那枚纪念章，整整齐齐规规矩矩的像个老新郎。

　　"演出服。"阿陶小声说。

　　王钰架好三脚架，调好光线，退了一步看画面，觉得程爷身后的床铺凌乱，便过去，把被子叠成一个长方块，再去挪枕头。枕头芯子里啪地掉出一样东西，她捡起来看了一眼，又慌忙塞了回去。她把枕头"啪啪"地拍松了，放到被褥上面。床单是春英刚才匆匆换过的，全是又硬又长的褶子。王钰拿手撑掸了几下，也不见好，就算了。再退回去从镜头里一看，大致看得过去了。

"不要紧张，就是聊家常。你想说什么就说什么，就当是和阿陶聊天。"王钰对程爷说。

"程爷，王老师跟你说笑话呢。这回你金口一开，全世界的人民都听见了。"阿陶站在王钰背后喊道。

程爷捂住耳朵，说陶老师你好大声。阿陶就笑了，说忘了你戴助听器了。

王钰朝阿陶瞪了一眼："别吓唬程爷，就是家常聊天，放轻松。"就做了个手势让众人安静。

王钰一说"开始"，就看见有一股子气"噜噜"地从程爷的脚底蹿上来，一路蹿到脑门心，程爷的眼里便有了光。他倏地坐直了，把手里捏着的那副老花镜戴上，从兜里掏出一张皱巴巴的纸，近近地凑到眼前。

"全世界的朋友们大家好！我叫程高远，浙江芦安县裕元村人，我是抗战老兵。当年日寇侵犯我中华，蹂躏我大好河山，我热血沸腾，同仇敌忾，一九四三年十一月参军，一九四四年九月参加中美联合特种技术训练班，心怀国恨家仇，视死如归，要把日寇赶出国门……"纸有两页，程爷一字一顿地念，颧骨一起一落，只念得额头暴出一根根青筋。

王钰忙喊停，说："程爷你喝口水，先歇一歇。"便拉了阿陶进厨房，悄声问："程爷现在都这么说话？谁给他写的稿子？"阿陶说："他自己。这几年媒体来得少了，但附近有知道他的人，便时不时来这儿打卡，拍了视频到处乱发蹭流量。志愿队拦了多回，但我们人不在跟前，也没有办法。他分不清来的是什么人，脑子又不如从前了，就写了一张纸，谁来了都说一样的话。今天算不错，还知道加上个'全世界的朋友们'。"

王钰一屁股坐到灶台前的小板凳上。灶台多年不用了，风箱的把手上攒了一层灰。墙角放着一捆引火柴，有年数了，隐隐散发着一股霉味。"我们要拍和平年代的日常，你说程爷能懂这个意思吗？"

"日常个头。一辈子烂糟糟的日子，就这么一个高光时刻，他不说这个说什么？"

王钰无话。

阿陶想了想，说："你别这么正儿八经的让人摆着端着。没有摄像机的时候，他就日常下来了。一会儿你跟着他悄悄地拍，不说话，到时你编点画外音，有个影总比没有强。"

阿陶做抖音做成了精，已经是半个视频剪辑专家了。

两人再回到卧室，见程爷靠在被褥上养神。刚才那一段话已经耗完了他的元气，他连眼睛也懒得睁。

阿陶就对王钰说难得天这么好，不如让他在门口晒会儿太阳，养点精神头，一会儿再拍。

两人就搬了张竹靠椅出来，拿个枕头垫着椅背，一左一右地搀扶着老头子，慢慢走到门外，坐下来。程爷眯缝着眼睛，默默地看着门前的那条小路。路边的向日葵已经枯萎，在无风无尘的日头底下低垂着暗褐色的头，鸡在地上走来走去啄食。路尽头传来一阵低沉的马达震颤声，由远至近，越来越响，最终在程爷门前停了下来。是一辆摩托车，喷出来的气溅得石子四下乱飞。骑手摘下头盔和遮阳镜，王钰才看清是老马。

老马熄了火过来，握了握王钰的手，说王老师你一点没变。王钰说我没变马老师变了。老马说八年了，能不老吗？王钰说不是的，上回见你，开着一辆破车，还是人民公仆的模样。什么时候你出演警匪片了？

"老马又交了个女朋友，这个是摆酷一族的，走的是背包客路线。老马炮换鸟枪，买美人一笑。"阿陶告诉王钰。王钰知道老马离婚多年了，不着急再婚，只是不停地更换女友。

老马踢了阿陶一脚："阿陶的话，你信百分之七点六八就差不多了。天天上班堵车，这个畅行无阻。"

老马从背包里掏出一个纸板盒子，小心翼翼地递到程爷跟前："程爷，我给你带来个稀罕物件。"阿陶替程爷打开了，里头是个竹笼子。竹笼里趴着一只虫子，一个手掌长，一身翠绿，羽翼边缘上夹杂着隐隐几丝金黄，腿高高地拱着，神情很是机灵活泛。

"蝈蝈，我以为是什么呢。"程爷咧嘴笑了。

老马拍着大腿说："程爷，这可是冬蝈蝈啊。这个时节，你上哪儿找蝈蝈去？我花钱网上买的，要是路上死了、残了，包赔。"

程爷便摇头，说："马老师阔气，花钱买个虫子。"

阿陶拍了拍程爷的肩膀，说："马老师怕你孤单，买个蝈蝈陪你。"

"这是绿蝈蝈，算个名种。家里养殖的，养大了才卖。贵是贵几个钱，却是唱过歌儿的。太小了买来，你不知它长成个什么样儿，能不能开声。"老马解释给程爷听。

春英听见外头有响动，便也出来看稀罕，老马拉着春英就说："这事我交给你了，别到你手里三两天就给养死了。头几天找点虫子喂喂，米虫子面包虫子玉米虫子，啥都行。后头喂胡萝卜就行，最好切丝，它好咬。每天拿出来遛遛，桌上铺条湿毛巾，温热的，上边放上胡萝卜丁儿，让它爬出来散散步。饭也吃了，路也走了，澡也洗了，这一趟全有了。蝈蝈腿一干裂,就能自个儿咬断,这个不能发生。"

春英听了啧啧咂嘴,说:"这玩意儿田里到处都是,倒变成稀罕物了,伺候我老妈都没有这份麻烦。"

程爷伸手就要开笼子。阿陶一惊,说要飞走的。老马说没事,养殖的没见过世面,老实。

笼门开了,蝈蝈没动,仿佛在侦察四周环境。过了半晌,才慢悠悠地爬出来,爬到了程爷的腿上。程爷用指头轻轻地触碰着蝈蝈的触须,程爷的影子投在蝈蝈的身子上,一半明,一半暗,暗的那边是墨绿,明的那边是翡翠。蝈蝈不出声,程爷也不出声,程爷看着蝈蝈的眼神越来越软,呼吸越来越沉。众人一抬眼,发现程爷已经睡着了,脑袋歪在肩膀上,嘴角流着一线涎水,眼皮一跳一跳的,仿佛在做梦。

程爷做的是什么梦呢?程爷或许梦见了一个穿着丝葛长衫戴着礼帽的年轻后生,挂着一根文明棍,走在县城的街上,心跳如擂鼓。他的眼睛很忙,盯着前后左右的人,也盯着沿街的每家店铺。他不知道这一趟走过去,还会不会有下一趟。

或许程爷梦见了一片开阔的农田,油菜花开得正好,一望无际的油汪汪的黄。小径的尽头有一颗鸭蛋黄大小的太阳,近近地贴在地皮上,一颠一颠。太阳有腿,越走越近。渐渐地,他终于看清,是一件红布衫。

这是一个被分成了两段的梦?还是两个单独的梦,被缠结在一个梦境之中,无法相互剥离?世上果真有平行空间吗?两个在平行空间行走的人,不小心走进了程爷的同一个梦中。他们最终会穿插而过,还是始终平行,永无相会之日?王钰胡思乱想着。

嘎儿。

程爷腿上的蝈蝈,突然叫了一声。这声音初起时像个磨盘,浑厚结实,收声时突然生出一根钢针，把耳窝掏出个洞。程爷一下子惊醒了，倏地睁大了眼睛，茫然不知身在何处。

"天爷，小寒啦，它还唱。"阿陶惊呼。

"只要温度够高，大寒它也能开声。"老马说。

众人便屏了呼吸，等待它发出第二声。等了半晌，却没有动静。

阿陶就推了推老马："把你哄婆娘的本事拿点出来，哄一哄蝈蝈。"

老马果真捏了鼻子，做出各种糯软的声响，来引逗蝈蝈。蝈蝈仰了头，身子纹丝不动，像一只玉制的古玩，再也无声。

阿陶看了看表，对王钰说："趁程爷这会儿醒着，赶紧把视频拍完了吧。"

王钰晃了晃手机，一脸是笑："没看见刚才我在拍吗？精髓都在这儿了，其他的，可有可无。"

众人晒了会儿太阳，扯了些没边没沿的散话，见程爷眼皮又开始耷拉，就把蝈蝈收进笼里，搀了程爷回屋、脱了外套、卸了助听器，扶着他躺回到床上。程爷的两颊瞬间塌陷了下去，嘴张得大大的，鼻腔里发出些轻轻的嘶声。

阿陶就问春英："程爷最近都这样渴睡吗？前阵子像是好些。"

"快一百岁的人了，还能怎样？一根蜡烛烧到头，就剩这点力气了。早上使了，中午就没有。"春英说。

众人收拾了东西，正要走，程爷突然"啊"了一声，从被窝里伸出一只手来，拽住了阿陶的衣袖。阿陶俯身，只见程爷依旧闭着眼睛，嘴唇颤抖着，想说什么，却什么也没说。

"程爷，改天我再来。"阿陶想掰开程爷的手，没料想鸡爪一样精瘦的一只手，却有着牛一样的气力，阿陶竟然掰不动。

"程爷，你听着：我和老马，一定会送你上山的。你不会一个人的，放心。"阿陶蹲下来，贴在程爷的耳边，轻轻地说。程爷慢慢松了手。

阿陶站起身，看见王钰的摄像头灯还在闪，可是她却没有在看镜头。她正在窸窸窣窣地擤着鼻子。

半个小时之后，他们已经坐在"刘长贵面铺"，各人要了一碗猪大肠短尺，吃得满嘴流油。吃完了，老马把空碗一推，打了个响亮的饱嗝，问："王老师再来碗猪油桂花的？洋人饭后不都爱吃甜食吗？"王钰说："吃就吃，谁怕谁。"老马就对阿陶说："我喜欢王老师的范儿，从来不拿减肥说事。"王钰说："我又没肥，减个大头鬼。"阿陶说："王老师外行了吧，减肥跟肥有个毛关系，是思想问题。"

"程爷回乡几十年，村里人为什么都不知道他当过兵？"王钰突然问。

阿陶看了一眼老马，老马就说："看我做啥？你想说就说。"阿陶才压低了嗓门说："程爷是逃兵。"见王钰一脸诧异，就笑："打日本的时候没逃，是后来逃的。日本人投降后，程爷跟着部队接管南通。后来看着形势不对头，他不想打自己人，就在开拔途中跳进河里，埋在水底，嘴里叼了根芦苇秆吸气。躲了半天，直到部队都走完了，他才爬上岸。那个时候抓到逃兵，是当场枪毙的。他在外边流浪了好几个月，等风声静了，才敢回家。当初他是路上被抓了壮丁，乡里并没有入册，程爷自己不说，就没人知道。后来全国解放，程爷暗自庆幸，亏得自己嘴紧。那次打伤阿旺，他一开审就立刻认罪，是为了保住嫂子的名声，也是怕公安机关追查他的背景。"

老马摇头叹息："这件事上他是躲过去了，可别的事上他却栽了个大跟斗。十五年徒刑，人生有几个十五年？躲来躲去，他还是没躲过命。"

猪油桂花短尺端上来了，又是油汪汪的一大盘。王钰真是饱了，速度就慢了下来。

"刚才……"王钰开了个头，又顿住了，最终还是忍不住续上了话头，"刚才我整理床铺，发现程爷枕头里掉出一样东西。我眼尖，拿起来看了一眼，是存折。户头上刚转出了二十万，日期是前天的，余额还剩下三万多零头。"

阿陶和老马同时搁下了饭碗。

"转给谁？"老马问。

"是一串号码，没有名字。"王钰说。

"妈的，这事拿脚都想得出来。程爷自己去不了银行，也不会手机转账，他能转给谁？"阿陶愤愤地说。

"你们不能，过问一下吗？"王钰说。

阿陶和老马都不吱声。半天，老马才说："志愿队有纪律，我们不能介入老兵的家事，尤其是财务纠纷。除非老兵自己提出来，我们可以帮着反映给有关部门，他们来调查。可是程爷自己没说话。"

"你们不可以悄悄问一问程爷自己吗？"王钰说。

阿陶看着老马，老马扭头看着窗外。三人便都不说话，空气凝重起来，桂花短尺的碗面上，结了一层白色的猪油。

"我去问。你是队长不好说话，你当作啥也不知道就完了。"阿陶说。

"人老了真特么不好玩。"老马砰地扔了筷子。

"有本事你能不老？"阿陶哼了一声。

三人吃完饭，结了账，站起来，慢慢地朝停车场走去。太阳有点偏了，王钰缩了缩脖子。小寒日的阳光靠不住，说冷就冷。空中飞过一队鸽子，鸽哨声嘤嘤嗡嗡，一路远去，不绝于耳。

"有个事，一直想问你们两个。"王钰说，"那年我把采访的报纸寄给程爷，后来给他打过一个电话，问收没收到，看了有什么想法？他哼哈了半天，很敷衍，是不喜欢我写的东西吗？"

老马和阿陶对看了一眼，没立刻回话。最终是老马先开口的。

"当然是喜欢啰，不喜欢他能这么郑重其事地贴在墙正中吗？"

王钰横了老马一眼："实话。"

阿陶拿胳膊肘撞了撞老马："跟王老师你就说实话吧。程爷反复看了几遍，才说'这女子在国外待傻了，一点不懂中国的路数'。"

王钰一下子愣住，久久无话。

世人还是喜欢英雄的，所以手游公司能日进斗金，所以才会有长盛不衰的好莱坞。王钰想。

· 作者简介 ·

张翎，女，1957年生，现居多伦多。著有《劳燕》《余震》《金山》等。曾获华语传媒年度小说家奖、新浪年度十大好书、华侨华人文学奖评委会大奖、《中国时报》开卷好书奖、红楼梦世界华文长篇小说专家推荐奖等文学奖项。

走马灯

□ 海 飞

开 场

陈宝山去世那年冬春,左书令来到了她的十九岁。那时候左书令的父亲在苏州河边的淮安路上开一家左记灯笼铺,并且教会了左书令扎灯笼。左书令喜欢扎灯笼,也喜欢长久地坐在桌前,一声不响地看那些纸糊的灯笼在眼前晃荡。她寡淡得如同白开水的生活中,只有灯笼,没有爱情。但是她很美,像一张素笺一样白净。左书令记得,陈宝山从她手中买走第一盏灯笼时,穿着一件深灰的风衣。灯笼骨架上糊的是白身子纸,有着浅粉红的颜色,上面画着一条淡绛色的龙。灯笼点亮的时候,透出一波波的光,让龙也变得生动起来,仿佛回到了海里。

左书令知道陈宝山以前是警察,而且是市警察局刑侦处有名的探长,破过很多凶案，但是却一直没有职务上的升迁。他的老婆苏来喜喜欢挺着硕大的肚子，在离家不远的苏州河边走来走去，仿佛她是在看管一条河流。陈宝山那天从左书令手中接过灯笼，提着一盏微光，走上了回家的路。在苏州河边走着的时候，能看到微光下影影绰绰的河水。陈宝山不会游泳，他觉得幽暗的河流充满了秘密。而河边堆满了垃圾和杂物，以及各种各样的错误。

一九四九年的冬天，陈宝山好像病得有些厉害。旧警察甄别工作开始以后，他没有被人民政府公安局留用，而是去仲泰火柴厂当了一名门房。他偶尔经过左记灯笼铺的时候，会停下来在店铺里坐一歇。他叫左书令小姑娘，说小姑娘你同我一样，不爱讲话。左书令笑一笑，手中不停地用篾片扎着灯笼架，仍然不响。立冬前后那几天，陈宝山从瑞金医院回来，照例在她这儿坐一歇。他刚刚坐下，店门外讨厌的雨水就开始绵密起来，他们就望着门外帘布一样的雨说话。雨声很响，陈宝山就在雨声里也很响地说话。陈宝山好像特别喜欢说，他说起以前的旧事，说完了会加一句，你听见了没有。左书令就笑笑，说听见了呀，你说的旧事像一场梦一样。陈宝山心里就咯噔了一下，突然觉得左书令虽然不爱讲话，但是一旦讲话，会让人觉得讲到心坎里去了。那天陈宝山看到左书令在扎的灯笼，就问这是什么灯笼。左书令说，这叫走马灯。灯笼点起来的时候，那匹灯笼上画着的马，或者飞燕，或者一个夜奔的女人，就会缓慢地转动起来。那天黄昏，陈宝山提着走马灯踏上回家的路，黄黄的光晕映照着走马灯上的图案。那些图案在不停地转动，于是陈宝山仿佛看到了自己的一生。

一九四九年除夕过后的没几天，其实也就是一九五〇年正月初六，刚好是立春，陈宝山突然在河里结束了生命。就像虽然是立春，但冬天却好像进行得如火如荼一样。左书令那天看到苏州河边围着一圈穿着臃肿的人，她没有靠近，但是远远地听到了，人群中有人在讲不会游泳的警察陈宝山走向了苏州河，而且用枪抵在了自己的下颚，朝天开了一枪。那把枪是以前的警察局长俞叔平送给他的，但送给他并不是为了让他自杀。子弹洞穿并且掀起了他的天灵盖。就在众声喧哗的时候，左书令转过身离开了人群。她留给苏州河一个背影。

左书令的父亲死于两个多月以后，那是一场在春天里忘乎所以的醉酒。那天他迈着东倒西歪的脚步，在回家的路上倒在了丰沛富足的雨水里，俯卧在一片马路的水洼上。父亲的脸紧贴着路面，仿佛马路的一部分。他的衣服因为雨水的浸泡，鼓了起来，很像是漂浮在海面上。左书令得到父亲醉死的消息，赶往离家不远的那条马路时，看到了路灯下的父亲，那么陌生。很久她都没有走近。她突然发现，许多的人事，她是不愿意靠近的。接着，初夏的一个黄昏，一场大火光顾了左记灯笼铺，所有挂在墙上的、安放在货架上的灯笼开始同时燃烧，照亮了整条弄堂的夜空。左书令也是站得远远的，看着那些兴奋的火苗，她脸上浮现着一种平静的笑容。火光映红了她的半边身子，也让她半边的身子变得暖和，而另半边身子始终被初夏的风吹拂。消防水龙头最终扑灭了这场大火，每个消防员的脸上都显现着疲惫，只有左书令神清气爽，有邻居问她，阿壁小囡，以后你怎么办？

左书令只是笑了一下，一声不响。她后来消失在苏州河一带，没人知道她去了哪儿，而左记灯笼铺也成了一片废墟。第二年的春天，上海松江七堡镇的一座叫明真的道观边上，桃花开得十分灿烂。有人看到过左书令，说她成了一名女道士，说她站在离一条小河和一树桃花适当的距离，看上去似在人间，又仿佛不是在人间。

左书令记得最清爽的是，陈宝山每次路过她的左记灯笼铺，坐在她的身边语速平稳地讲起一堆旧事。这样的旧事,如影随形伴随着这位深居简出的女道士一生。

壹

十岁的陈宝山,有一大把的时光和祖父陈静安一起度过。那时候他和父亲以及祖父三个男人,还住在赫德路五十五弄。祖母得了一场急性肝病死了以后,陈静安又续弦胡氏。只过了八年,胡氏也撒手西去。自此陈静安不愿再娶,而是安心地当自己的警察。他觉得自己没有老婆命。

陈静安喜欢在一把躺椅上晒月亮。他退休了。以前陈静安当警察的时候,还是晚清,他记得很清爽的,那是在光绪二十三年,也就是一八九七年的秋天,他成了当时上海最早的六十六名巡捕之一。这些都是陈静安晒月亮的时候说的,他一边大笑,一边给孙子陈宝山吹牛皮,讲他当警察的第十三年,有个叫汪精卫的,刺杀过晚清摄政王载沣,差一点被他亲自逮捕了。那时候陈宝山很相信这一切,觉得警察大概就应该是这样子。但宝山一直搞不懂,陈静安为什么喜欢晒月亮,而不是晒太阳。大概是因为他觉得晒月亮的时候,适合回忆往事。特别是在夏天的时候,他躺在躺椅上,弄堂里的风就轻易地穿过他晒瘪了的鱼干一样的身体。

宝山陪着陈静安,十分安静地乘凉。那时候宝山父亲陈嘉定在警察分局上班,很忙的样子。所以有时候等他下班的时候,会看到一老一少两个人,还坐在家门口乘凉。他们乘凉乘得从容而专业。陈静安在乘凉的时候,主要做两件事。一件事是不停地当宝山的面骂陈嘉定,他说像你爹这样的人,是当不好警察的。他不是当警察的料,但你是的。宝山说,为什么。陈静安说,因为你安静,安静的人会思考。陈静安的另一件事,主要是给孙子说他自己的父亲，就是宝山的太爷爷曾经在清廷的巡防保甲局里做事。那时候还不叫警察，但是扛的活儿，和后来的警察是大差不差的。

所以说，咱们家是警察世家。陈静安斩钉截铁地说。

陈静安给孙子宝山讲了无数的往事，也晒了数不清的月亮，陈宝山的皮肤好像也变成了银色。祖孙两人边晒月亮，边说话，一直晒到陈嘉定离世。宝山的父亲陈嘉定毕业于震旦学院法学院，入职在警察署第三分署司法科。但因为陈嘉定为人过于正直，即使在"花国总理"王莲英被杀案的侦破中发挥了重要作用，仍然被排挤在外。升职嘉奖几乎都没有他的份，仿佛他不是办案的警察，仿佛他是只警犬。

宝山的妈妈叫白雪见。陈嘉定很喜欢她，像宠一个女儿那样的宠，但她是个半哑的人。她只能发出几个简单的音节，这大概也是她的儿子陈宝山不爱说话的原因，因为母亲不太同他说话。白雪见一直很悲伤，她喜欢悲伤地站在苏州河边，悲伤地看各种货运船往来。苏州河上很热闹，河上有船只不知疲倦地来回穿梭，甚至还有夜航船。陈宝山一直想要走近母亲，但是走不近，这让他特别羡慕他的小伙伴张仁贵。隐隐约约听说，白雪见长得太漂亮，虽然是个哑女，但还是有好多人欢喜她的。以前有一个流氓抛弃过她，她大概是受了刺激，于是恍惚地在大街上没有目的地走，最后被街头执勤的陈嘉定带回了第三分署。白雪见后来想要嫁给他，是因为陈嘉定给她买了一碗馄饨。那天她披的是陈嘉定的大衣，那个流氓以前同她说过，披了谁的衣，就是谁的人了。现在，她又披起了陈嘉定的衣。她冲发呆的陈嘉定笑了一下，用手理了一下鬓边落下的一缕头发，含混不清地说，我要同你回家。

但是有一天白雪见抛夫别子，突然不见了。陈嘉定的床上，放着一件折叠得整整齐齐的大衣。有人说她是跟一个开船的人去了苏州，从此不再回来了。有人讲她掉到了苏州河里，被河水冲走了。陈嘉定自己到供职的第三分署去报了案，希望增大警力寻找他一直宠爱着的白雪见。但是局里只是佯装着发了几个告示后，以警力有限为由，再也没有动作。那段时间，陈嘉定像一条疯狗一样，没日没夜在大街上乱窜。后来，他听人说白雪见是和抛弃她的流氓旧情复燃，一起去了绍兴，在八字桥开了一家小酒馆。陈嘉定终于明白，那件放在床上折得好好的大衣，是告诉他，她不再穿他的衣了。她私奔了。陈嘉定也终于明白，一个女人喜不喜欢这个男人，和这个男人对女人好不好没有关系。白雪见注定了，是爱这个流氓的。于是，陈嘉定没有去绍兴八字桥找白雪见。他觉得他永远找不回一个心已经飘远的人。

民国十六年的初春，陈嘉定为了救一名苏州河里不慎落水的圣约翰大学女生，跳下河时忘记了脱掉警靴。那双警靴的鞋带扎得特别紧，涌进水以后又在脚脖子处卡住了，这让下水的陈嘉定很后悔，任凭他怎么用力也无法将靴子蹬踢下来。最后他像浸透了水的包袱，被那双冤魂一样的警靴给硬生生地拽进了苏州河的河底。

陈宝山记得，祖父陈静安在看到儿子的死状后，仿佛一点也没有悲伤，脸上挂着笑意，而且还不停地嗑瓜子。但是在第二天，他躺在那把老旧的躺椅上也莫名其妙地死去了，身边的地上有一圈瓜子壳。来帮忙料理后事的是张三立，也是警察，是陈嘉定顶要好的同事。接连失去父亲和祖父，陈宝山正式成为一名孤儿，他被张三立从赫德路领回了家。张三立家就在苏州河边，一幢二层小楼。宝山在那一天见到了张三立永远板着脸的妻子午凤，从此张三立当了宝山的干爹，午凤当了宝山的干娘。宝山还见到了张三立的儿子张仁贵，他们年龄相仿，本来就认识，现在可以睡一个床铺。只是当月圆之夜，月光洒在床上的时候，宝山从半夜醒来，会想起那个爱晒月亮的祖父。同样，当他经过苏州河边的时候，也会想起被人拖上岸来的父亲，像一条搁浅的黑色大鱼。

宝山记得他刚住到干爹家的几年，和张仁贵好得不得了。那些年只要到了夏天，张仁贵就会整天泡在苏州河里，日光暴晒，河水浸泡，使得张仁贵背上脱下一层层的皮。张仁贵在水中游得比船还快，游够了就上岸，四仰八叉地躺在岸上，把自己晒成一条黑不溜秋的泥鳅干。但是宝山没有机会下水，他一直被干娘午凤绑在家里。午凤搓了一根稻草绳，将宝山捆扎起的时候，挥舞着手里的戒尺，指向地上宝山父亲陈嘉定留下的那双警靴说，你要是敢下水，我现在就剁了你的一双脚。所以这么多年很少有人知道，在苏州河边长大的刑侦处警察陈宝山，至今不会游泳，是因为当年的河水曾经埋葬了他的父亲。

事实上，也有一位游方道士牛三斤曾经告诉过他，你不要和水走得太近。

贰

民国十八年，也就是一九二九年初夏，陈宝山和张仁贵都已经十七岁。他们像是被风吹大的一样，走路的样子摇摇晃晃。陈宝山喜欢这种摇摇晃晃的年岁，他好像是喜欢上了马堂弄一个叫何红菱的女孩。何红菱每次去河边洗衣，陈宝山总是会目送她。何红菱就说，你干啥？宝山说，我不干啥，我就是看看你。何红菱说，我有什么好看的。宝山就说，你要是不好看，我早就不看了。宝山想了想，还说，你不要生气，看看不犯法。

那年初夏，宝山没有犯法，但张仁贵却犯法了。张仁贵在外白渡桥上和人吵了一架，吵架的原因是张仁贵说水果摊上的苹果坏了，水果摊的那个小个子男人说苹果没有坏。张仁贵要退钱，不退钱就把他扔进河里。小个子说退钱那是白日做梦。于是他们热火朝天地打了起来，打得很卖力。十七岁真是一个最好的年龄，一般脑子不太能管得住身体，所以张仁贵用十七岁青春勃发的拳头，打死了小个子。小个子匍匐在外白渡桥上，看上去他像是要钻透桥面，一直钻到水里去。张仁贵永远记得那个无所适从的下午，他开始落荒而逃。他在上海北站爬上了一列火车，从此就像风消失在空气中一样消失在人间。同样十七岁的宝山跟着干爹和干娘一起，在上海滩的角角落落四处寻找，一无所获。一直到一个礼拜以后，张三立和午凤坐在楼下客厅的太师椅两旁，一言不发。他们把整个下午坐了过去，又把黄昏坐了过去，他们完全坐进了一堆黑夜里。宝山就一直看着干爹干娘，张三立喝一会儿茶，剥一会儿手指甲。午凤一会儿嗑瓜子，一会儿吃汤团，一会儿突然打开碗橱开始吃一只七天前买来的烧鸡，那是给儿子张仁贵买的。他们就这样一言不发，一直坐到天亮。天光刚刚放亮的时候，宝山在张三立和午凤面前跪了下去，磕了三个响头，各敬了一杯茶说，仁贵不在，我会一直在。我是你们的儿子。

一九三五年的夏天，陈宝山见证了一桩凶案。那个他顶喜欢的女孩红菱的父亲何大有死了。何大有生前喜欢打老婆，他的老婆叫秀芝。何大有有事没事，会喝个三两酒，然后打一顿秀芝解解闷。何大有在十六铺货运码头扛包。扛包很辛苦，但是他一点也不累，他扛包回来就打老婆，不晓得的人，以为他那么爱打老婆是有工资的。秀芝在家里开锡箔香火店，很安静的一个女人。听讲他们一家是从江苏高邮三垛镇那边过来的，每次何大有打人的时候，嘴里用高邮的方言骂着，辣你个妈妈的。宝山就一直搞不懂，辣你个妈妈是不是给妈妈送上一碗辣椒吃？虽然何大有不厌其烦地打老婆，但是对女儿红菱却很疼爱，挣来的钱时不时地往红菱的兜里塞。红菱说，不要不要，我够用了。何大有说，不够不够，你不要也得要。每次红菱见到何大有打老婆，她都十分平静，因为这样的场面她见到过太多次。她麻木了。

但是有一天晚上，何大有在十六铺码头卸完货回家后猝死在床上。第二天清晨，家里人哭得呼天抢地，秀芝哭得伤心，看到的人都感叹，虽然秀芝的任务是被何大有打，但是大有死了，她还是伤心的，毕竟一日夫妻百日恩。那时候宝山阴着一张脸，远远地在红菱家门口不远处观望，总是觉得疑点重重。何大有人高马大，壮得像一头两条腿的水牛，为什么突然就猝死了？他回家之前，在小酒馆里喝醉了酒，还唱了一首"乖乖隆地咚"的小曲，同时骂了无数声辣你个妈妈的，在家里吐了一大摊，听说死因是被呕吐物堵住了呼吸。他身上没有伤，可是在两只手腕上有瘀青……

那天宝山用公用电话匿名打到了中央捕房，把自己的怀疑说了一下。来办案的是刑侦处最有名的警长华良。他的身上荡漾着乌普曼雪茄的味道，宝山就远远地看着华良查案。华良带了几名警察过来，他不时地抽几口雪茄，并且闲散地看着警察们在雪茄的烟雾与香气中进行现场勘查。他自己主要是和悲伤的秀芝聊天，说一些不着边际的话，并且讨论了一下高邮的咸鸭蛋和油菜花。华良的目光瞥见了躲在围观人群中的宝山，他眯眼笑着招了招手，宝山就走到了他的身边。宝山听华良说，是你报的警？宝山就说，你怎么晓得的？华良笑了，没有再说话。后来华良又叼着雪茄，走到了秀芝的身边说，你为什么要杀他？帮你一起杀他的人是谁？

秀芝愣了一下，随即很淡地笑了笑。她什么话也没有说，只是望着围观的人群好久。转头望向华良的时候,突然眼眶中有泪水泼了出来,说是我一个人做下的。宝山记得,那天华良一直盯着秀芝的眼睛看,最后秀芝终于把目光移向了别的地方。这时候华良才说,你骗人,你那么小的个子,弄不死何大有。

这个案件结得很快,华良甚至没有第二次出现在马堂弄。报馆的小报记者写了马堂弄杀夫案,搞得小报突然很畅销。秀芝被警察带走了,带走的时候宝山也去看,华良探长都没有亲自出现。宝山就觉得华良真是有本事,当警察当到这份上,真是够可以了。同样被带走的是马堂弄的一个修锁匠炳夫,至于炳夫怎么和秀芝合力杀死何大有,有些牵扯不清。审讯的结果,一会儿说秀芝和炳夫有奸情,一会儿说没有奸情……

那天宝山看到两名警察带走秀芝时,红菱站在家门边,她不看被带走的母亲,她就远远地看着人群背后的宝山。她的表情很古怪,似笑非笑的样子,看得宝山有些不自在。人群完全散开的时候,是这一天软绵绵的黄昏。陈宝山记得苏州河的河面,已经被夕阳染得一片通红,仿佛河面被火点着了。宝山走到了门边的红菱身旁,将一瓶百雀羚塞到红菱的手中。红菱仔细地看了一会儿手中的铁皮盒,最后扔在了地上。百雀羚打了几个转,最后落在了地面上。然后红菱进了屋,合上门,将宝山和夕阳全关在了外面。宝山沉默了一会儿,他知道红菱是因为他自告奋勇地报案而恨上了自己。后来他从地上捡起了那盒百雀羚,他记得弯腰的时候,整个黑夜就在苏州河边的马堂弄降临了。

一九三七年春天,在干爹张三立的安排下,宝山穿上了警服,加入了租界工部局的中央捕房,担任一名华警。在那一天,他远远地见到了华良,在几名警察的簇拥下,钻进一辆车子走了。华良像一道光一样,转瞬即逝,让宝山觉得仿佛刚才只是一阵眼花,看到的是一个幻境。那天是干爹张三立和干娘午凤一起陪着宝山去报到的,他们看到福州路一八五号捕房门前,宝山把牛皮带扎在腰间,顶着正午的阳光,戴上他人生中的第一顶警帽。宝山和干爹干娘在捕房门前合了一张影,三个人都笑得很灿烂。拍完了照片,午凤开心得掉了眼泪,她背过脸把眼泪擦去。宝山心里就咯噔一下,他觉得看着灿烂的自己,干爹和干娘一定会想起那个杀人潜逃的儿子张仁贵。于是他左手搭着午凤的肩,右手搭着张三立的肩,将他们搂得更紧。干娘还将宝山帽徽上那只飞翔的警鸽擦拭得异常清爽,让它金黄色的羽毛在宝山头顶闪闪发光。宝山那时就啪嗒一声,对着干娘敬了一个礼,然后说,礼毕!

那天的傍晚四点多光景,宝山去了大楼楼顶的露台,上面有成群结队的鸽子,那是捕房养着的警鸽。更神奇的是,宝山见到了站在屋顶靠在护栏边上的华良。华良手指间夹着雪茄,举了举手向他打招呼,说,喂,我们是同事了。

著名的侦探华良原来一直记得两年前报案的少年宝山,这让宝山有些受宠若惊。

叁

红菱后来成了仙乐斯舞厅的头牌舞女,用当时上海人的说法,叫吃香得不得了。她和宝山之间,自从她母亲秀芝被警察带走后就再无交集。宝山晓得红菱恨着自己,也不再去打扰她。只是那盒变干了结成硬块的百雀羚,一直被宝山珍藏在家中的抽屉里。日本人是这一年八月十三号开始进攻上海的,到十一月十二号上海沦陷,整整三个月,上海都沉浸在硝烟的气息中，并且此后的很多年，这种气息在这座城市的每一个角落弥散，任何方向吹来的风用尽全力都没法将这气息吹去。红菱的生活和她的发型、装扮一样，早就变了。她的生活如同一块旱地，突然被一场大雨浸泡一般变得滋润起来，甚至还在干枯之地冒出星星点点绿芽。她确实变得漂亮和丰腴，或者说她像一只橡皮球一样，变得弹性了。她穿着时髦的貂皮大衣，或者款式不一色泽缤纷的旗袍，像一道弹性的光一样跳跃在跑马场、西餐厅和舞厅、夜总会。她和一帮大亨们玩得很投机，一般的舞客想要约到她的舞，那是几乎不可能的。一直到后来，她成了汪伪大佬钱默生的专用舞伴，据说也住进了华懋饭店的长年包房里，那是可以望得到黄浦江的房间。此刻她已经是孤身一人，马堂弄开过锡箔店的老房子，早就像生了锈一样残败。老实讲，她不在乎，她也不想要了，她要隔开马堂弄的那种生活，或者把自己换成另一个人，光鲜地存在于这个光怪陆离的世界。

宝山有一次跟着周正龙去仙乐斯舞厅办案。周正龙那时候还没有当上刑侦处一哥，不过是一队的队长，戴一副眼镜，如果不穿警服，看不出他是个警察，倒像一位报馆的编辑或者大学的年轻教师。当然在舞厅办案的时候，他和宝山确实穿的是便装。那天宝山看到有一堆人从门口拥进舞厅，大呼小叫的，来头不小，直接奔向了贵宾包房。那时候宝山和周正龙就坐在舞厅角落里，远远地隔着晃动的人头，看到了春风扑面的红菱和油头粉面的钱默生一起出现。

枪声是在五分钟后从包房里传来的。周正龙没能拉住宝山，宝山像一根弹簧，几乎在瞬间冲向了贵宾包房。他看到了倒在地上像一团破棉絮的钱默生，也看到了惊声尖叫的红菱。红菱的身上到处都是被喷溅的血，她瞪大眼睛发出单调的尖叫，一声一声机械地重复着。宝山扑向她，一把把她搂在了怀里，然后迅速地伏低身子，告诉她不要慌，没有事。红菱在他的怀里不停颤抖，仿佛寒冬枝头上一只快被冻僵的鸟。枪声还在零落地响起，钱默生的保镖和刺杀他的队伍正在混战。舞厅里乱成一团，四处都是跑丢的鞋子和被误伤的舞客。宝山拔出枪来，再一次在红菱的耳边说，有我在，你根本就不用怕。

在宝山后来短暂的生命中，一直都记得，那是唯一一次，他抱紧了红菱。

这次事件后来被查明，钱默生是被军统的飓风队队长陶大春带队干掉的，这只是一场普通的惩处汉奸的行动。重庆政府下定决心，一定要让汉奸们闻风丧胆，戴老板下令在军统内部组建飓风队，在上海把杀人的事情干得风生水起。钱默生的死，让红菱的生活从此开始发生了变化，不仅钱默生的老婆找到她要跟她清算，汪伪政府也认为是红菱勾引了钱默生，让他乐不思蜀，流连舞厅，才遭遇到了暗算。红菱据说后来离开了上海，淡出了社交圈，像一滴雨落进了苏州河里一样，消失无踪。随即有一个叫小金宝的十八岁舞女，浦东来的，成为仙乐斯新的皇后。而红菱去了湖州南浔镇，嫁给了一个做蚕桑生意的中年男人。这些都是宝山的调查结果，写成档案上报给了队长周正龙。

有一天晚上，宝山走在回家的路上，一个人影从马堂弄闪出，挡住了他的去路。这个人掏出一根烟点着了，喷出一团来路不明的烟雾。宝山说，你是谁？那人说，我是陶大春，我是飓风队的。陶大春拔枪抵在了他的脑门上，说，红菱去了哪儿？我们需要找到她，因为钱默生的一份绝密文件不见了。

宝山说，红菱很苦的，你们也敢难为苦命人。

陶大春说，你也是中国人，你竟然那么短的时间就能把我们查了个底朝天，是个人才。所以如果你愿意，希望你能加入我们。

宝山说，我不愿意。我只想当警察。

肆

在一九三七年至一九四九年漫长的十二年间，陈宝山一直是一名称职的警察。这期间周正龙早就升任为处长，而宝山和周正龙的妹妹周兰扣相识。周兰扣喜欢喝咖啡和红酒，喜欢时装、游泳、击剑、赛马，喜欢一切时尚的东西，最夸张的是她喜欢骑摩托车，伏在车身上如一只巨大的甲虫，在大街上把摩托车开得电闪雷鸣。她和宝山若即若离，仿佛是喜欢宝山这个沪上有名的神探，但也好像不怎么喜欢。真是要命。

一九四六年的时候，宝山认识了童小桥，她是仲泰火柴厂的老板唐仲泰的太太。宝山为童小桥找到了一只失窃的皮箱，以及皮箱内的衣物。也许是因为投缘，宝山爱去唐仲泰家，听童小桥弹琵琶。童小桥琵琶弹得好，特别是《春江花月夜》。而且童小桥穿旗袍坐着的样子，也像一把琵琶。除了听琵琶，宝山还可以和童小桥的司机老金下象棋，但宝山的棋艺远不如老金。宝山轻而易举地在唐家度过了许多美好时光，当然，这之前他也认识了顶头上司周正龙的妹妹周兰扣，两个人若即若离，有点儿想要谈恋爱的意思，但又谁都没有挑明。这样的状态就像一场雾，既不是雨，但却会湿身。一九四八年冬天的圣诞节，宝山买了糖炒栗子，兴致勃勃地给周兰扣送去。没想到周兰扣刚好挽着唐仲泰的手，依偎得如同连体婴儿般在宝山眼前走过。宝山始终都记得，那天下着一场不期而至的雪，宝山在一棵行道树下，远远地望着一对男女说笑着向这边走来，大概是因为男的妙语连珠，所以那年轻的姑娘就笑得花枝乱颤。俩人越走越近，宝山看清了那姑娘就是周兰扣，这让捧着糖炒栗子的宝山觉得无所适从。宝山于是想到了自己的木讷，恋爱是需要谈的，谈的意思就是谈话。宝山觉得自己是块木头，木头怎么谈恋爱？后来宝山突然想起，那个和周兰扣谈得热火朝天的男人，就是唐仲泰。于是宝山发了一会儿呆，他还是觉得有些难过。最后他去仙浴来澡堂泡了一个澡，都快把自己给泡发芽了。然后他踏上了回家的路，就在离家不远的苏州河边，宝山在雪地里一个人站了很久，令身边的那条苏州河都觉得宝山是想野心勃勃地站成河边的一棵树。夜深人静，苏州河边人烟稀薄，只有隐隐作响的水声。于是宝山在河边坐了下来，专心而细致地挖了个坑，把那包牛皮纸包着的糖炒栗子埋了进去。

那天宝山踩了很久的雪，一路走一路走，咯吱咯吱，走到了童小桥的家里，说你给我说门亲事吧，我想要成家了。童小桥不响，宝山也不响，就那么安静地站着。很久以后童小桥终于说，来喜怎么样？

来喜曾经是童小桥家里的帮佣，后来因为风湿痛，走不了路，在家里歇了一段时间。等能下地走路的时候，她在大街上摆出了一个香气扑鼻的煎饼摊。宝山记得这个人，也和她说过几次话。宝山笑了，说我觉得挺好。于是童小桥问，难道你那个周兰扣不好？宝山笑着说，那是另一种好，我不太能掌握的那种好。人要识相，任何把握不了的事情，都别去碰。

宝山去找来喜，他请来喜吃面条。在老正兴面馆，两个人坐在一起各自吃了一碗三鲜面。吃完面宝山把碗一推，掏出皮夹说，我要娶你为妻，钱归你管，人不能管。来喜不响，坐在那儿笑着看宝山，很长很长时间都不响。宝山说，你这样鸦雀无声的，什么意思？肯还是不肯？来喜仍然不响，心里这样想，每个女人都想管钱，可是管不到。没想到我还没答应嫁给你，你就已经开始想让我管钱了。

宝山和来喜结婚了。来喜结婚没有什么嫁妆，或者说几乎没有嫁妆，但是她带来了十来只鸽子，养在宝山家的露台上，好像她的职业是饲养员。

也就是在宝山娶来喜的第二天，宝山请一帮同事在福州路上离警察局不远的老半斋吃宵夜，清蒸刀鱼上来的时候，处长周正龙把炳坤带了进来。炳坤皮肤有点黑，嘴唇蛮厚，围了一条不伦不类的格子呢旧围巾。周正龙说介绍一下，处里新来的同事，姓赵，赵炳坤，以后你来带他。炳坤对宝山弯腰点了一下头，说师父，犹豫着是否该坐下。宝山说你小子嘴唇厚话不多，口福倒是不错，可能以后办案子时运气也不错。淮扬风味的蟹粉狮子头，你要不要先来一个。

炳坤还是很拘谨，酒喝到一半时，抽出几张钞票，本来是要给八百，后来又加了两张，说是给师父宝山新婚的礼金。宝山说你就算了，你连警察局的一分钱工资也还没领过，你连新娘子都没见过。但是炳坤还是把钞票推过来，虽然没有说话，样子却是很执着。宝山于是就收下，说改天去家里坐坐，见见嫂子。炳坤说，应该叫师母。他后来给宝山打包了一碗水饺，说师父，你带回去给师母吃。宝山于是想起了家里话不多的来喜，觉得心里很踏实。

伍

关于陈宝山的过往，来喜隐约是有点晓得的。比如宝山对童小桥有点意思，不然为什么老是往童家跑，难道真的是为了找老金下棋？和周兰扣也有些眉来眼去，兰扣毕竟年轻，毕竟时髦，脸盘子也不错。来喜还知道她是宝山的上级周正龙的妹妹，也是上海的半个明星，在新新公司六楼餐厅的玻璃电台当播音员，还上过《大声》无线电半月刊的"小姐动态"栏目。

宝山当然记得更清晰，他是在警察局的一次新年联谊会上认识周兰扣的。那次周兰扣跟在哥哥周正龙的屁股后面，吃晚餐时，坐到宝山边上说，我全看过了，上海嘎许多警察，就你最像男人。那天三个人一路走回去，天空碰巧落雨。宝山临时买了两把伞，让周正龙独自撑了一把，另外一把他给周兰扣打着。走到外白渡桥上时，雨点砸在钢梁上，敲出叮咚叮咚的声响。周兰扣抬头去看雨，这才发现宝山差不多站在伞外。她说你是不是喜欢淋雨，你又不是一片草地。宝山说我个头大，雨伞里挤不下我们两个。周兰扣听他说完，突然笑呵呵地跳起来亲了他的脸颊一下，说宵夜哪里吃，我想吃牛排。

这些都是宝山和兰扣的过往，当然后来周兰扣暗中和童小桥的老公唐仲泰好上这件事，宝山并没有打算要告诉童小桥。他觉得人这一生中，总有许多秘密是要烂在肚子里的。

宝山也没有想到，那个离开上海去湖州嫁了个富人的红菱，会在一个月黑风高的夜晚和自己重逢。明明有昏黄的路灯，红菱竟然还提了一盏灯笼，而且还穿着一件白衣裳，披散着头发。她就站在马堂弄她家的门口，锡箔店早就关门了，不大的一楼一底的房子也早就荒废了。宝山看到红菱的时候，以为见到了鬼。红菱朝宝山笑了一下，说，宝山，我这一生很惨的。

宝山没有接话。两个人就保持着这样的沉默，很久以后红菱说，我没有嫁到湖州去，那都是为了死要面子故意放出的风声。自从钱默生被军统杀掉以后，他的老婆也没有放过我，说不会让我好过。她找了一个有花柳病的人把我强奸了，从此我也就染上了花柳病。我的日子不多了，同仁医院的郭医生告诉我，我顶多还有一个月。

宝山还是没有接话，只是沉默地点起一支烟。红菱说，当年我没有接你送给我的百雀羚，我很后悔的。但是这也难怪，人生之中总有许多后悔的事。听到红菱这样说，宝山就从口袋里掏出了那盒百雀羚。不知道为什么，这天宝山恰巧把百雀羚带在了身边。红菱接过了，打开铁盖，发现百雀羚已经干掉了，结成了块。但是红菱还是很开心，说就要死了，能得到这个礼物，我可以闭眼了。

宝山点起了一支接一支的烟。他看到红菱离开的时候，有一阵风很凶地吹散了烟雾。他很想再看一眼红菱，但是他最终没有跟上去。红菱一个月后真的离世了，宝山得到消息的时候，正在警察局食堂吃饭。一个接电话的小警察气喘吁吁地跑过来告诉他，同仁医院郭医生打来电话，一个叫红菱的女病人死了，生前留下话来说，谢谢百雀羚，这是她在人间唯一得到的爱。

宝山笑了一下，专心地吃饭。其实那时候他快吃好了，但听到这个消息，他开始细心地一粒一粒地数着饭粒吃饭。那个小警察很好奇，一直到他数完，宝山笑着说，一共一百八十七粒。宝山抬起脸笑着张嘴的时候，小警察发现宝山嘴里塞满了饭，亮晶晶地闪着光泽，而他的眼眶里，已经盛满了身体里全部的泪水。

陆

一九四九年的春天来得迅猛，苏州河的潮水也很急。陈宝山带着徒弟炳坤正在破案，就是那桩沪上各种报纸连载不断的连环杀人案。第一个死者叫张静秋；第二个死者叫郑金权；第三个是位老太太，大家叫她汤团太太。很长一段时间，案件没有眉目。

有一天，陈宝山在外白渡桥上碰见了一名国军军官，认出他就是当年锄杀了汪伪汉奸钱默生的陶大春，抗战胜利后他就浮出了水面，现在在淞沪警备司令部里上班。两个人在桥上抽了一会儿烟，后来在一堆飘荡的烟雾里，宝山说，形势怎么样？

陶大春想了想，把烟蒂扔进了外白渡桥下的苏州河里，说，不好说。

后来陶大春又问起，当年差一点被一起锄杀掉的，后来他们又追查的那个红菱，现在怎么样了。

宝山说，死了。

陶大春不响，长时间望着脚下的河水。后来他抬起头，朝宝山笑了一下说，再会。

这是宝山和陶大春的最后一次见面。没过多久，上海解放了，宝山不知道陶大春去了哪里。宝山是这样想的，要么陶大春战死了，要么就是去了台湾。

柒

在医院懒洋洋的床上，宝山想到苏州河的水一定很凉，而且流得很着急，仿佛一种催促的鼓声。这时候他开始回忆起父辈们的过往，以及自己略显匆忙的路途。他有点惦记左记灯笼铺的左书令，不知道是什么原因，就是惦记。除夕的脚步越来越近，高音喇叭播放着激越的革命歌曲，全城上下都是崭新的气象。连空气都是新的。宝山作为小部分的劝退人员，早已被人民政府接管的上海市公安局劝退，去仲泰火柴厂当了一名门房。华良一定是不晓得，这是后来改名为张胜利的张仁贵在做手脚，他不愿意神探陈宝山留在公安局，这会是他的一块绊脚石。也是在这时候，宝山因为患了严重的脑肿瘤头痛难忍，开始为来喜肚中的孩子做一切的准备，甚至削了一把木头手枪。他的从警之路有些坎坷，也对被劝退有些不甘心，但他仍然希望儿子当警察。于是他对来喜这样托付，等儿子长大了，让他去考人民政府公安局当警察。来喜听了他的话，侧过头去不响，后来索性一个人摇摆着肥硕的身子，去了楼上的露台。在露台上，她对那群咕咕乱叫的鸽子说，我顶舍不得的是他。

宝山一个人在病床上的日子，白天竟然也开始恍惚，仿佛白天本身是一场梦。在这样的梦境中，他一会儿昏迷，一会儿清醒，来喜就经常腆着肚子来医院看他。有无数次，都是炳坤开着边兜摩托车送她来的。来喜来了，坐在床沿上，一坐就是半天，一直握住宝山的一只手，仿佛不握着，宝山就会像鸟一样飞走。来喜说，你是在回忆什么呢？宝山想，自己的心思还是被来喜看破了，于是就说，我还是想起了兰扣。原来周兰扣和唐仲泰，曾经在一九四八年除夕前两天选择了私奔，那时候上海城乱象频频，仿佛是闻到了战火的气息，很多有钱人开始外逃。周兰扣和唐仲泰也乘上了太平轮去台湾。但事实上他们最后没有去成，在上船的那一刻就因为超员三百人太过拥挤，被挤落在十六铺码头的浅水中。他们命大，因为这艘船在舟山群岛海域与满载着煤炭和木材的建元轮相撞，太平轮沉没。

于是唐仲泰和周兰扣顺势潜伏了下来，唐仲泰的真正身份是国民党保密局的。接着在一次炸毁电厂的"永夜计划"行动中，周兰扣在杨树浦发电厂里执行上头交给她的爆炸任务时，被炳坤和他的同事贺羽丰同时射出的子弹打死。而唐仲泰在垂死挣扎的过程中，感受到了连绵不绝的无望。于是他索性拿枪对准了自己的额头，开动了扳机。

宝山也顺便想起了张仁贵，上海解放前夕，他作为公安队伍的一员，随部队从山东济南出发，在江苏丹阳集训了三个月，然后再次出发进入上海城，接管警察局。他已经改名为张胜利，早年他因为在外白渡桥上打死了一个人，匆匆外逃的途中，还参加了国民党的队伍。最后各种机缘巧合，他的上司让他混进了共产党的军队。而那个沪上顶有名的连环杀人案中，汤团太太的儿子，以及张静秋和郑金权，都曾经在第七十四军服役。他们是在上海知道张仁贵真实身份的人。宝山还查到为了安插张仁贵，让他作为公安局里最有前途的人潜伏下来，保密局的其他同事杀了有可能会揭露张仁贵身份的这三个人，以洗白张仁贵身份。最后，张仁贵还是被揪了出来，枪毙了。

宝山回想起自己一个人替张胜利收尸的时候，跪在沪西新泾港的息焉公墓干爹干娘的墓碑前，很长时间都不知道该怎么开口。他没法把张仁贵的事情跟二老讲清楚，想了好久，最后他疲惫地抬起头，看见这一大片公墓的拱形门楣上，有四个字写得很清晰：天堂入口。

宝山还顺便想了一下童小桥，她的身份是国民党保密局的，不仅是丈夫唐仲泰的上线，还是她的司机老金的上级。而老金还有一重身份是她的亲舅舅，代号叫老根儿。老金很喜欢她，把她当成自己的女儿，什么事都愿意干。那桩连环命案中死去的几个人，都与他有关。向他下达命令的，无疑就是外甥女童小桥，代号"水鬼"。宝山当时送童小桥去了崇仁老家，但是童小桥却偷偷地回到了上海。问她为什么回来，童小桥说，现在再说这些，已经不重要了。

那什么才是重要的？

重要的是这辈子碰到什么人。碰到什么人你就会走什么路。童小桥这样说。

捌

据乌镇路上的居民回忆，那天差不多是傍晚五点钟光景，陈宝山一个人走下了苏州河。那天下着微薄的雨，所以宝山是走在一片铺天盖地的雨雾中。街坊只看到一个灰黑的人影,像一幅水墨画一样洇进河水。那时候苏州河仿佛静止,世界安静得完全失去了声音,河水也在那时候漫上了陈宝山的脖子。宝山睁着眼,在河水里看到了模糊的从前,河水像一块电影院的银幕,银幕上他的一生匆匆而过,像走马灯一般的影像闪现,祖父和父亲与他的所有交集,也在瞬间重现。宝山很小的时候失去了妈妈,妈妈的名字叫白雪见,是个哑女,离开陈家的时候走得悄无声息,像是她从来没有出现过一样。所以当陈宝山一步步走到河水的最深处时,像是走向了母亲温暖的子宫。他感到十分妥帖、安心,于是他想睡一个最长的不愿醒来的觉。

邻居们晓得宝山是不会游泳的,他在落雨天的这个时候穿了一双笨重的鞋子下水,真是有点让人捉摸不透。宝山最后蹲下身子慢慢沉了下去,好像是要试一试水深,但是没过多久,水底就传来了一声喑哑沉闷的枪响。

枪声很闷,也很短促,仿佛是在河水里受了潮。宝山是把枪口顶在下巴上,朝天发射的,子弹携带着河水和宝山的血水,像一股扎实的喷泉那样冲天而起,直接奔向了辽阔而自由的空中。在邻居们的记忆里,这天傍晚的苏州河像是下了一场红色的雨。河水泛着宝山的血,让人触目惊心。那个时候,刚好有一辆卡车从不远处的外白渡桥上经过。宝山觉得自己突然变得很轻,他的身影飘飘忽忽,最后飘到了桥上,他看到苏州河的岸边围了很多人,很热闹的样子。于是他就知道,这些人在观望着被河水吞没的自己。这时候他仿佛看到了左书令,也站在外白渡桥上,竟然穿着女道士的服装,手中提着一盏走马灯。左书令对着他微笑了一下,说,这是老天的安排。

宝山的尸体后来在水底浮沉,最后落入河床的最深处,也许是在为沿着水路去苏州旅行作一次长久的准备。没有多久,他的尸体被一条沙船打捞上岸。陈宝山的警服被他摆在岸边，叠得非常整齐。那是一九四七年警察局发的一套冬季礼服，黑色，中间一排铜扣子，总共有五颗。胸前有一条金色的绶带，从第二颗铜扣子下牵出，一直挂到右手边的腰上。他的警帽也摆得很端正，警徽上有一只伸展开来的鸽子，让人觉得它就要拍拍翅膀飞走。

来喜被邻居们叫来，匆匆地奔向了苏州河边，然后她人一歪倒在地上，昏过去很久。她不知道自己是怎么回家的，也许是被邻居们抬回来的。来喜在当天夜里醒来后，才发现了宝山的病历单，安静得像一个熟睡的孩子，躺在鸽子笼里。病历单上写得很清楚：脑肿瘤，晚期。

医生诊断结果接下去的一页，是宝山留下的一份遗书。他说来喜，孩子不用随我姓，他跟着你一起姓苏。要不就叫苏州河吧，这名字很好记。苏州河以后不用当警察，当警察太辛苦。

来喜就想，陈宝山明明喜欢当警察，也表示过希望自己的儿子当警察，临死之前怎么又突然改变了当初的念头。甚至连孩子的姓，也让跟着母亲姓，是不是陈家世代当警察的生涯，就此结束了。

遗书里还提到了炳坤，他说炳坤，来喜和苏州河以后就托付给你了，有你照顾他们，我一百个放心。我死后，麻烦你替我收尸，我希望能葬在周正龙的身边，这样我们两个就还是在一起。上海还有很多特务，都交给你去处理了。我和周处长在那边看着你……

宝山的这份遗书，字写得歪歪扭扭，让人想起他在提起钢笔时是花了多少的力气，可能整个身子都在颤抖。这天夜里，得到消息的炳坤来到了师父家，他和来喜替宝山守灵。宝山身边点了很多蜡烛，将他一张脸映照得很红。

散　场

　　二〇一四年，春天来到了杭州的龙井草堂，这儿是一座辽阔的食府，亭台楼阁，小桥流水，包厢却只有八个。而且在这儿吃饭，不接受点菜，只接受排菜。龙井草堂很像是一座古代园林，或者这儿就是另一个古代。除了习以为常的鸟鸣，还有流水一成不变的声音，以及一些花在风中不小心跌落的声音。左书令已经来到了她的八十三岁，她穿着女道士的服装，懒洋洋地坐在一处亭子的美人靠上，一动不动，像一幅古代的人物画。亭子外的一圈，落满了各不相同的一些春花，被雨水冲刷和浸泡，很有一些愁怨的况味。

　　一个叫言午的十八岁女孩，穿着牛仔裤和简单的套头衫，正从一条水渠边离开，信步走到穿着道士服的左书令不远处。言午望着左书令，左书令就笑了一下，是那种像棉花一样的笑。然后言午被左书令的目光所吸引，一步一步向她走去。

　　二〇一四年，陈宝山的女儿苏州河已经六十四岁。她一直在杭州生活，以前是杭州的一位铁路民警。退休后的一段时间，她顶喜欢去的是凤凰山，据说那是南宋皇城遗址。她对遗址的兴趣不大，主要是为了去看看南星桥车务段的那趟绿皮火车。绿皮车已经很稀少了，她内心有些许的害怕和慌张，觉得绿皮车一消失，就等于是一个时代的消失。而在漫长的退休生涯中，她竟然为自己找到了一份新的工作，就是去龙井草堂帮忙打扫卫生。龙井草堂远离尘嚣，整座山庄被绿叶遮盖着，并没有多少灰尘。于是苏州河就经常拿一块抹布，在各个亭台东抹一下，西抹一下，像是在抹去一些时间的印痕。苏州河闲不住，灰尘擦了，又来了；灰尘来了，又擦了。她参加了老年读书会，读书会经常会组织会员们参加作家的见面会，听他们讲创作故事，几乎是一个月一次。最近她在看的一本书竟然就叫《苏州河》，那名作家口若悬河，普通话很不标准，但她坐在听众席上，听得入神，眼泪一刻也没有停过。

苏州河的儿子，也是一名警察，在西湖区的交警大队上班，每天在西湖边的苏堤白堤附近指挥车辆。儿子说，你都退休十年了，好省省的，不要再去上什么班了。苏州河就说，我就去擦擦灰尘，也不累的。儿子说，这个世界上的灰尘，哪里是能擦得完的。苏州河说，那也不能因为擦不完，就不擦了吧。儿子不响。苏州河就又说，我喜欢龙井草堂。儿子就问她，那里是一个吃饭的地方，你会喜欢草堂的什么呢？苏州河就笑笑，其实她也不知道喜欢草堂的什么。

那天苏州河的工作是擦龙井草堂院子里那些美人靠的栏杆，擦到了左书令坐着的亭子。她看到了奇怪的一幕，一位老年的女道士，和一位穿着简洁清爽的姑娘并排坐着。她们是左书令和言午，虽然一言不发，却始终不停息地微笑，仿佛微笑是她们这个下午的工作。后来，当夕阳完全落下，黑夜正式来临的时候，言午开始泪如雨下。她想到了家里的父母和弟弟，以及父亲开办的一家微小的工厂，家里一座温暖的小院，饭菜飘香。后来左书令伸出手，轻轻握住言午的手，温和地说，跟我去上海松江的七堡镇吧，那里有个明真宫，应该适合你。

手中拿着一块抹布的苏州河，在她们身边坐了下来。这时候她看见不远处的小径上，两名穿红色中式斗篷和改良旗袍的女子，是龙井草堂的迎客小姐，年轻得顶多二十挂零的样子。她们各提着一盏灯笼，着急地行走在龙井草堂巨大的院子里。就这样，三个年龄各不相同的女人，坐在美人靠的木栏上，共同看到的是两名提着灯笼的女子，引着一位中年男人走向一个叫"枯荣亭"的包厢。而左书令分明想起，在遥远的过去，她家那间淮安路上的左记灯笼铺，在未被大火吞没之前，挂满了各式灯笼，比迎客小姐手中举着的灯笼精致多了。同时她还想起，在她十九岁那年冬天，一个叫陈宝山的警察来找她买过一盏灯笼。那是一盏走马灯。

· 作者简介 ·

　　海飞，男，1971年生于浙江诸暨，小说家，编剧。曾在《人民文学》《收获》《十月》《当代》等刊物发表小说五百多万字，有作品被《小说选刊》《小说月报》等多种选刊及各类年度精选本选载。著有小说集《麻雀》《青烟》等多部，长篇小说《惊蛰》《回家》《苏州河》。曾获人民文学奖、中宣部"五个一工程"奖等多个奖项。

冬天到东北来放羊

□ 海勒根那

他租的两辆车都是十三米长的高栏货车,一辆装基础母羊,一辆装当年羯羊,本来每车能装六层,他装了五层,还装了一千二百多只羊。司机赵师傅说,两辆车都超重了,绥满高速是不让上了,只能走301辅道。这样也好,到博克图,他可以吃一顿猪脊骨炖豆腐。别看他是巴尔虎的蒙古族,他也爱吃豆腐,特别是博克图的山泉水豆腐,又水灵又鲜嫩,呼伦贝尔人没有不爱吃的。他爱吃豆腐这事儿被老孙知道了,就笑话他,说一个草地老乡也学会"吃豆腐"了。听到的人就嘻嘻哈哈地笑,一点儿都不好笑的事儿为啥大家都笑了,像捡了谁便宜似的,后来才懂,"吃豆腐"这里边有着"荤"学问,他就用东北话骂老孙滚犊子。安达(蒙古语:兄弟)之间相互骂一骂就更亲近了,显得更"铁"了。"老铁!"他的好哥哥老孙就是这么叫他的,原来他不明白啥意思,他的名字叫特木尔,汉族朋友都叫他"老特",叫"老铁"还是第一次,后来等他懂了就觉得这称谓挺舒坦,再没有比两块铁焊到一起更能表达哥儿俩好的程度了,用老孙的话说,那是铁板一块!

他坐的是赵师傅的车,赵师傅和他是老相识,路上好唠嗑。两辆加长货车开出陈巴尔虎草地时,太阳刚从地平线露出冻红的脑袋。十一月初就下过两场雪了,除了被曙光照亮的淡蓝的天,到处已是一片银白。他喜欢初冬黎明的这种清爽,这种凛冽,特别是在高高的货车驾驶室里迎着日出行驶的感觉。今天他起大早赶车,为的就是这个。

"咴,米尼阿哈,"他给远在黑龙江候着他的老孙打电话,"米尼阿哈"是"我哥哥"的意思,他愿意这么叫对方,就像对方叫他"老铁"一样,"咴,米尼阿哈,拉羊车在路上了哈!""上路啦,好,好!"对方的嗓门挺大,"我跟你说,'老铁',下车咱吃杀猪菜,养了两年的大肥猪,早上就宰了,北大荒60度,都备齐刷的了,等你到啊,下车咱就去!"

赵师傅就笑,"你哥儿们挺够意思,杀了一头两年的猪啊。"他听了,脸上涂满了朝霞和自豪,"米尼阿哈呀,那是我的亲哥哥一样啊!"接下来,他就打开了话匣子,他说汉话真笨,笨得就像给马蹄上了脚绊,他给赵师傅讲起他和老孙是怎么认识的,怎么成的"老铁"——这些年,交通便利了,每到冬天,呼伦贝尔的牛羊也学会串门了,都坐上了"大捞子"车,一路观风望景,一直越过大兴安岭,到黑龙江或者乌兰浩特一带去过冬。过了大岭,天气就暖和多了,牛羊们再不必挨零下四十摄氏度的苦寒,这样不仅膘掉得少,而且还能省下不少成本。就拿今年的牧草价格来说吧,一捆五百斤的牧草,要卖到三百多块,而一只羊要吃掉两捆草才能越冬,这可是一只当年羯羊才值的价钱。来到黑龙江农村就不一样了,机械化收割的庄稼地里,黄豆地里有黄豆粒,玉米地里有玉米穗,如今的农民年年丰收，根本不在乎这些漏掉的小鱼小虾，更不会弯腰撅腚去地里捡拾，加之遍野的大豆秧、玉米秸秆，这东西农民没啥利用价值，过去烧火用，现在农村都烧煤，集中供热了，要不是做饲料让牲畜吃掉根本没法处理，现在大地里焚烧秸秆都算违法，那叫污染大气。所以，那些年，黑龙江人就朝呼伦贝尔牧民喊话——"哎！蒙古族大兄弟，冬天到东北来放羊吧，俺们这儿暖和！"

一来二去的，草地老乡们就这么被"喊"来了。老孙是讷河人，特木尔先和他加的微信，嗑儿唠得挺好，事儿摆得也特明白，等哥儿俩终于见了面，更是越唠越投脾气，老孙就要和他拜把子，就是拜安达。"我和你说大兄弟，俺们这边也有少数民族，和俺们屯子隔一条诺敏河就是达斡尔族自治旗，俺们讷河还有个鄂温克民族乡，都离不远，平时，俺们就喜欢和少数民族打交道，实在，直来直去！这又来了蒙古族兄弟，我得和你拜把子！"

说拜就拜，哥儿俩都挺认真。拜完把子就喝酒，二两半的玻璃杯，端起来就干，老孙说："我知道你们草地人能喝酒，这都结拜安达了，以后就是一家人，喝酒就得放开喝，咱们都别装。"其实，东北老哥不知道，草地人能喝酒那是细水长流地喝，牧闲时把牛羊撒到草场上，没事儿可干了，就弄一塑料壶巴尔虎白酒，像羊边吃草边倒嚼似的，一直不住嘴，就这么一口一口地抿，能从日出抿到日落，像今天这样一杯一杯干还是头一回。大嫂在旁边看着不对劲儿了，跟家里的使眼色，那意思是别让客人喝多了。老孙会意了，一拍大腿，说："对，大兄弟，你是客人，我是地主，我得多尽地主之谊，这么着吧，接下来我杯杯干，你喝到'月亮门儿'（酒杯刻度），哥不和你打酒官司……"

那天酒喝得真尽兴，直到把"大兄弟"喝成了"老铁"，说好一亩地一冬天十五元租金的，老孙主动给降了，"就十块！安达都拜了，就是'老铁',三千亩地虽然只有一个巴掌是你哥的,可这个主我今天就替乡亲们做了。"大嫂正给哥儿俩添酒呢,急了,"你快拉倒吧,老孙,咱家的地不要大兄弟的钱都行,别人家的地你不跟人家商量能行啊?""能行!咋就不行呢?咱屯人要听说是我的亲兄弟,那还用说啥呀,我老孙在这个屯子说话好使,吐个唾沫都是钉!"

"喝酒的那天,都喝多了,喝完了不是吗,地就真给便宜了。"特木尔和司机老赵比画着手指头,掰来掰去的,"那年六百只羊我的有,三千亩地我租了,原来三个数,便宜了一个数。米尼阿哈呀,讲究人哪!"他把那两根手指头又变成一根竖起的大拇指,"真想他了我呀,我俩都三年没见了,疫情闹的,好不容易又能见面了,今年我呀,又能到东北去放羊了……"

拉羊车是下午两点多进的讷河。博克图的豆腐吃了,兴安岭的雪坡爬了,路越走越开阔。手机那头,老孙还急得不行呢,电话几次三番地打来,一会儿问进了齐齐哈尔没有,一会儿又问到没到富裕。等拉羊车过了拉哈镇,车轮拐下双嫩高速,一辆比亚迪小轿车早在收费站那边等着了,老孙和两个年轻人冲大车摆摆手,便一路开道,没出半个时辰,即进了一方村落。

天气好,冬日阳光没见过这么充足的,锦缎似的罩住四平八稳的村屯,显得村屯温暖又阔绰。白色比亚迪亮闪闪的,径直开到村前头的玉米地,平平展展的田里没有积雪,金黄色的秸秆一捆捆一行行,一直铺陈到了天边去。近处,一帮男人正候在那里,岁数大些的抽烟、唠嗑,年轻点儿的抽烟、拨拉手机,他们刚帮老孙杀完猪,灌完血肠,炖完杀猪菜,见拉羊车尘土飞扬地开来,赶忙整出一副列队欢迎的架势。都下了车,安达终于见面了,都以为两个爷儿们要拥抱拥抱呢,但是没有,俩人你给我一拳,我给你一拳,老孙说:"三百喏(蒙古语:你好)!"这是他跟特木尔学会的唯一一句蒙古语，特木尔说："三百喏，三百喏！"旁边的人说："生分了，生分了，哥儿俩怎么刚见面就谈钱呢……"大家伙就一起笑，笑声把身后几排防风林上的雪都震落下来了。

"这是我儿子孙宝，"老孙介绍起两个随行的小伙子，"这位是儿子的同学——小舒总，也算我的儿子，温州人。小哥儿俩原来在上海外企，三年前回咱讷河创业来了。"俩小伙子脸上洒着阳光，牙齿上也是，热情地与特木尔握手，"铁叔叔好！""特叔叔！咋整成铁叔叔了？"老孙瞪眼睛，俩年轻人就嘿嘿乐。又介绍那帮男人们，一一握手，仪式毕，老孙这才吼一嗓子："大家伙还愣着干啥，赶紧帮'老铁'卸羊！"男人们这才呼啦一下围抄过来，嘴里说着："卸羊！卸羊！卸完羊好喝酒吃肉！"

当中有俩人却褪着手，原地没动——一个矮墩墩的车轴汉子半眯着眼睛望天，一个黑脸瘦子一边望天一边给他递烟。"啥年代了，还抽不带嘴儿的烟？"车轴汉子乜斜着眼睛瞅瞅烟卷。"带、带嘴儿的没劲儿，"黑脸瘦子龇龇牙，"我、我就不爱抽、抽带嘴儿的烟。""你就说你没钱得了，二黑，哥不笑话你。"车轴汉子话这么说，烟可抽得狠，几口就将一根烟吸尽，即将烧到嘴唇，又猛抽一口，这才用舌尖弹掉，弹出两米多远，随之一口痰将烟头熄灭。货车上，特木尔正从最上层往下递羊，老鹰抓小鸡似的，一俯身就是一对儿，都上百斤重，一手拎一只，嗖嗖地递与接应者。二黑见了，啧啧连声："瞅、瞅瞅人家草地爷儿们，那手劲儿。""那算啥？"车轴汉子撇撇嘴，"上次我在邻村卸牛犊子，一手一头。""你那、那不是卸牛，你那是吹、吹牛！""我可不吹牛，论手劲儿，我可在哈尔滨浴池搓了十几年的澡……不，不，我是当了十几年的领导……""锤子哥，那咱、咱上车和他比试比试？""滚犊子，要去你去，我还要晒会儿太阳呢。"

羊群白得像饺子，稀里哗啦地卸下来也像下饺子，饺子不会叫，羊会叫，饺子煮坏了会成粥，羊群不用煮，一落地就叫成一锅粥了，这一叫不要紧，引来了村庄不小的震动，鸡鸭鹅狗们好久没听到这么多叫声，忍不住要呼应呼应，于是村庄内外的叫声连成了一片，此起彼伏的，比过年还热闹。一群本地羊原来在旁边的甜菜地里啃吃，这会儿也闻讯赶来，它们听出了那一锅粥似的咩咩声不像本地口音，断定村里来了新羊，都来看个究竟。锤子见本地羊跑过来，忙上去拦截，于是，他与羊群也玩起老鹰抓小鸡，两拨羊左冲右突，一派相见恨晚的劲头，二黑手持秸秆上前帮忙，也无济于事，羊群最终还是汇到了一处，你嗅嗅我，我嗅嗅你，互致亲切问候。其实即便混群，不用看耳记也一眼能瞅出哪只是草地羊，哪只是本地羊。讷河的本地羊都是澳洲白与萨福克羊的杂交品种，体格比呼伦贝尔来的羊高大，尾巴三角形，却极其短小。草地羊呢，个头小尾巴大，羊尾跟棉门帘子似的，又宽又肥。人说呼伦贝尔羊肉好吃，其实就是因为这种草地羊个儿小身体健，它们的脂肪都储存到大尾巴上了，吃再多牧草只胖尾巴不胖身子，就和小笨鸡一样，肉质瓷实，好吃不腻，有嚼劲儿。

这边说着题外话，那边锤子仍不死心，还在分离羊群，对草地羊又踢又踹。老孙正拎彩条布搭羊圈呢，抬眼见了，喊他："我说锤子，你挺分得清里外呀，咋不踹咱屯的羊呢？""老孙大哥，你、你有所不知，那、那可是锤子自家的羊群。"二黑嘻嘻笑。"滚犊子，哪儿都有你！"锤子说。

"那我就说不出啥了，锤子来这儿是为看自家的羊，二黑，你来这儿是为啥呀，看热闹来啦？"二黑眨巴眨巴眼睛，说："老孙大哥，你、你也没说，卸、卸一只羊给、给多少钱哪？""乡里乡亲的，出把力气要啥钱？你给兄弟家卸羊要钱哪？""可、可有句话讲、讲得好，亲、亲兄弟明算账，再说了，这、这年头，力气才、才值钱呢。""那行，二黑，你就一直陪锤子看羊吧，喝酒时你也别去。""那不行，我还没、没吃杀猪菜呢，我要吃、吃猪蹄子，吃俩！"

杀猪菜当然得吃，男人们卸完羊出一身透汗更能吃能喝了。洗手擦脸，两张桌，东屋一张，西屋一张，纷纷落座。女人们负责倒酒端菜，五花肉炖酸菜、煎血肠、蒜泥拆骨肉、手掰猪肝、熬皮冻、冻白菜大葱青萝卜蘸酱，总之浩浩荡荡，摆满圆桌。安达两个手拉手坐在主座，酒杯里倒的却不是"北大荒"，而是红盈盈的果酒，老孙举起酒杯说："大伙儿先尝尝这杯'甜蜜蜜'，这是我俩儿子——孙宝和小舒总用咱当地甜菜根自酿的酒，贼啦甜，一点儿生青味儿都没有，还申请专利了呢。现在大城市的年轻人喝酒都讲口感，甜菜根这东西补中气，盈血亏，利肝胆，常喝身强体健。这酒北上广深的订单还不少呢。"

在一旁点烟倒水的孙宝和小舒总听了就乐，孙宝说："我爸走到哪儿都不忘替我们做广告，可这是在家里呀，爸，你这是把广告做到家了。"

老孙趁机又拎起一桶豆油，清亮亮黄澄澄，像金子化成的，"说我做广告，那我再做一个，这是我儿子他们试验田里种植的非转基因大豆榨出的豆油，纯绿色无污染，一点儿化肥农药都没上……"

放下豆油，老孙又提起一袋印有"粒粒香"字样的大米……

"爸，你快拉倒吧，大家伙儿都等着喝酒呢……"

老孙乐了，"喝酒，喝酒，我这是习惯了，到哪儿都显摆。"

"老铁"又品了一口"甜蜜蜜"，竖起大拇指，"嗯，我们的马奶酒，酸酸的，这个甜甜的，各有风味呀！"

"好喝就多喝点儿，这酒32度，就跟饮料似的，没劲儿，平时俺们就拿它漱口。"老孙带头，不一会儿就唰唰了好几杯，然后改60度，酒席这回正式开始。老孙站起来，他在西屋亮嗓子，不用扩音器东屋都震耳朵，"我说老少爷儿们，今天是个高兴日子，啥也不说了，我的蒙古族大兄弟，我的'老铁'来啦,感谢大家给我老孙捧场,帮忙杀猪卸羊!"满满一杯酒一仰脖就整了,这是欢迎的酒,当然得整,两个屋子的爷儿们都不差事,都跟着整了,特木尔也必须得整啊,大家伙儿都是为自己来的,忙活大半天了,怎么也不能再喝到"月亮门儿"。这当中有人没整,就是刚才褪手望天那两位,他俩坐东屋,本来二黑按捺不住要整来着,锤子拉了拉他衣袖,夹一个大猪蹄子放他碗里,俩人又眯下了。

没觉得咋的呢,已酒过三巡了。老孙来了兴致,要给大家唱首歌助助酒兴,这歌儿特木尔每次来他都唱,说白了,就这首歌他能唱完整,歌名叫《两只蝴蝶》,他非说是"两只扑棱蛾子"。老孙唱歌粗声大气,在屯子里号称跑调歌手,这主要是他小时候学过"二人转",唱啥歌都能跑到"二人转"上去——"亲爱的,你张张嘴,风中花香会让你沉醉,亲爱的,你跟我飞,穿过丛林去看小溪水……"一个大老爷儿们,摇头晃脑地翻着大厚嘴唇子唱"张张嘴",唱"小溪水",而且满嘴都是东北大楂子味儿,旁边的人就夸他,说:"哥呀,你这二人转唱得挺好哇。""我哪唱二人转了?耳朵痢了咋的?我唱的是流行歌好吧!"旁边的又说了:"听完老孙大哥唱的歌儿,我都想喝大楂子粥了。""想喝大楂子粥哇?煮!让你嫂子现在就煮!"

老孙唱罢,掌声稀稀拉拉的,等他提议让"老铁"唱一首蒙古歌时,里外屋的掌声这才热烈起来,落差如此之大,老孙也不妒忌,只呵呵笑,自我解嘲道:"我这是抛砖引玉,主要想让蒙古族大兄弟唱,人家的草原歌儿才好听呢。"

特木尔唱的是《蒙古人》,别看他汉语说得笨,唱起歌来舌头就伸直了。他的歌声刚起,厨房里的女人们就都放下家什挤进屋来,都想一睹蒙古族大兄弟的风采。就像老孙说的,蒙古歌儿确实好听,"洁白的毡房炊烟升起,我出生在牧人家里,辽阔无边的草原,是哺育我成长的摇篮……"女人歪着脑袋听，男人支棱耳朵听，这歌儿里的画面感太强了，好像呼伦贝尔大草原就在眼前，蒙古包冒着炊烟，牛马羊都撒了欢儿，勒勒车轱辘转着圈儿……村民有没去过呼伦贝尔的，其实想想离得也不远，也就千八百里地，就隔着个大兴安岭，轿车开得快的话，大半天的时间就到了，于是下定决心，明年夏天说啥也要去那边旅旅游，骑骑马，在无边无际的大草原上打打滚儿，保准心情舒畅，再找特木尔兄弟喝顿酒啥的，多美呀！

其中听得最神往的，是个叫李大美的女人，她扎着花围裙给各桌的杀猪菜里添酸菜汤，那会儿就倚在门口，看特木尔的眼神跟酸菜汤似的，黏稠稠又清汪汪，等特木尔唱完，她就扭着腰肢凑上前，专门给他的碗里加了勺汤，一边说："哎大兄弟，我咋看你像电视里的一个人儿呢，也是你们蒙古族唱歌的，叫腾啥来着？""腾……腾格尔。"有人提示。"对，就是他，不过你可比他长得帅多啦，哎大兄弟，你不走哪天上俺家，俺做好吃的招待你！""上你家吃饭？你让大兄弟吃热豆腐咋的？"老孙说，大伙儿笑。"大兄弟想吃啥我就给做啥！咋的？人家大兄弟可是正经人，哪像你们这些骚爷儿们。"李大美随后屁股一拱，大伙儿又一阵笑。

特木尔虽听得一知半解，但还是臊得满脸通红，这会儿就端起酒杯，转移话题，和大伙儿说："夏天呼伦贝尔的去啊！去了咱住蒙古包，宰羊，手把肉的吃，马奶酒的喝，歌儿的唱！"嚯，刚想着去草原就接到了主人的邀请，屋里屋外的气氛一时间爆棚了。

锤子和二黑今儿是铁了心穿一条裤子，哥儿俩在酒桌上，一个在盘子里里挑外撅，一个在碗里挑肥拣瘦。特别是锤子，好像存心找别扭，别人鼓掌，他盘手；别人敬酒，他屁股都不欠，瞅也不瞅；别人哈哈笑，他倒也笑，只是皮笑肉不笑。邻里拍拍他的后腰，低声问他："锤子，你咋了？""我？没咋呀！"锤子一副无辜的样子，"正常，正常。"他说正常，老孙是明眼人，早觉察他不正常了，来东屋敬酒时用话点他："锤子这是在城里当大老板当惯了，做派都不一样了哈！"二黑接过话："那是！锤、锤子在哈、哈尔滨浴池当搓澡领导，当了十、十几年呢。"锤子用一块猪蹄堵住了二黑的嘴，回头说："老孙，现在在咱屯子里你才是大老板，孙宝有出息，你当爹的也硬气，嘴大说啥话都好使。""我老孙的嘴确实大，但说话讲理，有话咱唠到桌面上，别卡在嗓子眼儿里。""我说锤、锤子，老孙大哥话都说到这份儿上，有话你、你就竹筒子里放屁——照、照直崩吧，你要不说，我、我替你说得了！"二黑梗着脖子站起来，"锤子他是想……""我想和特木尔掰腕子！"锤子把话抢过来，一边又塞二黑嘴里一块肥肉，"都说蒙古族兄弟劲儿大，我就想和他比试比试……""锤子你、你喝迷糊了吧，你不、不是要、要……"二黑一着急，磕巴得更厉害了。

"早说呀，掰腕子没毛病，要不你和'老铁'比摔跤，那才能比出谁劲儿大呢。"老孙说。

"不了，我就和他掰腕子！"锤子斩钉截铁。

说掰腕子就掰腕子，特木尔应战，一边憨憨地笑，和锤子说："手下留情啊，我不喝多的话行，喝多的话不行。"

酒桌立马腾出一块空地。锤子这种车轴汉子，脖子脑袋一般粗，四肢结实得确实像铁锤子，这源于他从小和他爹打铁，在拉哈镇开过铁匠铺，后来铁匠铺不时兴了，他农闲的时候就到浴池给人搓澡，搓澡这活计凭的就是手腕的劲儿。城里男人有的皮糙肉厚，有的藏污纳垢，给他们搓澡不能浮皮潦草，不能小猫挠痒痒，而是要像犁田一样，搓澡巾所过之处，必是一片黑泥漫卷，一片泥沙俱下，三两下必露出一块或青白或紫红的皮来，这样才能保证出活儿。别的师傅搓个澡要二十分钟，他不用，七八分钟就搞定，既快又干净，干计件不能磨洋工，每天耍手腕，为的就是赚钱。因此，锤子可以说身怀绝技，在哈尔滨那么大的林子里，他掰手腕还没遇到过对手。而特木尔呢，刚刚卸羊时大家伙儿也都领教过了，他那是一双常年握套马杆的手。一匹烈马在大草原狂奔，骑手拿着长长的套马杆在后面追赶，这时要尽显手上的功夫，眼见着目标接近，套马杆要稳准狠地抛出去，刚好套住马的头脸或者耳际，随后铆足力气，将烈马一个跟头放倒在地，凭借的当然也是手和胳膊的力量……所以，今儿个俩人的较量可以说势均力敌，大家伙儿都觉得有好戏看了，里三层外三层地巴眼，都要一睹为快。

说着话，俩人的手已握在一处，就像两座山顶起了牛，老孙在旁做裁判，说好一把定输赢，输了的罚酒三碗！好事者早已找来三个空碗，将酒满得不能再满，酒水甚至高出了碗沿儿。随着老孙一声："开整！"那顶牛的两座山却是一片风平浪静，纹丝未动，大家伙儿以为哥儿俩相互客气没用力气呢，可眼瞅着汗水从俩人的额头、鼻尖露珠似的冒出来，且越滚越大，大到黄豆粒一般，这才落下来，滴在桌面上啪啪作响。接着，仿佛劲风拂过似的，酒桌开始微微颤动，两座山也随之嗡嗡摇晃，不知情的还以为地震了呢，此时，车轴汉子的脸皮就像灌了猪血，青筋也跟着一根根暴起，再猛地一嗓子狮吼，山势便开始向他这边倾斜，一点儿点儿，一寸寸，再看特木尔，他的阵脚始终未乱，始终在寸土必争，在积蓄着全部的力量做最后的抵抗……不过到现在为止，局势已很明显，胜负仿佛已成定局……忽然，一股不知从哪儿冒出来的强大而无形的力，像硬生生的铁，将特木尔这边即将坍塌的大厦慢慢支起，支到一个制高点，随后，火山爆发一般，顷刻间瓦解了一切，摧毁了一切……锤子一时间有点儿蒙，有点儿不敢相信，可他的手腕已被"老铁"牢牢压在桌面上了，压得死死的，这怎么可能？明明自己稳操胜券，占了绝对上风，这个……

可围观的男人们已不管这个那个了，三碗酒端过来，在锤子的面前一字排开,"喝吧!喝吧!锤子,这回没啥说的啦!"看热闹的都不怕事儿大,锤子却把手一摆,"且慢,我还要和老铁再来两局,三局两胜才行!""哎哎,刚刚说好的,怎么输了就要赖呢?"大家伙儿起哄。"不,就三局两胜,我就想看看他到底怎么赢的我!"锤子意气难平……是啊,"老铁"刚才是怎么赢的锤子?一眨眼工夫就乾坤颠倒了,人们把目光重新投向特木尔,此时他正用那只赢得胜利的手挠着脑袋,眯着小眼睛乐呵呵的,"我们那达慕大会上,打赦勒骨(赤手砸牛骨)比赛,每年冠军都我得,就是那一下子的力量,爆炸了一样……"嚯!特木尔这么一说,大家伙儿都明白了,这可不得了,俩人再比下去也没啥悬念了。二黑悄悄地拽拽锤子的衣角,"哥,要、要不行,你和他、他比打弹弓子吧,小时候,你用弹弓子打、打别人家玻璃,指哪儿打、打哪儿,可真准!""滚犊子,哪儿都有你!"锤子气鼓鼓地。

老孙走过来,给锤子找个台阶下,"我说锤子,愿赌服输,又不是赢房子赢地的,你要不喝,我替你喝了!"

事已至此,锤子也不得不借坡下驴了,"不就是三碗酒嘛,我整。"刚刚锤子一直闹别扭来着,所以酒基本没喝,就这样,三碗酒咕咚咕咚进肚还是让锤子有点儿晕,酒劲儿立马写到了脸上,特别是最后一碗酒,锤子两只手都端不稳了,喝一半洒一半,大襟湿得透透的。接下来,他就两眼发直发热了,许是借题发挥,又或者心里憋着事儿,锤子瘫坐在凳子上,竟噼里啪啦掉起了眼泪疙瘩,他咧开大嘴,一时呜呜咽咽,委屈得像个娘儿们。这情形让大家伙儿有点儿始料未及,老孙也整不明白他啥意思了,问他:"锤子,你这整的是哪一出啊?家里出啥事儿了咋的?""老孙你别装糊涂了,"锤子擤了一把鼻涕抹在凳子腿上,"本来当着特木尔大兄弟的面儿,我不想说你,说了好像我这个人咋回事儿似的,可是老孙,你欺负人没有这么欺负的,你这是断了我锤子的活路了……"

这话说得更让老孙摸不着头脑了，"哎我说锤子，此话怎讲啊？你这可得给我说清楚了，我老孙活了大半辈子，不说光明磊落，那也是放屁能崩出个坑的爷儿们！"

"是，我是得把话讲清楚了。"接下来，锤子就一把鼻涕一把泪地讲起事情的缘由。原来，前些年锤子在哈尔滨浴池搓澡挣了些钱，就想兑下个澡堂子自己当小老板，哪承想赶上了疫情，澡堂子干不了了，这才琢磨回老家讷河，买了一群羊准备发展养殖业……"这听起来不挺好吗？也没我老孙啥事儿啊？""有你的事儿！"锤子说，"本来我那二百只羊养得好好的，冬天随便撒到田里去，它们撒欢儿吃玉米秸秆，吃甜菜叶子，吃大豆秧，我一分草料都不用添，现在可倒好，老孙你把'老铁'招来了，把咱屯子的田地都租给了他，听说呼伦贝尔老乡还要运来一万头牛羊，你就说说，以后我的羊往哪儿放？你老孙是不是断了我的活路？"

闹了半天，锤子这是要他的羊群在咱们地里白吃白喝呀！看热闹的人们这才恍然大悟，是呀，田地是俺们的，俺们租出去他还不乐意了，这是吃白食吃惯嘴了！男人们你整一句我整一句。老孙在旁边皱着眉头，锤子针对的毕竟是自己，他琢磨琢磨，觉得锤子这话说的也没毛病，不过，正所谓"集体的利益高于一切"，总不能……

大家正议论纷纷呢，特木尔又笑呵呵地站起来，挥了挥他那两只牧人的大手，说："锤子说的呀，都听明白了我……"

老孙拉他坐下，"没你事儿，'老铁'，有事儿我兜着……"

"米尼阿哈，你听我说，锤子刚说了，我放羊来了，他就没地方放，他有地方放，我就没地方放，可是，有句话说得好，一只羊也是赶，两只羊也是放。锤子呀，你的羊我放了，都搁在一个群里，完事儿了不是吗？"

特木尔说完这话，有那么一刻，酒场忽然肃静了，大家伙儿都蒙圈了，是啊，刚才还堰塞死的水渠，好像忽然就漾开了。锤子听了，也愣眉愣眼了，"大兄弟你刚才说啥，把我的羊放你的羊群里？""对，是这么说的，放心，我放羊，工钱我的不要，你们帮助我的多了，我还要感谢呢！这样吧，锤子，我另外送你两只羊爬子（种羊），我们草地的羊爬子，等你的羊生下了羊羔，在讷河的家里，你们就能吃到呼伦贝尔羊肉了。"

一个意外接着一个意外。此刻锤子有点儿不会了，他呆呆地坐在那儿，不由得垂下脑袋，又吧嗒了几颗泪水，这回滴下的不再是委屈不平，不再是憋闷不已，而是感动的、羞愧的眼泪，他踉跄地走上前抱住特木尔，像个娘儿们那样，把头俯在大兄弟的肩膀上，这时酒精也发挥了一定作用，他哇哇地哭起来，哭得就像个孩子。

一旁的二黑见了，吧嗒吧嗒嘴，有点儿不是滋味，"两、两只羊爬子！啧啧啧，还、还是会哭的孩子有、有奶吃啊！要这么说，老、老孙大哥，我对你还有、有意见呢！"

真是摁下葫芦起了瓢。"你这儿又有啥意见了？"老孙问。

"要、要不人家锤子说你嘴巴大呢，"二黑拧巴着脸说，"前些年你大、大包大揽，十五块一亩的地，你、你给让到十块，可是疫情过去了，你还、还十块钱一亩，我二、二黑就指着这二三十亩地过日子呢，我上、上有八十多岁老母，下有老婆孩儿，你、你这是从俺、俺们碗里往外扒拉饭哪……"

那天的酒一直喝到日落西山，喝得都没啥说的了，说啥都不喝了，李大美与特木尔也互加了微信，酒席才渐渐散去。"老铁"和"米尼阿哈"也喝得只剩下了感情，俩人搂脖抱腰，在院外边对着夕阳撒了一泡经久不息的尿。旁边，比亚迪打着火候着，孙宝和小舒总把老哥儿俩搀扶着上了车，老孙说："'老铁'，房间我都给你安排好了，这回你来，不用再租民房住了，咱住俩儿子开的民宿，都是落地窗，乡村风景房。"

"乡村民宿？那好啊！""老铁"竖起大拇指，"现在都时兴民宿呢，我们草原上，也蒙古包民宿有呢，从套脑（蒙古语：天窗）上就能看着星星。""都不缺星星，我们这屯子也有的是星星。"老孙说，"要不我拉你到屯子外面看星星去？"

"米尼阿哈"说话就是好使，他说星星，星星就来了，旁边还有半块月亮，聚得满天都是，有的挂在黑黝黝的远山上，有的挂在遍野的玉米秸秆田上，有的挂在近处的羊群背上。那矮半头的羊是特木尔的，高出半头的羊是锤子的，两拨羊无论高矮，都一团和气，就像"米尼阿哈"和"老铁"一样，亲如兄弟。老哥儿俩站在满天的星星之下，站在羊群中间。"米尼阿哈，你好人哪，你就是我的亲哥哥一样！"特木尔说，"这个屯子里，都好人哪，都是我的亲兄弟一样，可有句话说，亲兄弟明算账，那个地呀，我还是十五块钱的给，我们蒙古族，不占便宜。"

"大兄弟，这个不用你管，都说好的事儿，我老孙吐口唾沫就是钉！"

"哎呀，米尼阿哈，不是丁的事儿，也不是卯的事儿，是钱的事儿。"

"亏了乡亲的，我给补偿！"老孙拍着特木尔的肩膀，"我早就和两个儿子说过，咱们发展乡村经济，靠的就是乡亲们，可不能让乡亲们吃亏，刚才我就让两个儿子给大家伙儿表态了，从今年起，每家两桶非转基因大豆油、两袋子'粒粒香'大米……"

"还有呢，外加两箱'甜蜜蜜'！"孙宝和小舒总说。

"'甜蜜蜜'好，这酒补中气，盈血亏，利肝胆，常喝身强体健……"老孙认真补充。

几个人就笑，羊群听见了，也跟着咩咩叫，星星和月亮也听见了，它们没叫，却像笑声和羊叫声一样，荡漾着乡村夜色……

"你们这儿真暖和,"特木尔抬头望天,"暖和得我呀,心里就像吃了热豆腐。"

"热豆腐?俺们屯李大美不说了嘛,你想吃就给做!"

"米尼阿哈滚犊子……"

几个人又笑。

"来年冬天哪,我还到东北来放羊,我还要叫更多的草地老乡……"

"来年俺们还去呼伦贝尔旅游呢,到时喝完酒,咱就一起躺在大草原上看星星……"

· 作者简介 ·

　　海勒根那,本名齐秀鹏,男,1972年生,蒙古族,内蒙古作家协会副主席,现居呼伦贝尔。出版有《到哪儿去,黑马》《父亲鱼游而去》《骑马周游世界》《请喝一碗哈图布其的酒》《巴桑的大海》等多部中短篇小说集;多篇小说被《新华文摘》《小说选刊》《小说月报》《北京文学·中篇小说选刊》《长江文艺·好小说》《思南文学选刊》转载。作品曾获全国少数民族文学创作骏马奖、百花文学奖中篇小说奖、诗探索·中国红高粱诗歌奖、内蒙古自治区文学创作"索龙嘎"奖、内蒙古敖德斯尔文学奖、《民族文学》年度奖、草原文学年度奖等,入选 2020、2022、2023 年度中国小说学会短篇小说排行榜和《北京文学》2023 年度中国当代文学作品排行榜。

山坡羊

□ 包倬

门没闩。狗没叫。月光洒满院子。冷风一直在刮。照这样刮下去啊,天上的月亮也会冷得躲进云锦被里。但你不冷。这一路疾走,胸腔呼哧,额头冒汗。

你在沙发上坐下,并未急着开口。倒是陈旧的布面沙发咯吱一声,像一副要散架的老骨头。关于声响,你此前想过。狗叫、敲门、问答、哭泣……但这些都没有。像是一切为你沉默,一切为你敞开。

既然沙发率先出声,那就从沙发说起吧。

"这沙发是我们一起挑选的。"你说。

"是啊,二十年了,还没坏,比很多东西长久。"她说。

你嗓子喑哑,掏了香烟出来点上,抽两口,任其燃烧。她没给你倒水,大概是因为意外和紧张而忘记了。她坐在你对面的凳子上,凳子比沙发高,这看起来像审视。但她其实侧身侧脸,目光紧盯水泥地面。

墙上的挂钟像只苍老的蟋蟀,奋力弹腿奏出声响。喊嚓,喊嚓,晚上九点二十五分。

"我知道你会回来。"她说。你心里一惊,涌到喉咙的话像鸟儿般飞走了。

"你伯伯是个好人,可惜了。"她又说。

——原来是这事。三天前,你伯伯死了。这个活了八十五岁的老银匠,十二岁当学徒,二十岁自立门户,背着羊角锤、戒指铁游走四方。他因为一个女人而终身未娶。这事在阿尼卡被当成笑话。早些年,别人奚落他时他还反驳:"你们这些畜生,懂个锤子!"到了晚年,别人再提这事,他便沉默了。

你们这一辈家族兄弟,数你最年长。所以从城里回乡,为无后的伯伯戴孝守灵,就成了你的责任。灵堂里烟雾缭绕,焚烧过后的纸钱被风吹起,像不死的黑蝴蝶。此情此景,你不可避免地想到死亡。死神是只巨大的乌鸦,翅膀掠过大地,寸草不生。你今年四十岁,如果现在死去,已经不是短命鬼。可眼下的问题不是死,而是活。活着就是他妈的承受啊,你悲愤地想——承受爱恨离别,承受宠辱成败,最后承受死亡。没有能否承受一说,而是你必须承受。死亡之锤悬在头顶,概莫能外。人是上天的羊群,圈门开着,一世如一日,早出晚归。

"人总要死的。"

你将自己从神游中拉回,见她依然保持着先前的姿势——盯着空无一物的地面。你能够猜到她此刻思绪万千,脑海里像战场,炮声隆隆,弹片纷飞。

"听说你回来了,我过来看看。"

——该死。你讲出的居然是普通话。这不仅仅因为习惯，还有潜藏于内心深处的语言地位。

"我有啥好看的吗？"不出意料，她感觉到了普通话的冒犯，高声叫着，站起身来。但站起来之后，她又不知道怎么办了。她就那么站着。月光从门外探进脑袋，照亮半个屋子。风吹得头顶的电灯摇晃起来，灯光在暗处像水漫上了堤岸。

"我有啥好看的！脸上又没有生花。"

"你比花还好看。"

这样的油腔滑调，只能属于二十岁的夏天。那时你高考落榜回阿尼卡，在父亲身上看到了自己的未来。可你又分明意识到自己和父辈不同——你们所处的时代不一样，你比他多上了十年的学。十年，敲骨吸髓的十年，你像一副压在家庭之上的磨盘，榨干了父亲的汗水。这是父亲曾经引以为傲，而现在又无比愤怒之事。你这个骗子啊，他痛心疾首，你这个开谎花的骗子。谎花，只开花不结果。二十岁之前的六年，像一场并不成功的移栽。难道你注定是株土豆，而不能成为一棵甘蔗？土豆埋在高寒山区的地下，甘蔗站立在金沙江两岸。过去六年，父母花在你身上的所有钱都来自江边。江边的农民种甘蔗、花生、西瓜和芒果，他们头戴草帽，脚穿凉鞋，操着一种混淆了平翘舌音的方言。他们长期购买来自高山的木材、土豆、蜂蜜和山羊皮……

二十岁那年夏天，你站在世界的对面。土地、牛羊、山林、庄稼……仿佛它们存在的意义就是为了让你心志受苦，筋骨受累。世界是块石头，而你是个鸡蛋。夜晚你躺在晒场上，群星挤眉弄眼，山风嘻嘻哈哈，而你泪流满面。难道这一生，刚开场就要谢幕？

"你该找个人结婚了。"母亲说。

"跟谁结啊？"你问。

"某个看得上你的女人。"她说。

这事大概也就是说说而已。放眼阿尼卡，没有一个年轻姑娘。在离乡这件事上，姑娘比小伙更具信心和优势。他们中的一些人，据说已在外面过上了令人羡慕的新生活。年轻男子谈及那些远走的姑娘时无可奈何。可是，小伙子们除了抽烟、喝酒、打架、骂脏话，还能怎样？天就那么蓝着，云就那么飘着，太阳东升西落，人就那么活着。

你在一场葬礼上遇见她——数百人中，唯一的年轻且还看得过去的邻村姑娘。这惊喜岂止是眼前一亮，简直是晃瞎了眼。她穿一件样式普通的红色夹克，走起路来像一摊流动的血。之所以产生这样的联想，是因为她身边已经围着几个苍蝇般的小伙子。小伙子们的表现各不相同。胆大的开着粗野的玩笑，胆小的默默观察，只有你含情脉脉地看着她，这伎俩来自香港电影。

"你再盯着我看，我把你眼珠抠出来。"她说。

"来抠嘛。"你死皮赖脸迎上去，"我正愁着没人侍候呢。"

她扑哧一声笑出来，大概是觉得抠眼珠这个动作太过血腥。

"你赶紧走吧，"她又说，"小心有人打断你的腿。"

后来你发现，这不是一句玩笑，而是忠告。扬言要打断你腿的人是她父亲。那个集赌徒和酒鬼于一身的人，曾经在荞山农场待过十年。他不是农场主，而是杀人服刑。

二十年后的这个夜晚，你们失去了言语间的机敏。在你沉默的间隙，她换了个坐姿，仍然侧身，仍然盯着地面。她的意思很明显——看你怎么办。你之所以会来，是因为在伯伯的葬礼上，有人向你透露了她的一些处境。

"你冷吗？"你没话找话，"你穿少了，要不加盆炭火或加件衣服？"

她没回答，而是起身进屋，像一个塞子突然被从密封瓶里拔出。你贪婪地呼吸着冷空气，颤抖起来——其实感到冷的人是你。她为自己加了一件中长款的鹅黄色羽绒服，并在脸上擦了某种护肤品。现在，她终于抬头面对你。

"你过得怎样？"她问。

"就那样呗，"你说，"还能怎样？"

"给我一支烟。"她向你伸出手，鼻子里冷哼了一声。你几乎有点受宠若惊地点燃香烟，递给她。她叼着那支你刚吸过的香烟，猛抽一口，熟练地吐出烟雾。

"没想到吧，"她说，"我有十八年烟龄了。"

"我抽烟比你早，你知道的。"你说。

"但我酒量肯定比你好，"她说，"可惜家里的酒昨天喝光了。"

你假装不经意地看她，每一眼都像是从她脸上剜肉，以此拼凑记忆中的她。可是二十年过去了啊，别说是人脸，即使是块石头，也和从前不一样了。这些年你照镜子，习惯性地看自己，这看似是记起，其实是遗忘。

你问："你父母呢？"

她说："在县城，跟我哥他们生活。"

"孩子呢？"

"跟他爷爷奶奶生活。"

你不知道接下来该问什么了。提问这种事，一旦对方坦白从宽，就变得无趣。她得逞了，脸上掠过一丝笑意。

"你还想知道啥？"她问。

"家里有木炭吗？"你说，"要不我们烧个火吧。"

"十点钟了。"她打了个哈欠。

山坡羊

话音刚落,你的手机铃声响起。是妻子。她在电话里问你归期,以及商量孩子报培训班的事。你接完电话回到屋里,她正在用燃烧着的松枝引炭火。还需要一点时间,炭火才会旺起来。你用一把塑料扇子猛扇炭火,一粒火星飞到了她的手背上。原本她应该条件反射般地跳起来,尖叫着抖落火星。但是并没有。她像一个江湖杂耍艺人,沉默,屏息,握拳,眼看着火星一点点熄灭下去。那几秒钟,你的脑袋高速运转,但终是没有伸出手去帮她拍掉火星。

"疼吗?"

"没事。我没你想得那么娇气。"

自从你进了这个屋,你发现她所说的每一句话都有所指。这种指向像针尖或麦芒,刺得你坐立不安。炭火燃起来,你的身子没刚才抖得那么厉害了。四只手在炭火上烘烤着,此时的声响来自两道彼此呼应的沉重呼吸——似曾相识的场景。

"你过得怎样?"你重复她的话。

"就那样吧,"她说,"还能怎样?"

这样的问答像已经滑丝的螺帽,永远无法拧紧。甚至,她抬头看你时那略带嘲讽的眼神,也是一种循环。但这些年你和往事的缠斗中,却是丝丝入扣,不能动弹。"我为什么要来呢?"此刻,你有必要再想一下这个问题,"这算不算是自取其辱?"可这样的念头像树上的鸟儿,被风雨惊飞后又落到另一棵树上。难道这一生就这样躲闪吗?鸟儿不应该在飞翔中死亡。

"对不起。"

你终于低头、闭眼,垂死般说出这句话。风从门缝里挤进来,打着旋,吹得炭火哔剥作响。一只潜藏在黑暗中的猫叫了一声,接着跃上她的腿。你睁开眼,看到她已泪流满面。你递纸巾,她没接。那眼泪从腮边流下,滴在了猫的脑袋上。猫感到冰凉，又叫了一声。

"你走吧，"她说，"其实你不用来的。"

"我心里堵得慌，"你说，"无时无刻，甚至越发严重。"

"我不知道该怎么安慰你，"她平静地说，"但我的方法是，自己慢慢消化。"

"我消化二十年了，"你快要哭出来，"像是胃里吞下了一块石头。"

"石头也会风化。"她站起身，又去了屋里，再出来时，眼泪没了，还给自己补了妆。

那些事不关己的人们说，把一切交给时间，可从没人告诉你需要多久。时间是一剂万能狗皮膏药。如果你没有消化掉内心的某些东西，只能说明时间不够。如果消化了，那也是时间的功劳。可我们这一生只有几十年啊。

她轻抚着趴在腿上的猫，那猫舒服得直打呼噜。猫的突然出现，为沉闷的空气开了一条缝。

"它叫啥名字？"你问。

"春豆，"她说，"它跟我十年了。"

"这么久。"

"久吗？"

…………

"是你孩子喜欢猫吧？"

"他不喜欢猫，他喜欢奥特曼。"

她拿出手机翻照片，给你看她儿子。她的手机屏幕裂了一道缝，但并不影响观看。一个正在跨栏的高中生，和她一点都不像。你想，如果当初你们结了婚，孩子也应该这般大了。这样的假设让你感到寒霜阵阵。

二十年前，你就已经被摧毁了，其惨烈程度不亚于风雨雷电同时向一株野草施暴。正是在那段暗无边际的日子里，只有她向你走来，身披红色霞光。她像是一直在等你，等你脸红心跳说爱她。你说了，她泪流满面。那是在一片森林里，一棵山茶树下，山风浩荡，群山回响，她的羊群在不远处吃着青草。她为什么要哭呢？你死活想不明白。但是，她并没有拒绝你笨拙而坚决的手。事后，群山沉默。羊群回避，不知所终。蝉在林间弹唱，鸟和松鼠看见了一切。眼前这个泪渍未干的女人，正式成了你的女人。你们相互引领，进入了新的世界。如果不出意外，不久的将来，她就会成为你的妻子，和你一起耕种祖先留下的土地，和你生儿育女。你是读过几本爱情小说的，那些旷世奇恋被人写进书本，满世界流传，像是某种精神致幻剂。可没有永远的幻景，就像那时，一阵山风就将你吹醒。你突然想哭，但忍住了。你将她揽入怀里，像是抱着一棵粗壮的树。这样的想象并无冒犯，而是准确形象。你闭上眼睛，感觉像是从天空坠到了地上。这样的感觉发生过很多次，但这一次无比坚实。那一刻，你决定不再挣扎——接受了土地、山林、无尽的农活、汗流浃背方能糊口的命运和这个能看上你的女人。

但是意外发生了，你们的恋情在周边村寨引发了剧烈的震荡。那个从劳改农场回来的父亲扬言，为了女儿的幸福，他可以再进一次监狱。他由此煽动起整个家族及那些好管闲事的旁人，以贬低你为乐。这再次证明，你是世界上最差的人。你一次次站在镜子前，问那个清瘦、疲惫的人：我他妈是缺胳膊还是少腿？你的父母，将耻辱转化为愤怒，冰雹般朝你砸下来。那些轻视的目光和闲言碎语日积月累，像水从地面蒸发，在天空凝聚成云和雨。云是乌云，雨是暴雨，你和她是草木。在草木和风雨的较量中，她挺住，而你倒下了。

"你为什么不带我走？"她问。

"去哪里呢？"你反问，"到哪里不都一样？"

"你真如别人所说，没出息。"

"连你也这么说。"

在短暂的沉默中，你抓到了救命稻草。这根稻草在滔天洪水里打着旋，像是水下有另一个世界，能让一根稻草长成一条船。你坐到了稻草船上，抓住船舷，摇摇晃晃。

"既然这样，那你找更有出息的吧。"你说，"确实，我就是一个笑话。好吃懒做，拈轻怕重，读了几年破书，脑袋里装满不切实际的幻想，但在这片土地上，还不如一个文盲。"

她张了张嘴，快哭了。她的表情告诉你，那不过是冲口而出的无心之言。你希望她能够道歉，或者哭出来。女人一旦哭起来，总会发生点什么。但她没哭，就像风急云乱，暴雨并未如期而至。

"你说真的？"她问，"你他妈睡了我，又让我找个更有出息的？"

你颤抖了一下。她说的是事实，也不是事实。但既然你已决定登上那条稻草船，岂能轻易弃舟？弃舟，意味着你将继续在现实的洪流中奋力挣扎，而你已经只剩最后一口气。

你送她回家，一路沉默，心里想着另一件事。前几天，邻村一位老人过六十大寿，你在赌桌上见到他父亲了。那是一张凶神恶煞般的黑脸，满嘴脏话，喷着酒气，烟不离手，牙齿黢黑。狭路相逢，旁人边打牌边看你们的热闹，呵呵笑着。这种叫"炸金花"的玩法，是魔鬼的发明。每个人都有可能和另一个人牌上相逢，而且输赢不仅取决于牌的大小，也要看双方的胆识、赌资、演技和心理素质。换句话说，如果足够有胆，小牌可以吃掉大牌；如果足够有钱，小牌也可以吓飞大牌。那时你贫穷，但智商和牌技并不差。至于她父亲，十年的劳改生涯，在他心里落下了新的箴言：杀人放火不犯，吃喝嫖赌不断。

山坡羊

　　你们在赌桌上相遇，四目相对望一眼，不约而同轻轻移开。此后，你依然和人谈笑风生，只不过这笑声里风更大了，把那些玩笑话吹得东倒西歪。他呢，冷着脸，除了叫筹码极少说话。此后你们的每次对望，看似视若无睹，实则五味杂陈。你当然知道这样不妥——但是，他四处扬言要打断你的腿啊。所以，你一边祈祷不要和他在牌上相遇，一边又想给他点颜色看看。你的祈祷被上天听见，他成全了你。

　　你拿到了三个Q。考验你演技的时候到了。你装出一脸沮丧，犹豫半天，下注五元。他看了看你，直接加码十元。其他人纷纷扔下手中的牌，隔岸观火。你跟。他加码二十元。你再跟。他加码三十元。围观者瞪大了眼。你继续跟。他直接加码一百元。到此，你必须得好好想想眼下的处境了。他手上到底是什么牌？能大过三个Q吗？他铁青着脸，收起目光，等你说话。跟还是不跟？你兜里没钱了，一时之间骑虎难下，面红耳赤。你向牌桌上另一人借钱，对方拒绝了。这是赌场大忌，你当然明白。

　　他突然站起身，将手里的牌甩在桌上。三个K。你输了。众人发出惊呼，既遗憾又庆幸。

　　"玩不起，就别玩。牌桌上借钱，丢人。"

　　他说罢，收起桌上的钱，走了。你兜里没钱了，自然也就无法继续玩下去。在他走后，你不时叼根香烟，看别人在牌桌上赌了一晚上。你受了辱，但没人知道你内心窃喜。你边看赌边想象自己离开阿尼卡的情景：清晨，四野安静，你走在山路上，露水打湿了裤脚。在某个能够俯瞰村庄的地方，你停住，看见炊烟升起，地里劳作的人们渺小如蚂蚁。当你坐上开往县城的汽车时，内心如释重负：现在好了，你像一根刺终于从那些反对者的喉咙里被拔除了。

　　你确实就是这么离开的。一走二十年。然而，令你奇怪的是：自从离开阿尼卡，那刺换了土壤，移栽到了你的喉咙里……

"我们出去走走吧。"你向她提议。

屋里太闷了。月光从门缝里挤进来。你想，去外面走走身体可能会更暖和一些。

"为什么？"她问，"三更半夜的，游魂？"

"当年走过的路，都长草了吧？"你说。

"长草的岂止是路。"她说。

你知道她话里的省略部分，但又不甘心就此放弃。这么多年了，你仍然首尾不顾。一脚迈出去，就没想怎么收回来。就像当初离开，没想过如何回来；就像现在回来，没想过如何离开。人间事，重要的不是结束，而是开始。

这时，她突然起身，进了卧室。她没有随手关门，里面传来翻箱倒柜的声音。她带走了你的耳朵和一颗高悬着的心。而就在你无比专注的时候，卧室里却安静下来。院子里，月光慢慢向外爬行，其速度不比一只毛毛虫快。谁家的狗叫了两声，随即被风吹哑。然后，连风也消失了。满世界的寂静都属于你。

又过了一会儿，她拿着一件男式大衣走出来，递给你。看款式，应该是她父亲的。你穿上，居然很合身。她站着，像是在跟你确认刚才的提议。如此一来，犹豫的人又变成了你。为什么会想出去走走呢？想必是屋里太闷了。这种沉闷，不光是物理空间上的逼仄，也包括心理上的压抑。舌头和手被一种无形之物压着、拴着、捆着，失去了表达和行动。而你既然来了，总要说点什么和做点什么。

你抬腿往外走，她默默跟着。你长舒一口气——屋外果然轻松多了。月亮如明镜高悬，村道上凉风飕飕。冬天的土地大多空着，只有少量的小麦和豌豆从地里探出头来，以柔弱的身姿迎接霜雪。霜从下半夜开始凝结。雪堆在天空，迟早会落下。果然如你所想，当年的道路如今长满荒草。一岁一枯荣，眼前的草早已不是当年那些。

村道两旁的人家住得分散，户与户之间相隔好几百米。这个距离，若是平地还好，但这里沟壑纵横，便有了翻山越岭之感。远山空蒙。更远的地方，白茫茫一片，不知是雪还是云。你心里莫名涌起一句话：白茫茫大地真干净。

在这个夜晚，匍匐在地的枯草纷纷复活，交头接耳，拦手绊脚。寂静让你们走出了千军万马的响动。脚步声之上，两张沉默的嘴像两部同时启动的放映机，播放的是同一部默片。彼此心知肚明——不光是内心，甚至步幅和声响，也都一致。故地重游，就像捡拾遗落在路上的旧物。只是这么多年过去，即便当年遗落的是铁器，也已生锈。

二十年前，只要你一走上这条路，就惊慌得像草尖的露水。她站在路的中央，朝你笑。你们相约，每隔三天，就偷偷见一次面。你们躲进山林，凭着记忆找到那棵山茶。沃土上面落叶很厚，这天然的毯子承受两具年轻的身体，整个山岗都在摇晃。

"我们，总不能一直这样下去吧。"

她在抱怨，而你犹豫不决。你曾想过请人去提亲，可担心善良的媒人会被毫不留情地赶出来。一切迹象表明，这种可能性非常大。为了中止这段糟糕的感情，她父亲甚至放话，除你以外的谁要是愿意娶他女儿，一分钱的彩礼都不要——至于你呢，就别癞蛤蟆想吃天鹅肉啦。那时在你们中间行走着一具具肉喇叭，任何的风吹草动，都跑得比风还快。这些话在羞辱你的同时，也伤害了你的父母。某天你看见母亲在火塘边悄悄抹泪。不用问便知，她又听到了什么。

如今，你的母亲已在夏城生活了十年，她大概有意无意地忘记了这个曾经愿意嫁给你的女孩。母亲最后一次提起她，是在你离开阿尼卡三个月后。女孩找上门来，说是打听你的去向，其实是兴师问罪。母亲告诉女孩，脚长在你身上，她怎么知道？女人在护犊这件事上，是不讲道理的。那时你已来到夏城，在一家保健品公司做推销员。你每月给家里写信，向父母灌输从讲师那里学来的关于梦想和财富的话，并以此证明自己正在一天天接近梦想。但得知这一消息后，你写信的频率改成了半年一次。又过了一年，你仍然做推销，只不过由推销保健品变成了卖坟地。你的处境没怎么变，可世界在变。世界变得不再遥远，猫三狗四都拥有了手机。你知道只需要打个电话，就能得到她的号码，可你并未这么做。倒是某天喝醉了，你鼓起勇气给一个旧相识打电话，刻意把话题朝她身上引。得到的信息是：她已经嫁了，对象大她十岁，刚从某劳改农场回来。

"为啥坐牢？"你问得莫名其妙。

"你还是别知道的好。"对方的回答像是警告。

即使是喝醉了，你也能感觉到这句话像块臭抹布塞住了你的嘴。你挂了电话，酒醒一半。此后，你也真的不再刻意打听关于她的消息。这样又过了几个月，某天你突然发现自己已经很久没有想起她，你又惊又喜。如果记忆是沸腾的水，那忘记不是将水倒去，而是抽去锅底的柴火，让水冷却。

然而，死灰会复燃。复燃之灰不足以让水沸腾，只让水温着，挥之不去。起初，你觉得那挥之不去的是氤氲气息，再后来你发现那是拖在你身后的长影子。又过了一段时间，影子转化成了暗疾，每逢雨天，就隐隐作痛，像天气预报。隐痛是种痛吗？未必。有时候当你想去按住那隐痛，手刚抬起，痛便消失。那种感觉，像是身体里长了一只蚂蚱。

"这个季节，没有蚂蚱了吧？"

你突然这么一问，自己都吓一跳。她愣了一下，一头雾水地摇头。那时，你们正穿过瘦脊梁一样的庄稼地埂，一前一后。地埂两边，豌豆和小麦的嫩苗同样弱不禁风。你知道在更早一些的秋天，这片地里种的应该是玉米。收获季节，掰下玉米棒子，砍倒玉米秆，乱糟糟的草丛里蚂蚱乱飞。前面是一户人家。青瓦白墙，门前有三棵落光了叶子的果树。大门紧闭，阒然无声，门缝里蹿出畜生的粪便味，并不算难闻。再往前走几百米，经过一片菜地和竹林，路在森林面前消失了。你们站着，环顾四周，仔细辨认着方向。

　　"路呢？"你问。

　　"什么路？"

　　"通往山茶树的路。"你说。

　　即使在并不明朗的月光下，你也看见她的脸红得像腊月的山茶。这山里有若干棵山茶花，它们生长在潮湿背阴的山沟里。阿尼卡的人们只有在婚丧嫁娶或过年时才会想起山茶花。有人结婚或死去，亲朋从四面八方赶来，山遥路远，事主家少不了要请人去山里采回山茶叶，沸水泡之待客。味虽苦涩，但略胜于喝白开水。过年时呢，想起山茶花的基本上是孩子和那些小妇人。他们在忙碌之余相约上山，专挑山沟钻。那时的山茶花，早的已经盛开，晚的还是骨朵。花骨朵更受人欢迎。他们采回山茶花，在屋子的某个角落里找出几个空瓶子，洗净，装上大半瓶清水，插上花，摆放在神龛或碗柜上。这样一番装饰，朴素的年就增添了几分浪漫之气。

　　这山野之地，也就只有山茶花能带来一丝浪漫了。除此之外，你还指望什么？飞禽走兽？山茅野菜？茂密的树林或若有若无的山路？算了吧。

　　生活在阿尼卡的人，一生之中，谁没折过几枝山茶花？有时候也无关浪漫，就纯粹是见不得那红艳艳粉嫩嫩的花朵。看见它们就心痒痒，不折不舒服。折了也未必插进花瓶，而是边走边撕下花瓣，沿路丢弃。

前路已被荒草淹没。你莫名想起白居易的诗，"远芳侵古道，晴翠接荒城"。旧路上长出的新枝，是几棵矮松和马桑树。你提议出来走走。你带着她一直走到这里。现在，路到了尽头。她的脸上挂着浅笑，仿佛一切洞若观火，只看你要怎么办。

"不会没有路的，"你说，"只是很久没有人走过了。"

你看了她一眼，并没有得到任何赞赏的表情。但你已经顾不上这些，抬腿朝矮松和马桑树走去。穿过这几棵树，前方是更茂密的荆棘和荒草。你顺手折下一根枯枝，用来帮助自己开路。月光下，荒草和荆棘惊魂未定，奄奄一息。世界果然在变，连丛林都比以前更茂密。不能再往前走了，她还留在原地。你返回，站在矮松和马桑树之间迎接她，像一个主人打开了家门。那些荒草断茎要是满地鲜花就好了，如此，你便可以为她搭一个花门，并一直铺向那棵山茶树下。当然，这只是你的想象。现实是，前方丛林依然，你必须再次用手中的棍棒和双脚，斩断或踩倒荆棘荒草，开辟出一条临时的路。那些已经歇在树枝的鸟儿，有的被惊飞，扑腾而去；有的懒得动，发出咕咕声。大部分月光被树梢挡住，其余的碎银般洒下来，像是天空有个慷慨的财主。

和村庄一样，山林里的变化也很大。村庄是生息之地，而山林，自从人们找到更好的出路，便放下了手中的斧头，不再进山。满山的牛羊消失了，小型旋耕机代替了耕牛。这山林如今完全属于飞禽走兽和花草树木，成了它们真正的天堂。月光一片片一道道竖在眼前，恍若置身舞台。如果这真是舞台，上演的是什么戏？那棵山茶在哪里？你数次停下，回忆，无助地看向她，否定，肯定……告诉自己不能轻易放弃，继续向前。

林间无路，长期出没于山林的人以地形和树木为标识，辨认方向。可你对这片山林并不熟悉。她也不熟悉。她脸上的浅笑不知何时换成了恐惧和担忧。"要不我们往回走吧，"她颤声说，"听说这山里现在有狼和豹子，还可能有老虎。"你握紧手中的木棒，更加集中了注意力。如此一来，你真的发现身旁的草丛里有动静。细听是夜风。那风一浪浪扑来，像一群醉汉在打滚撒泼。狼会吃人吗？两个大活人，不用怕它。但豹子和老虎就不好说了。你在夏城动物园见过豹子和老虎，隔着十米远的距离，也感到害怕。夏城动物园曾经发生过孩子掉进虎穴的惨剧。那是十多年前的春节，你在离动物园不远的商场里扮演功夫熊猫。

"你对那棵山茶一点印象都没有了吗？"你问。

"好像是在土司坟附近。"她说。

废话。你也知道山茶树是在土司坟附近。可现在的问题是，那坟在哪里？你甚至还记得那坟地二十年前就已经被盗得一片狼藉，荒草中的残碑石上写着"抚孤劲节佐夫君"字样。那原本盛放棺木的地方，被刨得像个狗洞。大概是明末清初，这地方确实是土司辖区，县志里有记载。

"回去吧，"她又说，"找到山茶又怎样呢？"

人心如簧。她这话不光没有让你退缩，反而激发了你的勇气。毕竟过去和现在，真的不一样了。

"你怕什么？有我在。"

你高声说着，向她伸出手。短暂的犹豫后，她也伸出了手。她的手坚硬冰凉，有石头或木材的质感。好在手指并没有因为生活的劳作而变得又短又粗。但是，那手不知所措，就那么伸着手掌，任由你抓住。

现在，你牵着她朝前走，另一只手紧握木棒开辟道路。效率大打折扣，可比此前更安心。不太像两个要直奔目的地的人，而是像在月下的山林中散步。夜风吹来，头顶绿浪翻滚，这山林和大海有了某种近似。不再惧怕野兽了。如果此刻丛林里扑出一只猛虎，你会乖乖走向虎口。月亮紧跟着你们，此时正在头顶。但再过一阵，它就要抛下你们往西走了。

手机铃声响起，听筒里传来孩子的声音。夜里一点四十六分。孩子在哭泣，他梦见你死了。他的母亲在一旁安慰："梦是假的，爸爸只是回老家去了。"

回老家和死之间有什么关系？细想还真有，都是回到出发之地。

接电话的时候，你下意识地松开她的手。她马上将手揣进了衣兜。你没有再去牵她的手。你握紧木棒，继续探路。脚下的地形是一片斜坡，厚厚的松针很滑。她在你身后跌倒了，臀部先着地，发出某种厚重沉闷之音。你伸手去拉她，她没有回应，而是自己爬了起来。

"那时候，我多想你带我走。"她突然说。

你抬手劈开了挡在前面的荆棘，下了坡，地势平坦了。这一片平地，草木稀疏，怪石嶙峋。那些黑石头卧在月光下，如史前巨兽。在丛林里，你的目光被树挡住，看不清方向。所以，你们其实是凭着某种感觉来到这里的。

"应该就在附近了。"你说，"这些石头，你还记得吗？"

此刻，她骑在一个黑石头上，面对着你。那石头看起来神似一匹马。当年，她也是坐在这里。那是你们初次见面后的第三天，你死皮赖脸跟她进了山，目的是想多和她说几句话。她在为自己做绣花鞋，飞针走线之间，以一只锥子警惕地保护着自己。那时你坐在离她不远的另一个石头上，不咸不淡地说话，像山歌里所唱的那样：丢个石头试水深。羊群走远，你就屁颠屁颠跑去赶回，让它们以此地为中心，认真啃草，不准好高骛远。那时的谈话令你羞愧。一个自以为是的傻瓜和一个朴实的傻瓜。你们都聊了些什么？先是故作轻松的玩笑，然后一步步缩小范围，把话题限制在你和她之间。你那时的梦想，是在村里盖几间像样的房子，买一辆摩托车。你跟她说了，她笑笑，看不出是鼓励还是嘲讽。隔靴搔痒的话说遍，而主题仍然像挂在树梢的露水，不敢轻易触碰，怕那晶莹碎了一地。尴尬之余，你抬头看天，除了明晃晃的太阳，天空一无所有。太阳之下，群山静默。你们那些说出的和未说出的话，在这巨大的沉默中如此渺小。

二十年后，石头还是那个石头，而人还是那个人吗？你给不出准确答案。大概，万物都在变化，只是非肉眼所能见。二十年后的夜晚，石头冰凉，你坐上去，打了个寒战。当年那根滔滔不绝讲废话的舌头，如今小心翼翼，像是行走在高空的钢丝上。

"山茶树就在附近。"你说。

"土司坟也在附近。"

你们的对话像两枚石头在空中碰撞一下，然后跌入草丛。四野安静，夜风轻柔——可现在你最需要的是暴风骤雨和月黑风高啊。

山茶树就在附近，隔着一片丛林。毫无疑问，它也正被你们头顶的月光所笼罩。从小到大，你无数次在夜晚跟随父亲进山打猎。白天的山林里牛羊成群、山歌回荡，而夜晚的林间，树木肃立，静候天光来临。跟鸟兽相比，花草树木更为可怜，它们既不开化，也不能迈步走向人间。

"我们去看看那棵山茶吧。"

你说罢，径直朝林间走去。刚走进树林，你就停下脚步，把背影留给了她。风吹枯枝，呜咽着，然后漫向更远的地方，像是一条被截了流的江河在远去。那遥远的声响消失后，身后传来了她的脚步声。更确切说，那是裤腿和草叶的摩擦之声。跃动在身上的光斑，让你看上去像一头疲惫的金钱豹。也确实是累了，这个夜晚，像是在梦中攀爬一座高山，亦真亦幻。

自从进入山林，每一步都像是走在梦中。脚下的松针、枯叶，都给人如在云上的感觉。她的人和脚步，都紧跟着你，像是影子与回声。

二十年不见，那株山茶的变化并没有想象中那么大。不规则的月光碎瓷片般照着这丛林里的异类，风吹树叶沙沙响。花苞正在成长，有小指头那么大。待到花苞长到大拇指那么大，它便盛开了。

你走向山茶树，伸出手，轻抚冰凉的树身，心里不由得一紧。那一刻，就像你的肉身是海绵做的，心里一紧张，眼泪就要流出来。她站在离你一步之遥的地方，紧闭双唇。当年也是你先在此处停留，斜靠着树干，笑盈盈地看她。你张开怀抱，她像一头笨熊跌了过来。仓促、紧张，仿佛你不接住她就要晕倒在地。此后是漫长的沉默。呼吸带动着同样笨重的胸部艰难起伏。当你意识到这一点，你们一同倒向了松针铺成的地毯。

那时的你歪歪斜斜，无论是站着还是走着，总给人一种没长骨头或者摇摇晃晃的感觉。这些年，你的变化被众人提及，说得天花乱坠，但至少有一点，你长齐了骨骼和应有的体重。就像现在，你不再斜靠着，也不再摇头晃脑，而是双手交叉抱于胸前。她呢，近在咫尺，却不再往前挪一寸。

"三点了。"她突然说。

月亮在树上升高。时间的天平正在倾斜，要不了多久，就会向人间倒出明晃晃的日光。你突然紧张起来，像一个临近开学还尚未完成作业的孩子。

"我对不起你。"你说，"我欠你一个道歉。"

"你已经说过了。"

"原谅我吧，"你说，"那时的我，太懦弱了。"

"没有恨，你让我怎么原谅？而且，这根本不是懦弱的问题。"

你的摇晃症又犯了，身子向后靠去，被山茶树接住。你双手放开胸前，伸向裤兜，摸到了香烟和打火机。你掏出香烟塞进嘴里，却发现打火机没气了。你就那么叼着烟，嘴里发出嘶嘶声。渐渐地，你感觉周遭的空气松弛了一些。

"我们这一辈子，再也不会来看这棵山茶树了。"你说。

"为什么要来看它？"她反问，"它允许你来看它了吗？"

令你不安的，正是自己的冒昧。你又向她道歉："对不起，我没经你的允许就来打扰你。"

她没接你的话，原地坐下。大地柔软，冰凉，好在她的羽绒服刚好能裹住臀部。那时她也这样坐在地上，双手托腮望远方。她后来也真的去了远方，在一家又一家饭店、KTV、洗浴中心之间流动。山还是那座山，所不同的是，笼罩山顶的，由阳光换成了月光。

"我想……"你欲言又止，又觉得这突然的停顿也不妥，便咬牙说了出来，"我想抱抱你。"

你说完这话，闭上眼睛。夜风抱成团，扑向山林，被树木挡住、瓜分，成条状、块状，以及不规则的其他形状。你此时感觉自己如在水底，并且下意识地闭上了眼睛和嘴巴。待风声过去，睁开眼，见她已经站在了你面前。你向她张开怀抱，她往前一步让你抱住。你颤抖起来，不是因为冷或激动，而是身子失去了控制。你紧紧抱住她，她却未抱你。她就那么站着，像一棵歪脖子树。她没你高，但这样的姿势有一种居高临下。

你像个风箱般抽泣起来，而她的肩膀却不是火花四溅的铁砧。她大概是累了，垂下双手，不知所措。而你呢，越抱越紧，像是要把自己嵌进她的身体里。她喘着粗气挣扎，你放松了一些，却不放开。

"抱抱我。"你说，"像过去一样。"

她发出一声叹息，但没照你的话去做。像是作为回报，她开始抚摸你的头，一遍又一遍。

"好了啦,"她说,"天快亮了。"

月光什么时候消失了?你放开她时,远山已经显出了暗影。用不了多久,那暗影会像胶片上的风景,渐渐清晰起来。黑夜和白天,是阴与阳,是现实与想象,是一个人的两张面孔。

天快亮了。即使是在《聊斋志异》里,也意味着有其中一人该走了,更何况是在这深山密林。熬了一夜,你们疲惫得快要倒下。此时再看身边的树林时,就多了枯败气息。那些昨夜被你踩倒的草,正在努力直起腰身。要不了多久,林间就能恢复昨天白天的样子,就像你们从未来过。

走出山林就是村中小道,日光底下无秘密。远远听见鸡鸣犬吠,看见早起劳作的人影。这个季节,土地闲了下来,所谓劳作也就是上山砍柴割草和放牧。数百米之外的村道上,几十只绵羊正在向你们缓缓移动,身后跟着一个穿白色披毡的牧人。要不了几分钟,你们就会狭路相逢。

"你先走吧,"她突然站住,"或者我先走。"

"为什么?"

"让人看见不好,"她说,"我无所谓,但你不一样。"

其实你也无所谓。你和她一样,婚姻早早结束,并且成了一个难以相信爱的人。这事并不值得满世界宣扬,包括她。她见你没说话,就加快脚步朝前走去,并且很快将你丢下,成了路人。她和牧人相遇时,说了几句话,但你听不清具体内容。他们相互认识,她是对的。你放慢脚步,毫无意义地数起了迎面而来的绵羊。

牧人是位长者,大约六十来岁。你站在路边让他的羊通过时,他对你笑了笑。你问他有多少只羊?他说是六十二只。

"可我刚刚数了,才五十七只。"你说。

"你为啥要数我的羊?"牧人说,"我的羊有多少只,我自己最清楚。"

那些你无法确定数目的绵羊一只只从你面前经过，散发出淡淡的腥味。这样的羊，做烤串最好。想到烤串，你笑了笑。昨天已将伯伯送上山，今天该驾车回城了。烤串，还是楼下那家叫"山坡羊"的西北餐厅做得好。

·作者简介·

包倬，男，彝族，1980年12月生于四川会东，现居昆明。2002年开始发表作品，出版有小说集《沉默》《十寻》《路边的西西弗斯》等。获第十三届全国少数民族文学创作骏马奖、《长江文艺》双年奖、欧阳山文学奖、云南文学奖等。

碧螺春之夜

□ 李 黎

牛山约马军晚上一起吃饭，在大方巷他们的老据点。和此前十多年无数次碰头聚会相比，这次吃饭有些凝重，马军的父亲在春节前广泛而普遍的发热中去世了，六十出头，也算是意外。马军一直沉浸在悲伤之中，春节期间没有联系任何人，只是每天在朋友圈里发一张深邃而凄惶的风景照。牛山感觉，和目标明确的仇恨相比，马军的悲伤更为含蓄、飘忽和广阔，需要用吃吃喝喝来舒缓一下。

他们要去的饭店在大方巷中段，即巷子深处，名叫"无名小吃"——这是一家夫妻店，只有一间临街的门面，十多年来都满脸堆笑的丈夫负责掌勺，十多年来都满脸堆笑的妻子做服务员。夫妻两人就睡在店里，牛山无意中看到他们在夜深人静时收拾铺盖，睡在房间尽头两米多高的壁橱里面。小饭店长时间没有门头、不着文字，后来街道要求必须安装门头、写上名称，于是这家饭店有了第一个名字"无名小吃"。"无名小吃"的一边是"德华玻璃店""香榭舍女装""正宗六合猪头肉"，另一边是"芊芊干洗店""大方水果卖场""广厦房产中介"。所有的门头都强行统一起来，但生意的差别很大，总是让人觉得别扭。不过，时间久了，这种差别倒也带来了开阔的感觉。

一起吃饭的还有王小融，她做过牛山的女朋友，也做过马军的女朋友，如今未婚，是一家民营连锁牙科医院的大区经理，忙得忘记恋爱成家。不过牛山喊吃饭，她立刻答应，早早就让司机把自己送到大方巷西边的公馆区，步行来到店里，仔细琢磨起贴在墙上的菜单。

第二个到的是牛山，他距离"无名小吃"只有两公里，骑车不过十来分钟，但他必须打卡后才能下班。得知王小融已经到了后，牛山就一路猛踩，希望能早一点到，起码能有一种努力早到的架势。他走进饭店的同时拉开外套，还抹了抹额头上的汗，一边坐下来一边对王小融说，骑车来的，路上车太多了。

你现在还能骑车，体力不错啊，最近没事吧？

没事，也一直没发烧，也可能是无症状吧。骑车也没什么，我每天上下班都是骑车，加起来一小时不到一点。偶尔中午还骑车出去转转，单位请假的人很多，节奏很慢了。

王小融说，这一轮应该也快结束了吧，很多人都是元旦前后发烧，现在都恢复了。

牛山问，你发烧过没有？

王小融点点头。

牛山问，没问题吧？没受什么罪吧？

还行吧，在床上躺了几天，最严重的时候头疼得厉害。其实身体还好，就是一个人连续在家好几天，感觉有点凄惨，想喝热水都没人帮忙，只能自己爬起来烧水，有一次走了几步不得不坐下来。我是真的想结婚了，所以你跟我说和马军还有你一起吃饭，我立刻就来了。王小融笑笑说。

那现在让你二选一，你怎么选？

就是假设世界上人都死光了，只剩我和马军，你要选一个，选谁啊？牛山笑着说。王小融说，马军还没来呢，他不在，我选不选他都不公平，等他来了我看看再说。

小饭店里只有四张桌子，厨房在最外面，而炒菜的炉子直接被放在了临街的位置。牛山和王小融坐在最里面偏左的桌子边，王小融坐在里面，面对着门外，牛山坐在对面；里面右边的桌子边围着五个年轻人，都穿着光鲜的工作制服，看上去可能是银行、房产中介或者教育培训的，操着远方的口音。听了牛山他们的话，几个人都盯着王小融看。王小融扭头看看他们，微微笑笑，扭头对牛山说，我也很久没见到马军了，不知道他现在怎么样了。

老样子吧，我跟他见面比较多，没觉得有什么变化。他父母最近几年身体一直不好，他有点焦头烂额的。今天喊他吃饭也是因为他父亲刚刚去世了，整个春节都没过好。

王小融有些诧异，问了牛山很多问题。是不是因为发烧，有没有住院，后事办得怎么样之类的。牛山一一作答，一件残酷的事被他完整地说出来，搞得隔壁一桌人也都跟着沉默了下来，饭店里只剩下老板在门口炒菜的声音，一盘菜倒进油锅的爆裂声让他们回到了寻常生活当中。

牛山说，点菜吧。王小融仰头看看菜单说，那今天我请客吧，我就直接点了。牛山说，都是家常菜，你闭着眼睛点。老板娘拿着一个小本子和圆珠笔走过来，等着他们点菜。

王小融说，那我点了！

牛山说，要有肉，四菜一汤吧，其他随便。王小融白了他一眼，然后点了红烧带鱼、红烧毛豆米仔鸡、韭香猪血、蒜泥空心菜和青菜肉丝豆腐汤。她每点一道都会问牛山行不行，牛山都说好，老板娘低头写下来。点到肉丝汤时她大声说，有肉了哦！牛山翻了个白眼说，再来一个花生米吧。

马军和另外一男一女一起进来，他径直在牛山旁边坐下来，与此同时，一男一女在他们背后的桌子边坐下来，男的背对着牛山他们，和马军有些碰撞。地方太挤了，牛山说，马军你坐到对面去吧。

马军笑笑，站起来挨着王小融坐下，让王小融往里面挪一点。牛山说，菜点好了，先喝点茶吧。说着他拎起桌子上的玻璃茶壶给马军倒茶。马军说，不喝不喝，这个茶太差了，我忘带茶叶了。

随身带茶叶是老年人的做派啊，牛山讽刺说。

王小融笑了笑，有种熟悉的感觉，两个人的嘲讽挖苦马上就要开始了。马军带着几分幽怨说，我就是想喝碧螺春了，怎么了？

还碧螺春呢，现在是什么时候，新的还没上市呢，喝的都是去年的。你要喝也喝岩茶什么的啊，哪有大冬天喝碧螺春的。

马军不急不慢地说，我就是想喝，怎么了，我才不像你们这些中年人，一会岩茶一会红茶的，我一年四季都喝绿茶，你不服气？你是胃不好不能喝绿茶了吧。

牛山梗着脖子说，我的胃没问题，但绿茶不耐喝啊，在办公室泡杯绿茶，出去转一圈回来就不能喝了，泡一壶红茶可以喝一上午。

说来说去你就是老了，只能喝那种用壶冲泡，一壶茶喝个半天那种。包里都带着袋装的茶叶，是不是？我就从来不带那种，要带就带一大壶碧螺春。

那你今天怎么就忘了呢？牛山笑着问，你是不是觉得到夫妻店吃饭不值得你带？搞反了吧。

王小融有些不能忍受，拨出去一个电话，让人送点碧螺春过来。马军有点错愕地说，王小融，几年不见你也老了啊，这个做派不就是老年人的做派吗，年轻人才不会这样。

王小融微微抬高声音说，你要喝茶我就让人帮忙送来，你怎么能说我老了啊！

马军连忙说，对不起对不起，我说错了，你还是很年轻，几年下来一点没变化。

牛山说，马军的意思是，你长相没老，心老了。

对面桌子后的女孩狠狠瞪了一眼牛山，但牛山背对着她，毫无知觉。王小融看到了，冲着对方笑了笑，意思是没事的，说着玩。然后对着牛山还有马军说，说我心老了也不是不对，这几年下来，谁不老十岁八岁的。

你这几年不是很顺利吗？

工作上是还行吧，但也谈不上顺利，很多时候都在家待着，医院开不了门。但这几年每天这个那个的，谁不老啊。王小融叹着气说，还好我们医院在之前几年做得还不错，有四十多家连锁的，资金压力也不是很大，不然我可能就失业了，又要去找工作了。

马军叹气说，还是牛山你们好，不担心工作的问题。

皮之不存，毛将焉附。牛山说。

马军站起来说，我操，你都会文言文了，这是要提拔的节奏啊。他故作激动状伸手和牛山握手，不断说着多多照顾，其实是为了把外套脱下来。饭店太小，没有挂衣服的地方，马军之前一直把外套敞开，还是觉得热，就脱下来。王小融伸过手说，放里面吧，放我包上。

牛山嘿嘿笑着说，旧情未了，旧情未了。王小融脸上的表情一刹那间有些尴尬，随即龇牙咧嘴地说，我跟你才旧情未了呢，跟他早就了了。跟你认识时间太久了，到了旧情复燃的年龄了，跟他早没感情了，他骂我的话我都还记得。

马军咳嗽一声说，你们别这样好不好，搞得我都不知道该怎么说了。我也确实想过，要是当年我去了厅里，牛山去了大成广告，我们会不会正好对调过来。

牛山说，不会的，你去了厅里，应该比我现在混得好，我实在是太不会混了，但是如果我去了大成广告公司，肯定比你现在做得好，因为我比你有才华。说着他哈哈笑起来。

那就是说，你们两个都白活了这么多年。王小融插嘴说。

不白活啊，我不是因为工作才认识你的吗，你不是因为我才认识马军的吗？怎么能说白活呢，非要说我们白活，那要把你抹掉才行。

马军问牛山，你们怎么认识的？这么多年我都不知道，说说呗。

牛山骂了一句说，我怎么可能没给你说过。

马军说，真的没说，或者你说的时候我没听到，喝多了，或者忘记了。

王小融怒喝一声，牛山你不许说！声音很大，周围的人都朝这边看过来，包括老板夫妇，以为吵架了。但看到他们嬉皮笑脸的，也就都放心了。牛山说，不说就不说了，反正一句话就可以概括。

王小融问，哪句话？你说！

生于不义，死于耻辱。牛山说。这句话一出，整个饭店都安静下来，不知道是因为太沉重，还是被牛山连续冒出的四字句震到了。门外的声响传过来，汽车驶过的声音、电瓶车疯狂摁喇叭的声音，还有自行车脆脆的铃铛声，以及晚上七点多一条巷子里该有的纠缠不休的生活之声。

一个穿着时尚、商务的女人在门口冲王小融招手，王小融招招手示意她进来。女人走过来，递上一个淡青色的陶瓷罐子，说了声，王总您要的茶叶。牛山站起来接过茶叶罐，连声说辛苦辛苦。女人和王小融打个招呼，转身往店外走去。马军说，不一起吃饭啊。女人微微停顿，转身看向这边。王小融说，你先去忙啊，下次一起吃饭。

牛山瞪了王小融一眼，把茶叶递给老板说，帮我们泡三杯茶啊，两杯稍微多放一点茶叶。想了想又说，茶叶就给你们吧，给每个人都泡一杯。老板本来就挂着笑容，现在笑得更厉害了，透露出疑惑和兴奋。牛山强调说，茶叶送给你们了，你们不是给每个人都免费泡杯茶嘛，就拿这个泡。

牛山的话在极小的饭店里显得很响亮，每个人都听到了。隔壁桌的人举起酒杯冲牛山晃了晃，但背后一对男女没有任何反应。王小融小声说，牛山你就是专门气我是吧？

反正又不是你自己花钱买的。

怎么不是我们买的，谁给我们送？是我们买了送给一些单位的，自己也留了一点而已。

那还不是你买的啊。

王小融说，算了，不跟你说了。

老板娘泡好茶，用托盘装着送上来，一次五杯。牛山端起来就对着茶叶吹着，有滋有味地喝起来，王小融反而不太想喝了。背后的这对男女既没有反对，也没有说什么。老板娘第二次用托盘端了五杯到牛山右边那一桌，五个人都很高兴，碧螺春的形状、色泽和充斥在油烟味缝隙之中的香味，让他们知道这是好茶叶，纷纷表示感谢，一个人甚至说，谢谢美女。

牛山说，应该谢我。然后开心地大笑起来。

马军一边喝茶一边说，别笑了，跟我说说什么叫生于不义吧。王小融伸手拍拍他的胳膊说，能不能不要提这个事了，有完没完。牛山则收敛了笑容说，我跟你说过的，你自己记不得了，那就没办法了。刚才你没来的时候我问了王小融一个问题，就是假设，假设啊，世界上只剩下我们两个，还有她，她会选谁。她说你不来她不好说，现在你来了，问问她选谁吧。

韭香猪血第一个上来，紧接着就是红烧带鱼。牛山把背包拉开，掏出一瓶白酒，带着遗憾说，忘记带红酒了，小融你就喝白酒吧。

让女人喝白酒等于开水浇花。王小融抗议说。

我就不相信你不喝白酒。马军说。

那是没办法，跟你们吃饭我喝什么白酒啊。

那你刚才拿茶叶的时候为什么不让手下送瓶红酒呢？牛山质问道。王小融瞪了他一眼说，我不喝酒，可以吧。跟你们吃饭喝什么酒呢。牛山嘿嘿笑着说，事实上我们喝啊，你也不问问我要不要喝，也不问我有没有带酒，整个想不到我啊。

巷子里好几家超市，还有一家洋酒行，你要喝什么我去买好了。

但是你确实没问我啊！牛山大笑着说，同时又从包里掏出一瓶红酒放在桌子上说，你看，我都想着你呢。

王小融说，那我也不会选你。

马军说，牛山你倒酒吧。然后他站起来，熟练地从店门后面的墙壁上摘下开瓶器，帮王小融开红酒。再次坐下来后马军问，小融你说不会选牛山，那就是选我了？

王小融说，我不选牛山，不代表我就选你啊。

马军说，刚才的问题是二选一，你不选牛山就是选我了，你又没说一个不选，自己死了拉倒。是不是？

王小融说，那就选你吧，你比牛山好多了。

牛山举杯示意喝一口，然后放下酒杯说，小融你选马军就选马军，这种事本来就说不清楚，但你非要说马军比我好多了，那我就不服气了，他怎么就比我好了？

马军说，这个问题我不能回答，要王小融自己说。我不能说我多优秀，搞得像相亲节目一样。

王小融说，这个问题我也不能说，说得太清楚就太打击人了，牛山你就当是我的感觉吧，说不清道不明的那种。说着她哈哈哈笑起来。

牛山有点尴尬，指着桌子上的菜说，小融你多吃菜啊。

我不爱吃带鱼，也不喜欢吃猪血，但是感觉他们家做的会很好吃。说话间，老板娘把蒜泥空心菜和青菜汤都端了上来，打招呼说，仔鸡要慢一点。马军说，这么多菜啊，太丰富了吧。

牛山笑着说，王小融点的，我觉得都是她的拿手菜，她只点自己会做的菜，如果她不会做的、不理解的，就不点了。

马军说，这是贤妻良母啊。

王小融说，我是不是贤妻良母你又不是不知道，瞎感慨什么，讨好我啊？

牛山说，应该是讨好你，你到现在都只说了不选我，没说不选他。你说吧，到底选不选他？

马军说，真不选就不选吧，我没什么好选的，跟着我只会吃苦了。我这个人就是一无是处，什么事都没做成，选我就是要受罪了……马军絮絮叨叨说着，牛山没有接话，低头在手机上回复着什么消息，王小融也目光躲闪，四处看看。他们背后的那对情侣一直很小声，几乎是一直在沉默，旁边那桌年轻人很大声，但因为口音问题，说话几乎听不懂，勉强可以辨认出"业绩""课时费""家教"等词汇，应该是做教育培训的。小饭店里最为响亮的是老板专门设置的电脑提示音，而且只有一句相同的话："你有一个新的美团外卖订单……"伴随着这句响彻全场的声音，不断有人来到店门口，拿起外卖迅速离开，或者不耐烦地站在灯光里等着，催促着。老板娘笑呵呵的，每个人都不知不觉慢了下来，而新的声音隔几分钟响一次："你有一个新的美团外卖订单……"

随着最后一道菜红烧毛豆米仔鸡端上来，王小融也终于说，我还是选马军吧。马军还想说点什么，牛山说，喝酒喝酒，马军你不要推辞了，说半天有什么意思，说来说去不就是那些话吗？不说了，你们直接喝个交杯酒吧。

两个人都瞪着牛山，意思是，在这？

牛山说，有什么问题，难道非要在金碧辉煌的酒店里才可以？反正婚礼上也要喝，现在喝一下不就等于训练吗？

两个人都不同意，马军找牛山碰杯，王小融又看着墙壁上的菜单，想加一道菜，不隆重一点似乎配不上这个重大决定。这么想着，王小融就笑了起来，然后说，我加两个菜庆祝这个重大决定啊。然后哈哈哈地笑着。

牛山咂咂嘴说，你们本来就很熟悉，这几年又经历过这么多事情，就简单一点吧。顿了一下，牛山开心地说，有了，在酒吧里，人们遇到大喜事，会请所有人喝一轮，要不你们把饭店里的单都买了吧。

马军说，神经病啊。话音未落，王小融说，这个办法好。

牛山立刻喊老板娘，然后对她说，帮我们说一下，晚上吃饭的单我们都买了。他的声音不大不小，没有刻意地压低，也没有兴奋喊叫。背后那对情侣应该是听到了，扭头看了看，但远点那一桌正聊得热烈，没有人听到。牛山强调说，真的，不开玩笑。老板娘顺势对着扭头过来的男生说，这桌的单他们买了，你们不用买了。年轻男女都露出开心的笑容，男生继续扭动身体对牛山几个道谢。与此同时，老板娘走到了旁边那一桌，对他们几个说了同样的话。几个人都欢呼起来，但一个非常瘦的男生突然挥挥手示意大家安静，然后对老板娘说，我们这桌不要他们买单了，说好了我买的，说了几个月了，还是我来买单吧。

牛山说，哥们，你吃完再请他们一起去消夜，吃点烧烤什么的不一回事吗？那个男生一脸不高兴地说，说好了我请客就应该我买单，而且他们两个吃完就要回去了，没时间一起消夜，我如果不买单，不就是没有请他们，那我也太没有信誉了。

牛山继续说，之所以我们买单，是因为他们两个打算结婚了，刚刚确定下来，这么大的事情要好好庆祝一下，哥们给个面子。

一个高个子的小伙子，坐在那里几乎和站着的老板娘一样高，瓮声瓮气地说，这么大的事情，怎么就在这个小饭店就确定了，不是要找个浪漫的地方吗？然后他想到什么，扭头对老板娘说，老板我不是说你这个地方不好，其实好得很，我们都来过多少次，但确实不浪漫，这个你承认吧？

老板娘脸上的笑容灿烂程度骤增，以此表示对高个子这番话的认可和理解。牛山说，哥们你看行不行啊，我们也没有什么喜糖，就买个单喜庆喜庆。

老板在门后位置带着几分怯弱说，刚才的碧螺春就当喜酒了。

牛山说，对对对，我们再碰一杯。

不行！瘦男生果断地说，还想说什么，又忍住了，重复一声，不行。王小融打圆场说，不行就不行吧，我们的喜事是喜事，人家的喜事也是喜事。

牛山问，他们有什么喜事，不就是请吃饭吗？

能坐在一起吃饭就是喜事。马军说。

旁边一桌的拒绝，让那对情侣动摇起来，被坐在对面的王小融看在眼里，她拍了拍马军示意他让一让，然后走到饭店入口处的二维码前面，问老板娘这两桌多少钱。老板娘拿计算器敲了敲，大声说，一桌一百五十七，一桌四十五，一共两百零二块，就算两百块吧。

王小融说，今天怎么能打折呢，就原价吧。然后她扭头对那一桌的五个人说，各位大哥，不买单就算了，我看到有一道老母鸡汤七十八块，再加两瓶啤酒，我送给你们，让我凑个两百八十块好不好？

她的话非常温柔，几个人不忍拒绝。牛山扑哧一声笑出来，冲着马军晃了晃酒杯说，走一个，你好日子快过完了，你看王小融，完全就是一个生意人，这么快就凑出了两百八十块，以后肯定跟你算得死死的。

马军红着脸说，要不她还是跟你吧，我有点吃不消。

牛山嘿嘿一笑，又正色说，妈的，你当说着玩啊，人家都当众宣布了，还给别的桌子买单送菜了，哪能就这么换人呢？

八点四十分左右，那对情侣最早离开，和牛山几个还有老板夫妇都打了招呼，随后是那五个年轻人，吵吵闹闹地准备离开。他们说了一大堆早生贵子百年好合的话，宛如身在最为常见的婚礼宴席之上，王小融和马军就是新郎新娘，牛山是伴郎，老板夫妇是他们的父母，以及所有的亲人朋友，甚至还代表了司仪和工作人员。虽然草率，但他们五个的酒是到位的，话自然也很到位。两个人甚至冲王小融不断抱拳拱手以示祝贺，搞得王小融马军不得不站起来回应，并且恭送他们几个勾肩搭背地离开，残存的理智让他们没有说下次再见、过几天聚聚之类的话。牛山冷笑着说，还好只有两桌，如果在大的馆子里吃饭，今晚可能顺手把婚礼给办了。

随着王小融马军再度落座，小饭店里安静下来，只剩他们一桌，三个人都沉默着，门口一直都呼哧呼哧的风声不知道为什么消失了。老板已经关了排气扇，不再炒菜，坐在原来那个女孩的位置上埋头翻看手机，喇叭里也没有了订单到达的提示音。一切都很安静，连外面的街道也安静了很多，晚高峰的人群车流都已经不见，只有偶尔一闪而过的汽车。街对面的店铺门口也没有了此前排队的人，路灯的光显得清冽和纯粹。

牛山和马军用力碰了一下杯，把最后的白酒喝完。王小融说，红酒还有很多，你们要不要继续喝？

马军说，不喝了，混酒容易喝醉，而且我看老板他们也快没生意了，我们走吧，让他们收拾收拾好早点休息。

牛山说，我看你是想早点和王小融回去吧，你们去谁家啊？

王小融有点错愕，随即笑着说，今晚就要跟他回家？

牛山说，你觉得呢，这里就相当于婚礼现场，然后你们还能各自回家去啊？

马军说，相当于不代表真的是啊，还是各自回家吧。要是真的办婚礼，自然住在一起了。

牛山说，你狗日的什么意思！这不是白忙了一个晚上吗？

王小融没有说什么，笑着看着两个人。马军说，也行，晚上王小融可以跟我回去，不过我要跟你们两个说一件事，等我说完了你们觉得还行，那就真的没问题了。

牛山说，你说，看你能说出什么。

马军倒了点红酒在杯子里，血红的红酒迅速掩盖了残存的白酒，看得牛山一阵恶心。马军一饮而尽，然后小声说，前阵子我父母都发烧了，我之前一直担心我妈妈，她以前做过胃癌手术，我担心会复发什么的，但她还好，就是高烧几天，然后基本上就没事了。但是我父亲一直很严重，躺在床上起不来，浑身疼，又不知道哪里疼，到后来，他每天喊着不想活了，再后来，就让我妈不要管他，让他死了算了。我妈妈当真了，把我爸爸一个人丢在家里,自己跑去照顾我舅舅去了,几天后回来,我父亲真死在床上了。怎么说呢,虽然不是故意杀人,但真的是让他自生自灭,几十年下来可能受够了。

几个人沉默了好一阵,牛山忍不住开口说,你不应该跟我们说这件事的,人死了也没办法,你照顾好你妈妈吧。走了走了。

马军看着王小融,王小融说,牛山说得对,你又不在身边,不是你不管你爸爸的。我还是跟你回去吧,我看你情绪有些不对。

马军说,今天算了,你不要安慰我,过几天再说吧。你自己回去吧。然后他如同过去很多年一样,简单打了个招呼,就出门叫车。牛山喊了声,我骑车回家,就朝巷子另一头走去,路边有共享单车就扫一辆,没有走走也好。

但牛山没有回家,扫了一辆单车后,他觉得自己喝得有点多,骑车可能有困难,而夜深人静时汽车速度反而很快,于是他像一位老大爷一样推着自行车在附近溜达,目测前方空旷,就骑几十米,稍微有点拥堵就下车推着走,拐了一大圈后,他又来到"无名小吃"旁边。

牛山看看手机,时间是九点整。他出门时大概是八点四十五分。对单身的人来说,九点十点十一点十二点回家全都没有区别。而"无名小吃"似乎也不忙了。牛山想了想,就朝店里走去。老板有些吃惊,但吃惊的表情一闪而过,依然对牛山笑着,等牛山说话。经常有人丢了东西在店里,返回也是常事。牛山迈步走进店里,原来五个人吃饭那个位置,坐着一个中年人,在埋头吃饭,此前自己坐的座位空着。牛山坐到王小融刚才坐的位置,面对店门口,对老板娘喊,老板,刚才的茶叶还有剩的吧?给我泡杯茶啊。刚才只顾着吃菜了,没好好喝,现在好好喝一杯。

老板娘笑了笑,答应一声,不到一分钟,就端了一杯茶放在牛山面前,还把一个蓝色开水瓶也放在桌子上,意思是自己添水,好好喝。牛山端起茶杯,鼓起腮帮子吹着茶叶,又透过玻璃看着里面翻滚的茶叶,很好看。据说有人能通过茶叶漂浮滚动的样子来算命,牛山盯着茶叶看了会,实在看不出什么,只觉得变化莫测和大同小异。

一口口热茶喝下去,牛山觉得舒服了很多,他几乎每喝两口就往杯里加热水,保持茶叶的温度和浓度。很快,牛山就觉得身上发热,而且在苦味的缝隙里,嘴里也开始出现回甘。看看左右,中年人还在狼吞虎咽,老板娘在外面洗碗,老板坐在原来的座位上,仰头看着挂在墙上的电视,随着闹哄哄的剧情,他的嘴巴也越张越大,似乎忘记了这会店里还有客人。牛山盯着老板看了一会,觉得有些神奇,他们开这家店已经足足二十年,自己多年前在这附近租房住,就一直在他们家吃饭,历经了这么多年和事,他们还是和二十年前一样,老是老了一点,但大体上也没多大变化。最近几年动辄停摆,商铺关门,牛山不止一次刻意骑车路过这里,看看店铺还在不在。还好每次都在,即使不营业,因为他们两人就住在店里,门也都是开着的。

喝了十来口之后,牛山觉得茶叶有些淡了,就放缓了速度。拿起手机看了看,想给马军和王小融,还有别的几个人发个消息,想想又算了。牛山只是不确定晚上这顿饭有没有让马军心情好一点,如果王小融可以主动一点,他应该会好一点的。

透明的玻璃门被拉开,王小融走了进来。看到牛山,她一点都不意外,或许她在推门之前就看到了端坐在那里的牛山,甚至,她可能一直就在附近,目睹了牛山的离开和返回。在对面坐下后,王小融扭头说,老板娘,给我也泡一杯茶啊,多放点茶叶。

牛山说,多放点茶叶?你不怕失眠啊?

不怕,我白天都要喝五六杯咖啡,早就不怕了。再说今晚发生了这么大的事,失眠就失眠吧。说着王小融笑了笑。

你倒是看得开啊。牛山调侃说。

王小融一边脱下外套一边说,看不开也要看开啊,怎么样,我要结婚了,你打算送我什么礼物?不会就包一个红包吧?我知道你爱喝茶,每年都送你最好的碧螺春,我结婚的时候你要把这些年茶叶的钱都算进礼金里面才行。

那能有多少钱啊,就算一年一千,十年也不过一万块钱啊。

你跟我装是吧?我送你的都是东山岛正宗的,多少钱一斤你不知道吗?就是不想给我好好送礼。

你真的要和马军结婚了?

你不想我和他结婚?

牛山连忙说,没有没有,很乐意看到你们结婚,我只是觉得稍微快了点,你最近发展不错吧,还有空结婚啊?

再没有空也得结婚,我之前说了,很多次一个人在家里,感觉全世界就我一个人了,恨不得死了算了,一想到以前的吵吵闹闹都觉得太向往了。不管多忙今年都要结婚,不和马军也和别人。

别人?牛山瞪着眼睛问。

没有别人,我就是这个意思,要以最快的速度结婚,我受不了一天天都只能自己跟自己说话的状态了。

那如果感情不和呢?而且你现在这么有钱,有人图你钱结婚怎么办呢?牛山笑着问,又盯着王小融眼睛。

这些都是下一步的事好不好,就算我现在开始和一个人相处几年再结婚,就能保证感情很好?保证他不是因为我现在薪水很高?你也不要一个劲问我了，我也有事要问你。

什么事，是不是我为什么不结婚？我跟你相反，我跟人一近就会出问题，可能比较独吧。

其实我想问你，刚才你自己都说了二选一，为什么你不让我选你？

牛山沉默下来，又看看四周，突然他指着门口处说，哎，马军也回来了！

王小融扭头往外看，但外面根本没有人。

· 作者简介 ·

李黎，男，1980年生于南京郊县，2001年毕业于南京师范大学，现供职于某出版社。1999年开始发表诗歌、小说作品，出版中短篇小说集《拆迁人》《水浒群星闪耀时》《夜游》。曾获红岩文学奖、紫金山文学奖等。

我只告诉你

□ 丰 杰

拐叔本名冯一白，是个乡村电影放映员，我小学二年级时从县里到的我们永康镇。他来的时候是春天，油菜花开得正浓，他骑一台黑色嘉陵摩托车，戴着茶色眼镜，摩托车后面还绑着一台棕皮包裹的放映机、一个箱式扩音喇叭和一卷白色银幕。彼时镇上只有一条用黄黏土和碎麻石铺成的马路，平时路上跑过带轮子的除了手扶拖拉机和解放牌卡车外，就只有运送陶罐瓦罐、农药化肥的叫驴车和农民家里吱呀作响的独轮车了。嘉陵摩托车的到来注定是轰动全镇的，它发出"噗噗噗"的声音既不同于拖拉机的"突突突"，也不同于卡车的"哗哗哗"，它屁股后面冒出的烟是淡淡的青烟，带着汽油香香的味道，比柴油发动机冒出的黑烟好闻多了。

小时候我们热爱一切带轮子的东西，看到拖拉机经过镇上都会追着跑上很远，有些胆子大的还会在车子上坡速度慢的时候偷偷爬上车去，然后猴子捞月一般带上一串，直到司机发现了破口大骂才舍得跳下车来。所以当拐叔把那台摩托车"噗噗噗"地开进我们镇，尽管顶着半脑袋褐色的尘土，尽管下车的时候一瘸一拐，他还是成功地把我们这帮毛都没长的小孩全都镇住了。

  那台噗噗作响的摩托车最终停在了镇子最西头的礼堂门口，听大人说那地方是为排演革命样板戏而建，当年红极一时，现在倒像一张老倌子的牙残齿缺的臭烘烘的嘴，少有人光顾。更过分的是，附近生产队的农民沿着礼堂背面的墙根钉上木桩盖上茅草用来关牛关猪，一到夏天便让全镇散发出浓郁的猪屎味儿。拐叔住进去没几天，便拆了那些木桩子，又拉来一车石灰给这幢青砖黑瓦的老房子粉刷得白白嫩嫩，像个马上要出嫁的细妹子，然后在礼堂大门东侧挂上了一块木牌牌"罗城县电影公司永康镇放映站"。

  永康镇是离罗城县最远的一个镇子，也是最破最小的一个。镇政府、中学、小学、供销社、食品站、邮局、卫生所还有礼堂挤在一条不到五百米的小街上，谁家炒个辣椒，能呛得全镇上的人都打喷嚏。礼堂在镇子的最西头，隔着小街与礼堂正对的，是一个用杉木钉成的小木屋。木屋有一面墙搭在马路边边上，另外支出两条腿可怜地泡在与街道平行的小河里，饱含着被小镇排挤得无处落脚的寓意。木屋正面的门脸上，用炭条写着"石匠南杂铺"五个大字，字迹倒也整齐，只是有些风马牛不相及的味道。

  据我的堂哥三皮的娘说，石匠南杂铺的主人姓崔，的确是个石匠，还是个手艺了不得的石匠，他雕的石狮子口中衔球威风凛凛，县里最气派的百货大楼门口都给安上了。可惜有一次用雷管崩山炸石头的时候，留的引线不够，还没等他跑到安全地带便炸了，一块碎石砸断了他的脊梁骨，拖拉机把他拉到县里抢救半天总算留下一条命，只是再也直不起腰了。他堂客秋水倒是镇上数一数二的美人，身条细长，高中毕业，长着一对雨水淋过的黑葡萄一样的眼睛,听大人们说她过去有一个相好,是个中专毕业分配过来的老师,长得斯文,也有本事,还是个吃国家粮的。两个人谈得热热闹闹的时候,小伙子被县教育局看上,自此平步青云,再也没有音讯。秋水伤心过后,在石匠最有钱的时候嫁给了他,本来可以吃香的喝辣的过着阔日子,不承想结婚不到一个月、窝还没抱(三皮娘的原话,意思是还没怀孕),石匠便出了事,她就只好自力更生,用石匠攒下的积蓄在镇子边边上搭了这么个木房子,一边照顾瘫痪的石匠,一边卖起了杂货,日子过得倒也凑合,只是"可惜了这么水灵的一个姑娘了"。

我堂哥三皮的娘,也就是我的婶婶外号萍八卦,是我们镇上的第一"娱记",镇上的事几乎没有她不知道的,而她知道了就相当于全镇知道了。听说镇长有次在公社开会的时候,批评三十八个村支书村长:只晓得盯着牛屁眼看,外面世界天翻地覆你们啥都不知道,但凡你们有萍八卦一半的本事,也不至于连新县长叫啥都不晓得。

拐叔来了后,我们坐在打谷场上听堂哥扯卵谈,堂哥说:我娘说,那拐子(他初来乍到还没打开局面,也没有获得我们的认可,叫他拐叔那是后来的事)是打过仗的,杀了几个越南鬼子,后来负了伤便复员回家了,在县里当放映员。我娘还说,他来这里是因为把县文化馆一个对电影院售票员动手动脚的副馆长打了一顿,然后就被"贬"到乡里来了。

堂哥每次跟我们吹牛皮,开头总是"我娘说",这句话如同"新华社消息",在我们镇上可是绝对权威。一听说他打过仗,我们一帮小崽子愈发肃然起敬了。堂哥的同学卫老鼠问:"他那腿莫非是被越南人枪打的?"

堂哥不屑一顾:"那还用问。"

"那也说不准,没准是骑摩托车摔的,"我的邻居大脑壳质疑道,"你看那摩托车多快,有两个拖拉机那么快!"

"哪里只两个,至少三个。"有人插嘴道。

正当大家为摩托车的速度到底是两个还是三个拖拉机那么快争得不可开交时,礼堂那边忽然响起扩音喇叭的声音。大家正愣着神,堂哥第一个反应过来:"快!放电影啦!"然后丢下我们往礼堂飞奔。我们的迟疑没有超过一秒,全都撒开两腿追了上去。卫老鼠跑得太急,一双黄胶鞋被跑掉了一只也顾不上,看完电影再回去找就怎么也找不着了,被他娘拿着火钳撵着绕了镇子两圈。

整修后的礼堂敞亮且规整。十二排木头条凳整整齐齐,像是等待检阅的士兵,第一排的座位被镇长和书记以及几个吃国家粮的领导占了,他们的凳子上放着带网兜的玻璃茶杯,坐得宽松富余。后面的就很挤了,有的一个人占三个座,有的干脆躺条凳上等着家里人来,大家推推搡搡就差动手了,后面还是镇上武装部的姚专干起来一声大吼才维持住秩序。这时一束强光从礼堂最后面的小窗口射出来,观众们开始兴高采烈地吆喝起来,我们纷纷把手伸进那光线里,摆出各种造型打在银幕上,大家的喧闹声更大了。电影开映,首先是二十分钟的农业技术资料片,大概是教农民如何育种除草施肥之类的,然后就是一个武侠片,名曰《铜头铁罗汉》,这片子看完后第二天,我们几个小孩都让镇上的剃头匠永六爹把头发刨光了。我的邻居大脑壳更狠,每天早上起来练习,用自己的大头去撞他们家的米袋子,说是这样就能练成铁头功,天下无敌。

有了这场电影做见面礼,拐子就算是正式加入了我们永康镇。他个子很高,头发稍有些卷,鼻子高耸还带点钩,眼窝深陷,盯着人的时候能把人看得心里发毛。他不仅须发浓密,腿毛胸毛也很繁盛,这在我们镇上是不多见的。我堂哥三皮猜测,这拐子是猿猴变的,还没有完全变过来。堂哥这么一说,我们就对他更畏惧了。

对于小孩子来说，让人畏惧的东西往往更具吸引力。拐叔一得空就喜欢把他的嘉陵摩托车骑到马路对面的小河边，用水桶舀着河水把摩托车冲得干干净净，然后再用蘸了洗衣粉的排刷和抹布把它的轮毂、发动机还有排气管擦得锃亮锃亮。我们不敢走近，都蹲在河对岸的柳树下远远地看着。拐叔擦完车，就把水桶和抹布挂在车座后面，然后跨上车去，用钥匙拧开锁，右脚给摩托车踩着火，一下两下，当摩托车发出连续的优雅的轰鸣，他便拧动油门绝尘而去。我们便又从河对岸跑回来，追着摩托车的屁股去闻那汽油香香的尾气。卫老鼠喃喃地说："等我长大了，也要买个摩托车。"他这句话算是说出了我们共同的理想。

　　拐叔除了喜欢擦车之外，还喜欢抽烟。他每天到对面的石匠南杂铺买一包两块的"相思鸟"，然后见人就发很是大方。那时候镇上的男人抽得多的是五毛一包的"常德"，阔气一点点的才抽一块的"笑梅"，他的"相思鸟"无疑笼络了很多人。有些脸皮厚的会踩着他买烟的点在马路中间候着他，他也不恼，掏出烟就发。往往是马路还没过，一包烟就剩不下几根了。杂货铺老板娘秋水看不下去了，说道："你们别老抽他的，好歹进来买包烟照顾照顾我的生意啊。"蹭烟抽的人脸上挂不住，便反过来挤对她："我抽冯师傅的烟，你心疼个卵啊？"这么一说，反而把秋水闹了个大红脸，她一跺脚，狠狠剜了人家一眼，扭腰便要回去，可转身的时候又用她那黑葡萄一样的大眼睛瞟了一下拐叔，好像真是这么回事似的。

　　因为电影院的开张，原本萧条的石匠南杂铺的生意貌似有了起色，秋水的精神头似乎也比过去好了许多。她总是穿一条白底蓝碎花的裙子，把她那一头齐腰长的黑头发用一块粉手帕斜斜地扎起来，一边趴在玻璃柜台上嗑瓜子，一边瞟着马路或者马路对面的风景。

据说县里有个"送电影下乡"的政策，是要让每个村每个季度都能看上一场电影。永康和周边乡镇的行政村有三四十个，南方雨水又多，所以天一放晴，拐叔便把放映机、电影拷贝还有汽油发电机绑在嘉陵摩托的后座，走村串巷去放电影。有时是白天去，晚上回，有时候一去好几天。拐叔不在的时候，我们几个小孩在一起讨论他啥时候回，有的说三天，有的说四天，也有的说明天回。在争论没有答案的时候，大家便跑上石匠南杂铺问老板娘："秋水姨，拐叔啥时候回啊？"

这时候秋水装出生气的样子，骂道："你们这帮小鬼崽子，我又不是他什么人，我怎么知道他啥时候回。"

我们理直气壮地反驳道："他不是老到你这里来买烟吗？"

秋水说："来我这里买烟我就得晓得他的行踪啊？！你们赶紧出去玩，别耽误我做生意。"

卫老鼠还是不肯走，说："我婶子说了，拐叔喜欢你。要不镇上三个杂货店，为啥他只到你这里买烟？"

话音刚落，秋水姨从那玻璃柜台里举着根鸡毛掸子出来了，吓得我们一哄而散。秋水姨沿着街边追着卫老鼠不依不饶："你哪个婶子说的，看我不撕烂她的嘴。"卫老鼠仓皇之中又把他娘给他买的新黄胶鞋跑丢了一只，被秋水捡上一把扔进河里了。卫老鼠上次丢了鞋被他娘打得一脑袋包，这次要再丢了估计会给打成残疾。他蹲在河边哭哭啼啼，我们没办法，借来一个虾耙子，在河里捞了半天总算给捞了上来。

一听到"噗噗噗"的声音，便知道是拐叔回来了。而这个时候，无论我们是在学校上课、做作业还是睡觉，总要把头向窗外探去。拐叔回来后，会把白色幕布撑出来在长竹篙上晒一晒，把摩托车骑到河边洗一洗，然后在石匠南杂铺买上一包烟，走出店门口便抽起来。他点烟不用火柴，而是用一个黄铜色的打火机，"刺刺"两下点着，然后深深吸上一口，再缓缓吐出来，像一个从水里憋了很久的人。

上次卫老鼠冒犯秋水被追打之后，我们便再也不敢去石匠南杂铺了。大家都远远地看着拐叔，擦摩托、晒幕布、抽烟，拐叔对我们这帮跟屁虫倒也不嫌烦，甚至有一次还冲我们招招手，给我们分享他去下面放电影时村民塞给他的油炸薯片和熟板栗。拐叔去了村里可比镇长书记受欢迎，乡亲们请他喝自家酿的谷酒、吃挂在厨房里熏得黄灿灿的腊肉，还把山上采的地里种的好东西拿出来送给他，他吃不完就刚好便宜我们这帮馋鬼了。我们飞快地消灭了那小半蛇皮袋薯片后，得寸进尺地提出要看看他的摩托车。拐叔这个时候很严肃，他说：看可以，不许动手。

于是我们一堆小孩围着那台停在礼堂门前的黑色嘉陵摩托车成一个圆圈，开始这个圈直径约有三米，后面就越来越小，越来越小，已经碰到摩托车那冰冷的车身了。卫老鼠第一个违背诺言，摸了摸烟管，因为车刚洗完骑回来，烟管还稍微有些发烫，他手指碰到后又抓紧缩了回去。大家不相信似的，也纷纷伸出手去摸了一下。我往回一看，拐叔正在捣鼓一台双卡录音机，不一会儿，录音机里飘出了高胜美的《昨夜星辰》：

昨夜的昨夜的星辰已坠落
消失在遥远的银河
想记起偏又已忘记
那份爱换来的是寂寞
……

此时无论是高胜美还是杨钰莹，都不如眼前这台嘉陵摩托车对我们有吸引力。大家摸完了排气管，又开始摸皮质坐垫、摸扶手，卫老鼠又大胆迈进一步，他按了一下右边把手的红色按钮，结果"嘀——"的一声喇叭响起，把我们和拐叔都吓了一大跳。还没等拐叔吼，我们几个早已吓作鸟兽散。

逃出礼堂后，我们在镇子东边重新集结，大家还在回味嘉陵摩托那冰凉坚硬的触感，以及那一声清亮的喇叭声。大家叉腿坐在一棵歪脖子柳树上，嘟着嘴唾沫横飞地发出"噗噗噗"的引擎声，幻想着坐上摩托车风驰电掣的感觉，卫老鼠又喃喃地说："等我长大了，攒够了钱，一定要买一个跟这个一模一样的摩托车。"

大脑壳更狠，说："我要买两台。"

我要买三台，我要买四台……争吵声此起彼伏，像知了的叫声一样湮没在永康镇凋敝的夏日里。在大家还在憧憬着坐上摩托车的时候，我的愿望竟然成了现实。

六月的一天晚上，我正就着煤油灯盏写作业，忽然肚子痛了起来，这种疼痛很要命，我直接在地上打起滚来。我爸抱着我去了镇上的卫生所，医生看了后说是阑尾炎，要手术，随后他双手一摊，"我这里做不了手术，要去县里。"这个时候我已经疼得像一只正在被劁的小猪崽，叫声很凄厉，把我爸妈都吓坏了。医生又说，这个得赶快，弄不好要出人命的。我爸听了后就冲出去了，不一会儿，卫生所门口传来"噗噗噗"的声音，拐叔在外面喊："快上车。"

我一听能坐摩托车，似乎疼痛减轻了一半，惨叫的分贝也降下去了。拐叔二话没说，驮着我和我爸就冲向县里。摩托车骑了近一小时，手术却只花了十几分钟。大夫说，得亏送进来及时，不然就有生命危险。出院回家之后，我爸特意买了一斤猪肉和一条鱼，提了一瓶"邵阳大曲"，把拐叔接到家里吃饭。两杯酒下去后，拐叔开始叫我爸"老班长"。我爸是七六年的兵，自卫反击战时他属于二线布防，没赶上参战就复员回家了。拐叔是八三年的兵，轮战的时候上了老山，在那里挨了两枪，在后方医院躺了半年才复员回家。

"你的腿，就是那时受伤的吧？"我爸小心翼翼地问道。

拐叔点点头，把左腿裤管拉上来，一直卷到大腿处。他的膝盖往上几厘米处，一个暗红色的瘢痕，如一摊燃过之后的红蜡烛粘在大腿上。"还有一个在这里，"他指了指肩胛骨，"一个是贯穿伤，一个是嵌入，弹头花了好长时间才找出来。"父亲听完，端起盛酒的茶碗一口干了。拐叔说，能活着回来就是幸运了，同一批去的，还有好多埋在麻栗坡，有些连尸首都不全……说完，他也一口把碗里的酒喝完了，然后用手掌匆匆抹了一把脸。

那顿饭之后，拐叔没事就过来串串门，遇上饭点了也不客气，自己跑厨房里拿一副碗筷就坐桌上吃起来。偶尔也会从兜里掏出一张十元钱，对我吩咐道："买瓶酒、买包烟去。"还不忘交代"去石匠那儿"。我最乐意的就是这样的差使，"邵阳大曲"七块五，"相思鸟"两块，剩下的五毛便是我的"跑腿费"。我攥着钱去了石匠南杂铺，买上烟、酒和自己心仪的小零食，再乐颠颠地往回跑。这时秋水便要拦住我，问："拐子又在你们家喝酒呢？"又问："你妈做什么好吃的了？"又问："他怎么跟你爸那么多话聊啊？"直到木屋里间卧床的石匠发出轰隆轰隆的咳嗽才肯放我走。

因为这一层关系，拐叔对我和其他小孩自然不一样。特别是上一次坐上了他的摩托车，让小伙伴们羡慕得很。这样一来，我这个肚子上为阑尾开的刀竟然像战场上负的伤一样光荣。卫老鼠说："我什么时候也得个阑尾炎就好了。"他甚至找到镇卫生所的刘大夫，向他咨询怎样才能得阑尾炎。刘大夫是个坏蛋，竟然告诉他，生吃野草就能得上。没想到这傻子竟真的薅了一把狗尾草、野蒿子吃进肚子里，结果吐得家里满院子都是绿汁，把他们全家吓坏了。卫老鼠的妈在镇上凶悍是出了名的，她冲进卫生所，给刘大夫的脸上挠了三道血印子才算作罢。

上世纪九十年代的永康镇，贫穷凋敝却怡然自得，像一个没见过世面也不思进取的年轻人。天气晴好的时候，一桌一桌的麻将摆在路边，洗牌声此起彼伏不绝于耳，新开的"珊珊美发屋"用双卡录音机循环播放着叶倩文的《潇洒走一回》，穿着时髦牛仔裤、染着黄头发的珊珊用她那从广州学来的洗吹剪手艺挑战六十多岁的剃头匠永六爹的权威，铁匠铺里永远叮当叮当地敲着，敲出一把把锄头镰刀火钳，屠坊里每天早上有猪的惨叫，这是许多孩子上学的闹钟……拐叔到来后，镇上不但每过一段时间就能看一场电影，而且还是方圆数十里最早看到新电影的那一批，这样永康镇就更像一个"四个现代化"的镇子了。他来了后不久，我们又看了《绝代双骄》《霸王花》等几部特别过瘾的片子，这无疑是我们在学校吹牛皮的巨大资本。

拐叔在礼堂放电影，是镇上男女老少共同的狂欢。大家早早地吃过晚饭，去礼堂占座。第一排照例是给领导留的，谁也不敢坐，后面的就看谁嗓门大或拳头硬了，要是嗓门也不大拳头也不硬，那最好的办法就是自己带个马扎过来坐在过道上，再不行就只能站着了。其实放眼整个礼堂，最好的观影位置不是第一排，更不是后面几排，而是拐叔的放映间。那是观众席背对着的一个小房间，窗口很小，只能坐下两三个人。因为拐叔和我爸的关系，我就成了那两三个人中间的一个。这个位置得天独厚，看电影的时候根本不用仰着头，平视就可以，不仅如此，观众席上的情形也一览无余。当我看着堂哥三皮、卫老鼠、大脑壳等那些小伙伴们伸着脖子踮着脚，恨不得把自己变成一只鸭子去看银幕时，心中充满了优越感。电影开始后几分钟，敲门声响起，很轻，三下。拐叔正在放电影，对我说："去，开门。"我就跑过去把门打开。是秋水。

我喊了声"秋水姨"，她伸出一只手揉了揉我的头发，另一只手从兜里掏出了一包牛皮纸包的兰花豆。

"给你们。"她冲我说，眼睛却盯着拐叔。她的手指真长啊，像一节节的兰竹，可惜色泽暗淡，一副打起人来很痛的样子。

"坐吧。"尽管今天秋水穿了一条漂亮的连衣裙，还搽了香粉，拐叔的眼睛却没有在她身上停留，他要全神贯注放电影，容不得闪失。秋水一改往日的泼辣，温顺地坐在我旁边，也把目光投向银幕。

然而，敲门的可不只秋水，还有我的语文老师周其美和供销社卖化肥农药的售货员肖月华。我的语文老师周其美，长得并不美，还生了一副公鸭嗓，上课时声嘶力竭，听起来很是费劲；她有一根两尺多长的竹篾教鞭，中间裂开了一道缝，谁上课不专心或背不出课文便会挨上她一鞭子，鞭子上那道缝在打人的时候还能起到夹肉的作用，很是恐怖。她除了是我们的语文老师之外，还有一个身份是诗人，据说她在我们县里的报纸《罗城晚报》发过一首长达七行的诗歌，从此成了永康镇最有才华的人。她逢人就说县文联要把她调过去，也不知道后面为什么没有成行（可能是文联嫌她嗓音太难听了吧），便郁郁不得志地继续教着我们语文，动不动就打我们的手板，骂我们草包。拐叔过来后，她总喜欢以借阅小说之名来礼堂找拐叔，一来就赖在那里不回去。可是拐叔对她似乎并不感冒，刚敲门的时候他已经知道是她了，却跟我交代"别开"。我只能老老实实坐着，一边看电影一边担心明天周老师会不会找个什么借口把我手板打肿。另一个敲门的肖售货员虎背熊腰，六十斤一包的碳酸氢铵，她一个胳膊夹一包走路都不带喘的，平素身上总是一股尿素味儿，今天为了来看电影专门洒了许多花露水，估计十米内的蚊子都要死绝。她敲门的声音不仅大，还挺执着，搞得看电影的一个个都扭过脖子回头看，拐叔却像没听见似的专心放着电影。这个时候，秋水姨的脸上浮现着胜利者矜持的笑容。

人的一生会伴随着许多过错。有心的无心的，有些错误就像粉笔写在黑板上，一擦就掉了，有些却像用钢钎凿在石头上，任它风吹雨打总是抹不去。我有印象的第一个刻骨铭心的错误，是看完电影后的第二天放学回来，我的婶婶当着镇上许多妇人的面把我拦住，她问我：看电影的时候，拐子和秋水有没有拉手、打"啵"，我摇摇头，说没有。放电影的时候拐叔在一侧，我和秋水坐另一侧，他和我们之间隔了一台放映机，怎么可能干那些事呢？

婶婶从兜里掏出一瓶铝罐子的健力宝，满脸得意：中午吃席挣的，想不想喝？想喝就告诉婶婶他们在里面都干啥了。她又说：三皮我都舍不得给哦。

健力宝我只喝过两次，一次是爸爸出了趟远门回来给我带的，只抿了一口我就感觉胜过了橘子水、冰糖、柿饼、香蕉、猫耳朵、扣肉等一切人间美味；另一次则是我生病发烧好几天，躺在床上不停念叨想喝这个，妈妈托人从县里买的。那玩意儿喝下去，就像千万只小小的蚂蚱在嘴里喉咙里欢快地跳跃，一下就让人神清气爽了。可惜我爸难得出一次远门，我也不可能总是有机会发烧。当婶婶把那铝罐罐摆在我面前时候，我舔舔嘴唇，明白了一个道理：要想喝到健力宝，唯一的办法是告诉她们想要的答案。于是我点头，对着几个伸长了耳朵凑在我面前的婶子们，故意压低声音说："他们拉手了，还打'啵'了，亲得嗞嗞响。"妇人们哈哈大笑起来，我也笑了，我不仅赚得了一瓶健力宝，还成功逗乐了这群大人们。

婶婶又问："他们怎么亲嘴的？"

我学着刚从电影里看到的,歪着头叉着手,闭上眼睛嘴巴叽叽作响。妇人们又是一阵大笑,揉了揉我的头发,心满意足地放我走了。

没过两天,我放学回家,推开门发现爸妈都在。他们的表情一脸严肃,妈妈问:"我问你,前几天你在礼堂看电影,看到你拐叔和秋水姨……在一起了吗?"

我妈大概是不好意思问我有没有看到他们牵手、打"啵",所以这么问。我意识到问题的严重性,便回答道:"在一起啊。"

我爸干脆直接一点,问:"在一起干吗呢?有没有牵手,或者其他的?"

"有,"我开始嘴硬,脸却红了,"我看到了。"

"看到什么了?"

"他们一起牵手,打'啵'。"说这个话的时候,我因为底气不足,声音便很小。

我妈突然提高了声调,问道:"我现在问你你必须老实回答,你究竟有没有看见?!"

我妈很少这么严厉,她这么一问,便把我吓回原形,我赶紧回答:"没有。"

"那你为什么要撒谎?"我"哇"的一下哭出来,便把婶婶给我健力宝的事说出来。婶婶的事刚讲完,我爸便把一个笤帚攥在手里朝我屁股上狠狠抽了一下,印象中那是我爸唯一一次打我,他一边打一边吼:"我打你一是因为你撒谎,不诚实,二是因为随便一点东西就把你收买了,没骨气,我打你是让你好好记住,要怎样做人……"

那次之后,有很长一段时间拐叔没有来我们家,我也不敢再去礼堂了。我远远地看着拐叔骑着摩托车上上下下,听着"噗噗噗"的马达声,心中充满了歉意和悔意。小伙伴们凑到一起,谈论的话题依旧是拐叔,只

193

是我学会了沉默。

堂哥三皮说:"你们知道拐子在战场上受伤挨了几枪吗?"

我当然知道是两枪,但我不会回答。上次的教训太惨痛了。

大脑壳说:"一枪吧。"

堂哥摇摇头,伸出两根枯树枝一般的手指。然后故意卖着关子问:"你们知道他两枪都打在哪里吗?"

大脑壳又说:"腿上肯定有一枪,不然不会变成拐子。"

堂哥三皮继续点点头,说:"还有一枪呢?"

"在哪?在哪?"

堂哥说:"还有一枪打在他裆里,把他小鸡子打掉了。"

"啊?!"大家都惊掉了下巴。

大脑壳问:"这也是你娘告诉你的吗?你娘真厉害,啥都知道,连拐子小鸡子掉了都知道了。"

大家哈哈大笑起来。要是别人,堂哥早就动手了,无奈大脑壳体形壮硕,头大如斗,最近还苦练铁头功,堂哥根本就不是对手,只能恨恨地说:"别看你脑壳大,里面都是草。你们想,不然他为啥条件那么好,还吃国家粮,怎么快三十了都不找老婆。"

大脑壳难得地附和道:"也是,你看镇上喜欢他的女人都成堆了,也不见他跟谁搞对象。"

大家陷入了沉默,似乎遇到了一道初中才能解出来的数学题。过了一会儿,大脑壳又大感不解地问:"可是,为什么他对秋水那么好?"

堂哥叹了口气,显得无比老成:"大人的事,谁知道呢!"

入秋了,镇子周围的农田里到处是金黄的水稻,空气中弥漫着甜糯的气息。知了已经不再聒噪了,麻雀和鹌鹑却欢实起来,在熟透了的稻田里蹿上蹿下。学校放了一周的假,让学生帮着家里收稻子。我们镇上的几个小孩家里大多没有种稻子,便终日无所事事地闲逛着,拿弹弓打麻雀斑鸠,偷附近老乡家里的橘子红薯,在小河边拦坝舀水抓鱼虾,或者到收完稻子的田里挖泥鳅捉鳝鱼,然后把成捆的秸秆点着,再把鳝鱼泥鳅扔进去烤熟。鳝鱼被火烫过后会盘成像蚊香一样的螺旋状,吃的时候撒一点从家里偷来的用纸包着的盐,咬着鳝鱼头往后一撕,整个身子就和内脏分离了,这种吃法名曰"太极图",很是解馋。

当然,这一切的乐趣加起来还不如一场电影。听说拐叔刚从县里拿到了一部新片叫《特警出击》,大人们顾不得田里的稻子还没收完就守在礼堂占着座位,附近卖甘蔗的敲米糖的打爆米花的也都趁机在礼堂门口支起摊子。我却被我爸以上次犯了错误为由关在家里。我在房间里上蹿下跳,闹着要去看电影。可是他的笤帚我是领教过的,哭和闹根本无济于事。正绝望之际,卫老鼠匆匆跑到家里,气喘吁吁地说拐叔叫他来叫我看电影,"拐叔还说了,他不来电影就不开映。"这下我哭得更大声了,我妈心软了下来,放了我一码,问我记住上次的教训了没有。我擦着眼泪鼻涕一边高声应着记住了,一边拉着卫老鼠飞奔向礼堂。

到了礼堂我却慌了,迟迟不敢敲放映间的门。卫老鼠却一把将我推进放映间,一边推一边高喊:"拐叔,人我是给你带来了,明天记得把摩托车让我坐一下。"

进门后,拐叔正忙活着放农业技术片,他头也不抬对我说:"去,帮我倒片子。"所谓倒片,他教过我,就是用一个空盘把放完的电影胶片从另一个盘里转出来,这样能保证下一次放的时候头在前。我忙不迭上了倒片台,搅动转盘倒片子,不一会儿就倒完了交给他,他检查了一下,满意地点点头，这才瞅了我一眼，骂了一句："小鬼崽子。"他骂完我就放心了，此时电影正片开始，礼堂内一片欢呼声，我专心坐在他对面看起了电影。门外敲门声响起，我正要起身，拐叔却说"别开"，停顿了一下他又补充道："谁来都别开。"我小心翼翼地问："如果……是秋水姨呢？"他瞪了我一眼，说道："她还敢来吗？她都怕了你了。"我自知闯祸，不再吭声。拐叔不再看我，扔过来一包兰花豆，牛皮纸包的，味道还跟上次一样，是石匠南杂铺里的。

这场电影之后，拐叔又来家里吃饭了。依旧是掏出十块钱，让我买包烟，买瓶酒，却不再交代"去石匠那"。上次被我爸打过一顿之后，我经过石匠南杂铺都绕着走，买零食也只能去镇子东头的"蒋记杂货"。这次替拐叔买东西，尽管他没有交代，但我知道是躲不过去了，便麻着胆子去了秋水姨那里。

天气晴好，秋水姨正吃力地背着她那瘫痪的丈夫出来晒太阳。石匠常年躺在南杂铺后面的小房间里，很少出来，脸色惨白，胡子拉碴，看上去瘦得如同一抱柴火。尽管如此，秋水姨背着还很是吃力，过门槛的时候趔趄着险些摔倒。我赶紧帮着她托住石匠，一点点挪出门来。他身上散发着一股老年人才有的油腻的肮脏的气味，屁股上的骨头竟然有些硌人。我顾不得那么多，托着他的屁股努力减轻秋水姨的负担。她回头一看是我，愣了一下，随即脸又红了。把石匠安放在门外的竹躺椅上后，她扯了扯皱在一起的衣襟，擦了擦汗。这时我从兜里掏出十块钱来，喊道："秋水姨，买一包烟，打一瓶酒。"她张了张嘴，想问了什么，终究没问，她从玻璃橱柜里拿出一包"相思鸟"，然后从背后的货架上再拿出一瓶"邵阳大曲"，问："还要什么？"

我看着货架上一把漂亮的荧光绿的塑料水枪，问道："秋水姨，这个多少钱？"

"一块钱。"

"哦。"我叹了口气,没说话,眼睛却还盯着那把枪。

"喜欢吗?"她这时脸色好看了一点,问道。

"喜欢。"

她从袋子里拆下一把来,递给我:"便宜卖给你了。"

九月的一天傍晚,语文老师周其美忽然来我家家访。爸妈以为我在学校又闯祸了,一边批评我一边忙着煮红枣鸡蛋招待老师,所幸我在学校表现还不错,周老师的态度更是前所未有地好,把我夸得像神童转世文曲星下凡一般,乐得我爸妈都合不拢嘴。夸完我之后周老师便吩咐我赶紧去写作业,又把我爸支走了,只剩下她和我妈就着灶台的火光有一搭没一搭地聊了起来。聊到天完全黑了下来,我所有作业全写完了周老师才脸上泛着红晕起身告辞。我妈让我把我爸从外面叫回来,笑着说道:"又一个让我们做媒的来了。"

拐叔从县里回来,嘉陵摩托车后座除了绑着两卷最新换的电影拷贝,还挂着一条大青鱼,鱼尾巴都拖到地上了。这么大的鱼一般在罗城西边的洞庭湖区才有,永康地处丘陵,平素很少见。他把摩托车招招摇摇地骑过我们镇子,径直停在我们家,招呼我爸把鱼卸下来宰了,晚上煮鱼吃。

"这么大一条鱼,哪吃得完哪!"我妈惊呼道。

拐叔笑了笑说:"吃不完你就送点给别人呗。"

"送谁啊?"

拐叔又笑了笑,挠了挠头上的卷毛不说话了。

鱼开肠破肚以后,我妈把后半截剁下来装蛇皮袋子里,让我拎着送去石匠南杂铺。鱼实在是太沉了,我提得跟跟跄跄,最后差不多是拖着到了他们家。秋水姨看见我，吃了一惊，问："你提的什么？"

我喘着粗气，答："鱼。拐叔从县里弄回来的。"

秋水姨接过蛇皮袋打开一看，惊叹道："我的娘！这么大一条。"继而红着脸，像冲着我又像是自言自语，"这么多哪里吃得完！"

话虽这么说，还是喜滋滋拎着去了厨房，随后又抓了一把花生糖塞我兜里，说道："让你拐叔少喝点，别一喝多了就唱《血染的风采》。搞得全镇都听见，太丢人了！"

我听了很不高兴，喝多了唱《血染的风采》的，除了拐叔还有我爸，她凭什么说丢人。于是我气呼呼地冲着秋水姨喊道："唱得挺好的，哪里丢人了。"

秋水姨扑哧一下笑出声来，揉揉我脑袋进去剁鱼去了。

果然又喝多了，果然又唱起了《血染的风采》，拐叔和我爸敲着碗打着节奏，一唱一和，居然唱得还挺好听。一曲唱罢，我妈端着姜盐豆子茶过来，顺便夺走了他们的酒瓶子。我妈冲着拐叔问："小冯，你二十八了吧？就没有考虑找个姑娘谈个对象？"

拐叔愣了一下，没说话。

"你看镇小学的周其美周老师怎么样？在编教师，有文化，跟你一样也是吃国家粮。她爸你也知道，周副镇长，虽然已经退了，但在永康也算是有头有脸的……"

我并不喜欢我的语文老师周其美，她的面相寡淡而刻薄，总是喜欢翻着眼皮用三分之一的眼珠子瞟着我们。有一次我的好朋友大脑壳考了十七分，她在课堂上用那根裂开了口的竹教鞭打了他八十三板，整整一节课我们都听着大脑壳的哀号，心中充满恐惧。拐叔要是跟她结婚的话，只怕是凶多吉少——不过也不怕，拐叔当过兵，武艺高强，虽然腿脚不利索，但对付一个女人总是够的……

在这一片胡思乱想中，我倒在床上昏昏睡去，不知道拐叔是什么时候走的，也不知道他应下来了没有。

《新龙门客栈》在礼堂上映的时候，附近乡镇的村民几乎都要把礼堂挤塌了。为了争座位，镇上几个愣头青和外乡来的一伙人打了起来，有两个头被螺纹钢筋开了瓢，有一个被打断了腿，自此也加入"拐子"的序列，被乡下人取名"二拐子"。所幸械斗都是发生在礼堂外，并不影响我们看张曼玉和梁家辉。这部片子唯一让我到现在还有深刻记忆的是，等我赶到放映室的时候，里面还坐着我的语文老师周其美，她穿着一件浅绿的呢子大衣，脸上敷着厚厚的粉，嘴唇也红艳艳的，看上去并不像我认识的周老师，而是有点像附近农村庙里供的一尊雕工不好的灵官菩萨。那一刹那我有些恍惚，也忘了叫她"老师好"，直到拐叔指挥我说"赶紧倒片"，我才缓过神来走向倒片台。

在我专心致志搅动倒片架的时候，我听到拐叔轻声说：你别过来了，还是坐到对面去吧，我这边要放片子，出不得岔子。我一扭头，正好与周其美的目光碰上，她的眼神像一道闪电一般击中了我，吓得我像考试作弊未遂一般赶紧转过头去。

那天的电影，看得我魂不守舍。第二天小伙伴们复盘电影情节的时候，我无精打采，啥都没记住。我堂哥三皮问：你不是去了那个小房间看了吗？咋跟个瘟鸡子一样？是不是因为周其美也进去了？

我沮丧地点点头。

三皮继承了他娘的优良传统，对小道消息保持着天然的敏感。他扒着我的肩膀问：他们在里面干啥啦？有没有牵手？有没有打"啵"？

我已经在这个事情上栽过跟头了，教训很深刻，此刻只是拼命摇着脑袋，并不搭腔。

堂哥一看我这态度，顿时有些生气，他一把推开我：不说就不说，你以为我不知道。我娘说了，拐子和周其美已经谈恋爱了，你娘做的介绍人，他们过了年到正月就要结婚。

唉，可怜的拐叔，我叹了口气。

冬天来了，最后一茬红薯收完，农民们烫着红薯粉熏着腊肉劈着柴火准备过年，从广州、深圳打工的年轻人也回来了，他（她）们穿着紧巴巴的牛仔裤，把头发染得像霜打过的冬茅草，行李鼓鼓囊囊，里面装着港台歌星的磁带，我们不曾尝过的朱古力糖果、洋气的衣服和电动玩具，以及可能存在的大把大把钞票。拐叔依旧骑着摩托车走村串巷去放电影，有时三五天，有时个把星期回来一趟。回来后照例是来我们家，照例给我十块钱，交代去买一瓶酒一包烟。只是我去石匠家的时候，秋水姨不再大着嗓门问东问西，也不再揸开细长的手指揉我的头发，她例行公事般从货架上取下我要的东西就转过背去，照顾里间那个喉咙像风箱一般呼噜呼噜作响的男人。

小年就快到了，雨却一场接一场，风也呼呼刮着。老天似乎是搞错了节令，把原本春天才开闸的雨水赶在年前一股脑儿全倒了下来。夜晚，雨点炒黄豆一般打在屋顶的瓦片上啪啪作响，窗外像是被墨汁泡过似的一片漆黑，寒意从门窗缝钻进家里，全凭堂屋里生的一炉炭火抵挡。炉子里烤着红薯，妈攥着火钳，一边从灰堆里翻腾着红薯，一边和我爸有一搭没一搭聊着。忽然门外骤然亮起，紧接着一个炸雷在我们院子外面劈响，吓得我一下子钻进我妈的怀里。

困意如潮水般袭来，但我不愿意离开火堆去冰冷的被窝，就赖在妈妈的怀里打着瞌睡。不知过了多久，门突然砰地被撞开，冷风吹得我一个激灵。我睁开眼睛，浑身湿透、只穿着一只鞋子的秋水姨正神情恍惚地站在门口。她的头上，还顶着几根河里长的"虾须草"。

"怎么回事？"

"姐！"秋水号啕大哭起来，"房子塌了。"

"石匠呢？"

石匠是第二天在下游的拦河坝被发现的，捞上来时已经被泡得又白又肿，看上去竟然比活着的时候更显年轻。唯一让人觉得可怕的是，他那双眼睛始终圆鼓鼓地睁着，任谁去摸眼皮都合不上，最后不得已找了块蚊帐布盖在了他的脸上。无处可去的石匠被一辆板车拉到了礼堂门口，停了两天就在乡亲们的帮衬下匆匆下葬了。出殡那天刚好是小年，秋水作为唯一一个穿麻衣的人，跟在棺材后面从镇子的最西头走到最东头。按照我们永康的风俗，棺材经过各家门前时会停一停，各家会点上一小挂鞭炮以示送别，这样死者家人就要停下来给各家磕头答谢。秋水挨家挨户磕着头，一下二下三下很是郑重，脸上却没有悲伤的表情，甚至见到我时还微微笑了一下。这后面成了我婶婶萍八卦她们嚼舌根的主要素材。

小年夜，鞭炮声噼里啪啦响起，各家似乎都想多放点鞭炮，赶走白天沾上的晦气。晚饭时分，我妈用瓦罐盛了一罐鸡汤，让我端到礼堂去给临时安顿在那里的秋水。其时天还没黑，但那里毕竟刚放过死人，说不怕是不可能的。我硬着头皮提着那个瓦罐，跟跟跄跄跑向礼堂。

昨夜的昨夜的星辰已坠落

消失在遥远的银河

礼堂里竟然响起了歌声，毫无疑问是那台双卡录音机里传出来的。

"秋水姨！"我高声喊道，以此抵御我的恐惧。

"你来了啊！"她的声音似乎还带着点惊喜。

"我妈让我给你端过来的。"我放下鸡汤就准备跑。

"替我谢谢你妈，"她逮住我，用那细长的指头揉了揉我的头发，"只是，我再也没有兰花豆给你吃了。"她说这一句的时候我已经挣脱她，腿跨过了礼堂的门到马路上了。身后继续飘来歌声——

想记起偏又已忘记
那份爱换来的是寂寞
……

深夜，半梦半醒中，我似乎听到了摩托车的声音，但又觉得并不真切，可能只是做了个梦。第二天一早，我问爸爸，是不是拐叔回来了。我爸似乎点了点头，然后又摇了摇头，也说着模棱两可的话。吃过早饭，我爸干脆带着我去礼堂，并没见到拐叔，也没见到嘉陵摩托，也没有见到秋水。

"可能是还没回来吧！"我爸自言自语，后来又这样劝慰守在礼堂不肯走的拐叔未婚妻周其美。

……直到春节过后，派出所的一台边三轮摩托车拉着两个民警到礼堂转过一圈，随后镇上的干部卸掉了那块"罗城县电影公司永康镇放映站"的木牌牌，我们才确信：拐叔和秋水，连同那台嘉陵摩托车和长江电影放映机，都消失了。

补 记

　　《新龙门客栈》在镇上放映的那天晚上，猎户（也是我爸的战友）王德榜打了一只麂子兴冲冲地跑来我们家搞夜宵吃。我妈会做菜，我爸好吃喝，这个是镇上都知道的。王德榜也不拿自己当外人，把麂子处理干净扔在我们家灶台上后就在房间里到处翻腾找酒。

　　"等会儿，"我爸拦住他，然后看看表，已经是晚上十一点多，电影早就散场了。他吩咐我，"你去看看你拐叔睡了没，没睡就过来喝二两。"

　　我领命而去，跑向礼堂。礼堂门关着，但我知道钥匙在哪，拐叔每次出去放电影的时候，都嘱咐我照料好他窗台上养的两盆韭菜兰，隔两天要浇一次水，所以我开门开得驾轻就熟，甚至不开灯也能摸到他的住处。

　　然而礼堂里似乎亮着，我继续往里走，居然看到巨大的幕布上正无声地放着《新龙门客栈》，客栈的伙计正在使用快刀将一只羊剥成一副骨架。在没有喇叭扩音的时候，放映机转动的声音还挺大。我循着声音将目光从门缝里看向放映间，秋水姨和拐叔肩并肩背对着我坐着。秋水姨穿得很单薄，腰身细细的像一只黄蜂。大概是天冷的缘故，她跟拐叔挨得很近很近，拐叔的一个胳膊搭在她的肩头，两个人看上去竟然比我爸妈的结婚照还显得般配。我在门缝里看得恍惚，竟然不自觉吞下了一口口水。口水落入喉咙里的时候，像一块石头扔进深井，发出沉闷的声响，这声响竟然把我自己吓了一跳。我回过神来，悄悄撤了回去。

　　回家后，我跟爸爸撒了个谎：拐叔早睡了，打鼾打得震天响。我不知道我为什么要这样做，到后来也更加没有勇气去承认自己撒过这个谎。这是我压在心底三十年的秘密，从未对人言说，直到今天，我才跟你说出来。

· 作者简介 ·

丰杰，男，1985年生，湖南岳阳人。中国作家协会会员。有作品发表于《人民文学》《当代》《解放军文艺》等刊物。出版有长篇小说《一地烟灰》《斑斓——毕业了，当兵去》，中短篇小说集《火锅之死》。曾获第二届欧阳山文学奖。

樱桃树

□ 秦汝璧

当大巴车进入柳西镇的镇口时，赵益书总会想起路口的一座名人像。那是南宋的抗金英雄。据《宋史》记载这里曾是南宋某著名战役的古战场，并大胜金兵。暂时先不考虑这历史事件的可靠性吧，因为再往后面看的话会使人产生一点疑惑。名人像后面有一座偌大的花圃，花圃中有一座简易的钢材质构造，说不出是怎样的一种具体的构造，是给这个小镇增添一种后现代化的玄思吗？或许是自己的记忆有差错。但是赵益书分明也还记得凌空铸有一个椭圆，并在椭圆的缘边点缀一颗大星，从这颗大星开始角勾角串联三颗小星。许久以前是一个月亮，月亮有次掉了下来，躺在花圃里很多天。他一直留意，最终偶然发现那月亮被重新装在一家服装店的招牌上……马上，这些细小的尘埃扑面而来。

从昨天中午开始，他的继母银妹隔一段时间就打电话问到哪儿了，但他说不出具体的地址，只约略地以建筑物或描述某一特点来告诉她。他有些厌恶她这样突如其来的亲近，不怎么自然。如果不是这次因为祖父去世，他还是像往常一样，只在每年春节假期的最后两天回来看看祖父，在银妹那儿喝杯茶，算是尽了孝心了。离家越近，他越感到支离破碎。高铁窗外的建筑物很少，只有一片荒芜的视野。他竟然无法告诉银妹，他已经到了可以用"荒芜"这个词来表述特点的地方，知道银妹听不懂，那他会想更多其他词语来解释。就在琢磨"荒芜"这个词的时候，他心里一惊，不为现在，只为着过去。他曾经在这里生活了十八年，居然生活了十八年。好比现在，他对"荒芜"这个词也感到陌生。

　　除去荒芜的视野，那尊不朽的雕像，还有许多亘古不变的东西，连那亘古不变也荒芜起来。是如此理直气壮！他直接奔赴祖父的家门，与先前一样，第一眼就看见祖父家院子门口的一株樱桃树。它天生地长在那里，永久地长在那里，若是想一想这其中，便想不出有何必须要长在这里。只是每年到五六月，樱桃就饱满，过于饱满便闪溢出光泽，使得樱桃的红色丰富而多彩。这就招致许多危险。

　　果然如此。不过刚过五月，树的一半仿佛已死，因为树的半边没有一片绿叶。而樱桃又早被摘得几乎一个不剩，只有零落的几颗挂在最高枝。昨天刚下过雨，院门前的一块泥地已被踏得满目疮痍，只依稀能够辨得泛青的樱桃裹着烂泥混在里面，应该是刚被棍棒打落下来。祖父之前因过分衰老，本就无心照管，即便如此，他还在最后的时光中尽力照拂。他人在昨天去世，或许这樱桃就在昨晚被毁灭了。

　　赵益书弯腰拾起泥地里未熟的樱桃。大妈晁贵娣看见了，就说："你现在不打下来，别人也会来霸占。这里的人不知道有多坏。"

　　对于这株樱桃，赵益书小时候会认真地去屋内拿个小凳子放在下面，然后郑重地站在上面摘几个下来。他总是先仰头凝视很久，怎么会有这么好看的水果呢？内心既丰盈又空虚，实在弄不大明白了，才去吃掉。樱桃也不十分甜，所以并不嗜好。但自打他十八岁离开这里后，就喜欢上了吃樱桃，再也没有变过。他这才忆起祖父家的樱桃原来并不是小时候所以为的滋味。

"樱桃树要挪到院子里去，你家叔叔几天前还说要移到他家院里。"晁贵娣说，"要我说，现在没人看管，平时就是没人偷，那天上的鸟也来啄。外面樱桃一直卖得贵。"

晁贵娣从祖父的屋里出来，肩膀上正搭着一袋油菜籽，看见赵益书还站在那里，忽然兴冲冲地一笑。她大概以为他也在动这樱桃树的心思。然而看见他在那里良久不说话，她就觉得他有点怪相。他跟这里的人确实也不同，三十好几才谈到一个女朋友。小时候还没那么怪，自从出去，就不大跟这里的人说话了。况且听银妹抹泪谈起来，说这个未来媳妇左腿小时候因为车祸落下点残疾，但不影响走路，模样倒是还说得过去。大家都叹口气，直说益书傻。放着益书这十二分的人才，在哪里找不到一个更好的呢。贵娣看了他一眼这副怪模怪样，几乎是带着挑战的神情。

叔叔赵晓菲的老婆李红侠顾不上跟赵益书说话，小步快走，把祖父去年秋上收割下来留作口粮的稻子麻溜地往家扛，有十多麻袋，扛得气喘吁吁的。那赵晓菲因为年纪也大了，坐下歇息吃口烟，李红侠看见便骂："每天三顿饭，顿顿两碗米，也没看见你息下来不吃，现在扛粮不能扛了，你的力气拿去喂狗了。"赵晓菲不理睬。李红侠跑过去就是一猛脚。赵晓菲疼得嗷嗷叫。她看了眼晁贵娣因为气力不够，渐渐面红耳赤，便又说："这婆娘就像千年没见过那几袋菜籽一样，给我是没眼睛看。"虽然他们对屋内的存粮做了切割，但是在搬的时候还是不由得急起来。晁贵娣从别处听到这话，放下菜籽，苦笑说："说我没看见过菜籽。你们是不知道哩，她头里先说要菜籽，后改口说要黄豆，没过两天，又说黄豆最近卖不到好价格，说要稻子。我们是随你，你要什么就拿什么。她现在倒说起我来了。"大家听完，也都客气地劝解一番。

"你们老头子还对你们有点贡献哩，死的时候毫无征兆，不住院不糟蹋人。小绍家的老太瘫在床上好几年了，这几日拉的屎都已不成形，就是死不掉。她的媳妇怨气冲天的，天天问她什么时候死。"

晁贵娣一听，不愿意了，说："哪个要老头子死？死鬼生前轮到我们家的时候，养得白白胖胖，把他送到老三家，连他们家亲戚都说'在你家养得不错'。"在一旁的赵晓春睨了贵娣一眼说："你怎么知道就养胖了，你去拿秤称过了？"贵娣听完这话，恨恨地转过头去。

不多会儿，屋内已搬罄。李红侠还站在里面整理衣物，一处处都用手过一遍，若是发现硬硬的，像是触电一般，立刻翻开来看。整理完衣服，便又去一寸寸地摸排房屋隐蔽的地方。因为大家都担心老头子会把银行支票与现金藏在哪个犄角旮旯里，死得太突然，来不及交代遗产。贵娣则是在米缸处挖米，因为她也怀疑会有什么藏在那米缸里。

小绍家的老头子死的时候把银行支票与现金藏在老棉裤的裤脚中，谁能预料得到呢？七七烧房子的时候，要把死人生前的衣服送到阴曹地府去，让其在那边也有好衣穿，于是一把大火全烧了。大家都知道小绍的老头子有些老本，死的时候居然没有发现一个大子儿，再三逼问老太婆，那老太婆眼睛都已睁不开，若等她眼睛睁开就要好半天。大家都等不及，只好各自到处找。终于，在衣服的灰烬中看到那金光一闪，大家一齐拥上去一阵乱踢，拨开热灰，发现原来是一只金戒指，这心下便凉了半截。譬如吃苹果，咬一口下去，只见半条虫尸嵌在肉孔里——大家都知道那些纸质的遗产大约已经化成了烟。因为过于悔恨，于是四处播散，大家听到也就早已留了心。

　　红侠与贵娣在屋内并没有找到隐匿的钱财，满头大汗地出来。虽然累，眼睛却仍旧放出动物夜巡时的光来，光便落在那门口的菜地里的韭菜与青菜上，沿小路还栽了一排葱与蒜，绿油油的。红侠拿把刀蹲在那里割起菜。贵娣弯腰把韭菜一掐，说："韭菜都老了，卡牙缝。"说是这样说，看见红侠在那儿割得兴兴头头的，一把一把地堆在旁边，贵娣也去拿了把刀割起来。银妹则在屋里扫地，地上有许多漏掉的菜籽、稻谷。扫完了地，现在屋里可只剩了几件大的器件，空调、冰箱、液晶电视。

　　银妹走到赵益书旁边，先对他笑了笑，说："你回来了？"弯腰扫扫地，又把扫帚在台阶上敲打几下，敲掉里面的灰，终于对他说："我看还是要通知你女朋友惠惠一声，问她有无时间赶回来送你爷爷一程。"他借故当没听到，过了很久才开口："人家有人家的事情，我跟她本来也还没到见家长的地步呢。"银妹马上不说话了。她对他在不必要的地方总是很小心。

　　事实上，他跟惠惠是出了一点问题，否则也早就一起回来了。他早告诉惠惠祖父去世，要赶回家一趟，她说她要去外地出差一时不好请假。其实出差的地方并不远，回来也顺路，大可以一起赶回来吃顿饭。他隐约地知道是惠惠的母亲了解了他这边的情况后，动了别的心思。因为她疏远他是那么地没有理由。父亲多年前因为意外去世，又是继母，又是单亲，这样复杂的家庭，又晦气又让人却步。之所以那边还没有立刻决撒，大概也是看重镇上房子的拆迁款。

　　他的祖宅就要拆迁，说是祖宅，到底怎么个祖法也不清楚，若死去的人已经作祖作古，那从他父亲起这房子也确实已经存在。听银妹说家具已经陆续往新房子搬。此次回来，还有一件事就是搬家。推土机还在轰轰地推土，从他家开始，陆续就要推到他祖父这里。

"搬得差不多了，我房间还剩下一张床，一张桌子。你那边我没怎么动，我想要等你回来再说。"

"惠惠的公司临时有事，实在走不开。"赵益书说。

"噢，那是工作要紧。"银妹自言自语。

他看了眼慈祥的寡母，觉得忽然又这样柔声静气地补一句，一定让人很奇怪。两人又是一阵沉默。父亲在他八岁的时候把银妹从外地带回来。虽然她比他大二十岁，父亲一死，他总觉得要避嫌似的。第一次看见她的时候，他躲在窗帘后面，用窗帘裹住自己，看着眼前的女人，希望与自己讲话，又不希望。家里人一直瞒住，几天后，他看见女人跟父亲睡在一起，就隐隐约约地觉得他的母亲，已经两年没见的母亲，已经彻底抛弃了他。好在他一直寄宿在学校，只有每次周末才不得不回去，顶着烈日，孤独地徒步走上五里路。路过祖父的家门口，总是不经意看见那棵樱桃树，有时候还会碰见赵晓菲与贵娣在那里忙忙碌碌。也有人无聊地出来吓唬他，说他爸爸也不要他了。他熟悉这里的一切，这里的角角落落仿佛生出一张巨大的蜘蛛网，到处与他相粘连。

"来吃点樱桃吧。"祖父有时候在家里看见了就对他这样说。那曾经把他抛弃的母亲也叫樱桃。

每次到家门口，银妹都很顾忌，叫一声："儿子，你回来啦！""儿子"二字，他其实没听到。银妹不说话也不太好，总是围着围裙从厨房进进出出，烧一桌好菜。把他打扮得干干净净，生怕别人说她对他不好。而他总是扭捏地接受这样的好处，如果太快乐，那等于是背叛他自己的母亲。可是，不回这里，要回哪里呢？银妹总是很小心，生怕他怂恿他的父亲把她像退货一样退回去。父亲去世后，她人也老了许多，更无法回去了。

益书有些厌烦，不愿跟她讲话了，走进屋去，打开桌上百宝盒中的一层抽屉，翻了翻，里面有发乌的小秤砣，还有小银锁链，这些原是他小时候心爱的宝物，只觉得很可爱。这么多年过去，这些小东西还被留在这里。他那时候太小了，要够到里面的东西总要把大人牵过来帮忙。他现在是如此高大。他产生一种错觉，这么多年就没离开过这里。他把百宝盒的抽屉关上，伴随"吱呀"一阵涩滞声，四壁空荡。

房门的五张鱼尾掉落两张，像一只门牙豁缺的嘴，里面风烛残年；墙角破落的鸡毛掸子感受这股残风，毛絮在摇晃。这一切都在回应由声音带来的空荡。死亡的气息开始在四周蔓延。

"你有没有看见我家益书，我家益书在哪里……"

"益书，益书……"

祖父叫他的声音远而模糊。

太阳开始变软，要坠入西山。云又厚又浓，太阳嵌在里面也像一颗熟透的樱桃。尝尝樱桃的滋味吧，祖父生前经常这样对他说。

周围已经安静下来，连这里唯一通往外面的路上也没了人影。猫狗都被唤回主人家去吃食。只有赵家小儿子赵晓菲家院中的大灯硬硬地亮着，底下本家亲戚正用磨快的剪刀裁剪孝布，孝布叠好放在桌上，已有一尺来厚。

那赵晓春、赵晓菲两个头上先已胡乱地戴上重孝：稻草搓成两个球扣在白布帽两只角上，稻草搓成的绳与白布绞在一起捆在腰间，身上还沾着稻草屑。赵晓菲突突着嘴，下巴瘦尖尖的，像是哀毁逾恒的样子。老太太死的时候丧事放在大儿子赵晓春家办，这回老头子死，红侠坚持要放在他们家办。又因为赵晓菲上过高中，识得字，件件事情都等他拿主意。赵晓菲走进走出，两个球在脑袋上晃过来晃过去。李红侠嫌晃得眼花，要拿别针给它固定住，他不许。看见老大赵晓春坐在那儿，说："咦，老大，烧点纸啊，火盆不能冷下来。"赵晓春便直通通地跪下去烧了两刀纸，火苗中烟灰翻滚，冲到他脸上，他被燎得受不住，便站起来，坐在桌前吸烟，下颌抬得高高的，眼睛往上翻，也是因为过于无聊，把烟都吐得如此徐徐。实在没有什么事，看见别人的繁忙，却也想做点事，就问："明华呢？他怎么还没到？"他坐在桌子上首，亲戚们陆续来送纸烛吊唁，吊完唁都过来客气地向他点头打招呼。在这人群中，在那徐徐的烟中，他仿佛体会到做家中长子的气派。以前的牺牲，作为长子的牺牲，在此时得到心满意足的补偿。

银妹手上拿着红、白、绿三种颜色的绸布。"惠惠人不来，你拿个红塑料袋替她的那一份装好，送葬时你一起带上。绿色的是你孩子的，你也一起系在腰上。"说完，便理成粗粗的一捆往赵益书腰间一系。赵益书看了一眼那簇新的妖绿的绸布，充满神秘感。这是乡下对子孙绵延的信仰，即便孩子们还在遥远的未来，那也一定有一个是属于他的。不一会儿，来的人都已系上了孝布。赵晓菲路过，看见满院花花绿绿的，不禁一呆，跑过去扶着棺材哭了几声，落下几滴泪来。

贵娣急匆匆赶过来告诉赵晓春，说儿子明华的车被扣在村头，因为疫情防控，不许外地车辆进来，要他拿个主意。

"这点路要开什么车进来？"赵晓菲转过脸来说，"他那车是他老婆的，上的车牌号还是他老婆那里的吧？"

"路远是不远，关键是他还有个孩子呢。"贵娣急忙解释，红侠正从她旁边走过，贵娣这话像是说给她听的。

关于车，多年以前，在一次寒风中，李红侠的女儿与外孙女从外地回来，两人在镇上等。李红侠因为手上有事，让明华去接下她们。可是明华在打麻将，时间耽误了，李红侠接到女儿的电话后错愕不已，把明华骂了一通。自己只好临时借了辆三轮车去。母女两个坐在三轮车上，小外孙女的脸颊被冻得红通通的，穿着红棉袄，依偎在母亲身边，十分的可怜相。

这一副寒俗气被贵娣看到了，贵娣到处对人说："就是人家小绍，婆娘还没娶，轿车就已经买好了。他们就不信，有了车，婆娘还不到手？人家第二年就谈了个女人。现在谁家还没个车？"而如今，红侠得知明华的车被扣，像是穿越时空，无缝对接上她的话："有了车就颠，一天十八颠，早上还看见他在这里的，中午就颠出去了，你再让他去颠去呀。"这些话原本是在喧嚣中说的，但那些一字一句像是长了翅膀，直飞到贵娣的耳朵里。然而贵娣此时并不生气，她只觉得悲伤，每每在这样的境况下，她都自动退缩到悲伤中，且暗地里开始循环她的悲伤。

"你们当初要不是老大，能娶到亲？老大可怜死了，一个人打地基，地下水没到小腿肚，站在坑道里把一担担的泥往外挑，借钱帮你们起大屋。分了家，临了跟你们要钱拿去还债的，你们一个个都说没钱。老大急得用头撞墙，一夜之间头发全白掉了。"

"那欠债……老三高中没上完，就在外面打工，每个月寄钱回来，钱都到哪里去了？她儿子结婚，就跟我说过她银行里有八万块，老大大字不认识几个，那钱是从哪里来的？"红侠在门外说，贵娣则在门内。两人却都颇有"奴有一段情，唱拔拉诸公听"的意味。未有当面说清，便有日后转圜的余地。

第二天清早，那贵娣红侠两人窸窸窣窣地走进亲戚群，两人互相打个照面，"昨晚没睡觉？"贵娣问。"哪有得睡，外面唱了一夜。"红侠打了个哈欠说，两人相互问候，并没有发现不自然。死去的人今天要被送去火化，要在太阳出来之前，否则死去的人就认不得回家的路。又因为时间较早，大家都没来得及吃早饭，众人的胸口与脊背也像是灌满了西北风。赵益书奋力地帮忙抬棺，代替父亲的职责。在抬起棺的一刹那，眼睛猛地一红，他不知那重量是祖父的还是棺材的，晕晕乎乎的。假如是祖父的，很重很重，若是棺材的，又是那么轻。正当棺材挪动，唢呐响起，女眷都已在这骚动中哭喊起来。李红侠脚踢蹬着地，被人一路搀一路扶。大家私下里说："这婆娘狠！"李红侠头上的孝布被人碰歪，于哄乱中一面戴齐帽子，一面大声问："晓菲起床没有？我一直没看到他人呀。"

"来了，来了，我看见他人在后面呢。"众人答应着。

"他昨晚也没睡什么，让他把烟散给人家开车的，不要拿苏烟，叫他别拿错了。烟就在桌子抽屉里。"红侠大声关照着。

"拿了，拿了。"众人撺掇她上车。

银妹扶着赵益书，说："你爸爸走的时候，那会儿天冷，滴水成冰。大早上人不吃早饭，这哪受得了？没人帮我做早饭，我就煮上一大盆热豆浆，买一篮子烧饼。"银妹絮絮叨叨地跟他讲着丈夫去世时的场景，重复来重复去就这几句话，这是安全的，也是可谈的范围内。他心里一阵酸楚，他其实是不会抛弃她的。

"我知道，那时候爷爷每天天不亮就来了。左眼得了白内障，因为动手术失败，老是淌眼泪，眼泪都把眼皮腌烂了。用手一擦，开始大骂医生'杀千刀'的。"那时一点不像是死了一个人。

"你爷爷骂人凶，以前你奶奶把好吃的藏起来不给他吃，东西都过期了，才拿出来，你爷爷就骂'你怎么不去吃屎'。"

他温暾地陪她回忆过去的琐事。

"他最喜欢你。"

"你怎么知道？"

"我怎么知道的？"银妹微微一笑，"我记得那年你都十几岁了，放假在家，老头子一天看不见你，就问'我家益书呢，你看到我家益书没有？'然后到处找你。"银妹也非常自豪，觉得在长辈那里，孙辈得到如此器重，是莫大的荣誉。

"他还替你说过亲。"银妹笑说,"你不知道吧。"

"是谁?"

"还是请托小绍牵的线,你爷爷不知道请他吃了多少饭。托来托去,还是他自己家的亲侄女,糊弄人。她今年跟你差不多大,你们不是还见过面吗?"

益书知道她,长得非常喜庆的一个姑娘,胖乎乎的,为了遮住胖脸,头发总是分披在两边,抬头见人的时候,总是用养得长长的指甲把头发往后拨一拨,迅速放下,怕那张大脸过于显露。她经常吵嚷着减肥,以为这样脸就瘦一点,可是一个人的脸骨在那里,身体瘦下来的话,脖子上更像是串了一个糖葫芦。两人只要见面,她总是甜甜地叫他一声"益书哥哥",她就恨不得他叫她一声"绍妹妹"。益书笑了起来,没想到爷爷还做过这样的事情。

"你爷爷又气又急。"因为他也一直看不上那个姑娘,"他后来又说,我看那个姑娘现在变标致了嘛,问过我几次益书什么时候回来。后来不知道你爷爷从哪里得知你在跟惠惠谈恋爱,经常问起我们来,老头子也喜欢多事,这些事……"银妹忽然缩住了口,不愿再谈下去。因为这件事,他没少跟父亲吵架,而且她也很矛盾,一方面益书在外也总不能一个人,可是一旦结婚,势必就成家在外,以后就不会再来这里看她了。

那时父亲还在世,他难得回来一次,还不待他开口,父亲就把桌子一拍:"你这个小子,你再不把人家娶回来,你就不要回来。"他很想跟银妹谈"爱"。他爱惠惠,惠惠呢,他不知道。如果说他不够主动,不够坚定,那是因为惠惠的犹豫常使他痛苦。

结婚的事,他两年前喝醉酒,醉醺醺地打了一个电话给她。他想即便遭到拒绝，也一定忘记了，权当是做一个梦。惠惠像是被人掐住喉咙，连声音都变了。"有一天，你会后悔的。你想好了吗？"益书不明白他自己有什么好后悔的，如果是因为腿部残疾，他介意的话，一开始就不会跟她交往了。他还是气得挂了电话，从此绝口不再提结婚的事，宁愿就这样拖下去。他也是一个自尊心很强的人，她甚至认为他爱上一个腿有残疾的人会有什么别的企图。

这里家庭内部积久的矛盾大凡要在这样的特殊场合下公开爆发，趁人多，怨气似乎也就能够被人气给冲淡。

这次丧事因为是在赵晓菲家中办，丧事最后一次宴席结束后，李红侠就可以顺势拿走桌上剩下的大鸭子而不必再偷偷地打包带走。"我看见她把桌上没有吃完的大鸭子捻了好几个到桶里。"贵娣压低声音说。鸭子作为这里的一道大菜，总是最后被端上桌。此时，来人都已经吃饱，鸭子再也吃不下去。整只鸭子就光滑整齐地趴在大碗里。

赵晓菲到处忙，忙得是淋漓汗下，刚坐下吃口饭，就听见孩子哭，也不看是谁家孩子，总是吵闹，马上颇为不满："不上家数，你们把孩子都惯坏了。一天到晚就知道玩，从西头疯到东头。前几天还听见明华的孩子说将来要做这里的老大。"因为得意地忙了两天，便指责起妇幼。

贵娣一时无言，不过由这些鸭子，立刻联想到那些家电，马上就说："既然是长孙，那些家电……我们是不识字，账都是你们算的。"

赵晓菲停住筷头，随口说了句："家电倒是小事，老头子留下的钱不知道还能不能抵扣之前用掉的，若是不够的话，还需你们拿钱。我是还没有细看，究竟是多少，要去仔细查一下哩。"虽说是一句随意的话，贵娣却不再敢问下去，唯恐这没细看的账目细算下来真要倒贴进去。

旁边的赵晓春多喝了几杯酒，借着酒壮胆，也开始发起牢骚。"做法事请外面的道士，你招呼都不跟我打一声，我是想找以前给妈做吹打的老熟人，价格也会公道些，你嫌人家不好，自己闷不吭声去请外面的人，我们从来都随你，你要怎样就怎样。噢——老子是你的老子，就不是我的老子？现在钱不够用了，才知道花钱花得厉害了。"

"老大你这是说的什么话，我老三没有贪污一分钱。用钱的地方，上面记得清清楚楚……"

"我们是瘪子，上学不行，你是个高中生，我们赚的又是什么样的钱？每天天不亮就骑上二十里路，风里来雨里去……我们赚几个钱是容易的？不像你呀。我们不像你呀。"赵晓春仍在那里喊。一个平时看似威严的人，突然倾坍下来，既在意料之外，又是意料之中。于是大家立刻七嘴八舌，无所顾忌，不过是把从前的事拿出来又说一番。

"要是益书的爸爸在，你们再也不会这样吵起来，老头子尸骨还未寒。"银妹说。

"钱的事总是……"赵益书的声音顷刻被淹没得一干二净。

晁贵娣借着银妹这句话，趁乱里抹抹眼睛，收拾桌子走开了。那些桌上桌下还有没喝完的白酒，有没开封的，还剩半瓶的，她眼疾手快一并收在旧箱子里，趁着天黑，先把箱子藏到暗处，等到人陆续散去，逮住机会一梭便梭到家里。

"明天你们一家子还来吃饭，家里还有菜。"赵晓菲虽有酒意也不忘关照赵晓春一家子。

赵晓春站起来，身躯摇了两摇，慢腾腾地往外挪。"明天有空就来。"

晁贵娣母子二人在桌前对坐。贵娣向明华回忆从前以往，仿佛明华此时是一个非常成熟的人，她对他无比相信。夜游的人团在一起密语，滑过窗户，母子二人立刻停止说话，凝神谛听窗外的动静。窗外的人与黑夜并不分彼此，也看不清楚，不过听那声音像是小绍。窗外重新安静下来。贵娣透过自家的纱窗看到远处的那扇窗户还在亮着。赵晓菲跟他的婆娘一定在谋划什么。赵晓菲哪有什么主意，哪里能够做得了什么主，被她管得死死的。她会捏起拳头捣他一顿。贵娣一想到这里便焦灼得久久未能入睡，那些家电，还有那些账目……浩大的月亮静静地挂在床头，今天是十六，月光洒进房间，房间里的一切都看得清清楚楚。空调的旁边有块方块暗影，是相框，相框里的玻璃后面横七竖八地贴着许多照片，年代久远，都已经粘到了一起。其实都是一寸的免冠照，兄弟几个上学用的，也都因色彩剥落而模糊，即便如此，只要稍微地一想，就是那兄弟几个。

赵晓菲高中就辍学。他那时学会了赌，经常拉上小绍去隔壁的镇打牌，因为那边打得大，小牌他们还看不上。有一回把女儿的学费都赌输掉了，女儿跪在地上求他不要再赌。红侠就吵着要离婚，还是贵娣死命劝住了。那时她是大嫂子，天生有这样的义务：维持家庭和稳，不让外人笑话。赵晓春是老大，天生也有这样的义务要照顾他们兄弟两个。老头子不许他读书，因为他要除草，还要把除下来的草喂给猪；喂完猪后，鸡又要回来了；那些鸭子还在河里……老师来家里几趟跟老头子讲他是读书的料，老头子坚决不许，两个人还差点要打起架来。赵晓春早早地娶了贵娣，长嫂如母，没有的吃，她就让两个弟弟各吮一个乳头，那时她还没有生孩子。

她本来第一个孩子是个闺女，因为营养不良，生产时没有力气，医生用产钳拖着孩子出来，拖出来就没了气息。虽然没了孩子，贵娣倒是一直惯着这个丈夫，慢慢地跟他学会了喝点酒，对抗生活的寒气。她想到酒，就从床上爬起来，打开柜门，摸出一瓶酒。拿着瓶身没控制好，又是在夜里，似醒非醒的，咕咚一声，一倾下去一口。她浑身热辣辣的。她再也不明白，既然自己的丈夫自小聪明，为什么不让他读下去，却逼迫那赵晓菲读他并不喜欢的书。即便读了书，也不学好，否则也不是今天这般境地了。后来老头子还到处托人写信千方百计地让他进厂，弄熟了，他就动心思偷人家厂里的铁块出去卖，被人发现后，他越墙逃窜，追他的人抄起砖头就砸他的头。他的头就因此癞掉一块，从此不长头发。家里三兄弟，就他秃顶。这当然不是遗传。不过，从来没有人谈论这件事，也从来没有人好奇他的头发为什么秃一块。

老头子生前不知道替他还掉多少赌债。他后来是不敢了，不去赌大的，一直在周围搓些小麻将。就连后来的有些小债，有时几百，有时几十，也都是赵晓春帮他还。他在这里的名声非常坏，人们谈论起来就骂：坏痞子。那时候的钱值钱。贵娣一直迷迷糊糊的，做了很多个梦，几次梦到到嘴的饭，因为一种莫名的力量在阻挠，始终没有吃到，心里焦急起来，并连这焦急也跟着不确定。

大家围坐在客厅，先是一顿闲谈，因为都惦记空屋内的几样东西，还有那未结清的账目，吃饭的时候都没怎么喝酒。赵晓菲把账目摊开在众人面前，哪些还有实物在的，捧着账本一一指出来给他们看。贵娣紧紧地跟随赵晓菲，有些地方听不大明白，表情越发显得僵硬。

赵晓春不耐烦："你杵在那里干什么？"她就是要在那里杵着，出于一种女性的审慎的机智，觉得跟在晓菲身后就有种安全感。那些花里胡哨的账记得是东一笔，西一笔，她是不知道。但是他做的事她是看得清清楚楚。每辆送葬的车给了一条糕、两包烟，还有招待客人的几罐茶叶，她可都记得呢。他别想再糊弄人。本来老头子存粮的事，她就已经礼让三分，这些家电，现在谁也别想占她的便宜，即便她不缺这些东西。

"老三，那老头子家里还剩下的几件电器怎么说？这话我是要问问的。"贵娣扁起嘴，撒娇似的提起来。她知道他对她没什么好感。她对他也一向只有不信任。以前跟她借钱，他从来没有如数还过，总要留下几百几十当零花钱，后来她不借给他了，他气得有一段时间不进她家的门。"不来就不来，我倒还要你来？"贵娣总是气鼓鼓地跟她的丈夫说。

"电视你们家是不缺的。"贵娣嘟哝一声。

红侠捏住鼻孔擤了泡鼻涕，往外一甩，说："我们东房间是有一个旧的，那西房间还缺一个哩。"

"银妹，你不要？"贵娣忽又问，"益书，你看你妈妈什么都不要，你要什么？"贵娣像引诱孩子似的问他。

"他爸爸都不在了……"银妹说，大家听完也都不再提，因为根据她那没有说完的话，大概也一定是"那还要这些东西干什么呢"。

赵益书正想开口要那株樱桃树，但怯懦起来。因为银妹一早就告诉他里面的原委："你说你什么都不要，你婶婶大妈恐怕也不同意。你爷爷前年生病，原本你爸爸是要在床前宽衣解带的。樱桃树，他们不给，你就不好开口要，免得说你一天没服侍，还整天惦记那么点东西。"这些话在赵益书耳边轰隆隆的。这只是一棵树，但他们一定会猜测为什么非要这棵树，莫不是里面有什么特殊？所谓特殊，大概也就是更加值钱。他们仅仅这样一猜测就使他愤怒。他无法向他们解释对这棵樱桃树的热情，正如他对惠惠的爱一样，所谓真心的热情与爱，总要招致猜忌与诋毁。

但看今日的分账是很难善了了，那些家电到底还是未解决。赵益书趁气氛缓和之下，问起有关这棵樱桃树的事。大家听完笑了笑，经这一提醒，仿佛各自都知道里头的一点仔细，便都有兴趣地讲起来。

据银妹说，祖父并不是这里的人，他祖上好像是从山西来的。因为听老头子生前就说山西大槐树大槐树的，山西那里还有他的亲戚。还说他脚的小趾有两块指甲。当然，作为儿媳妇，她是没看到过。山西人在某朝代大规模被迫南迁,一个村每家每户都在槐树之下告别,为了将来好辨认,便砍断脚上的小趾指甲。不论有无这砍断小趾指甲的必要,但似乎是因为只有这醒目的血腥才会引起人对这告别的酷烈苦楚的深刻同情。南迁的人的后代的脚上的小趾都或多或少有那复甲。"祖父好像也有。"益书说。他努力地想来想去,也曾在某一刻看见过祖父脚上的小拇指有复甲。不知道是不是一种暗示还是确实是如此。因为他自己脚上并没有,父亲也没有,似乎这"据说"并不可信。自己这努力地回想也最终不可靠起来。可是,他鼓励银妹说下去。银妹说:"我也是听来的,你老问这些事干什么?"

而到了曾祖父这一代,就不知为什么到现在这个地方了。人生地不熟的,干脆就选了一处树林,砍掉树,搭了一个棚。现在是看不出来了,以前从村口到这里全是树。树林里的树越砍越少,那一小片树林都快被砍完了,周围就成了一片蛮荒。但好歹有了个立命之所。有了立命之所,就开始想要别的,要娶亲要生子。一个人从河里挖泥足足挖了三个月,扛高地基,晒土、夯土、烧砖、砌墙……一步一步造起屋。屋前铺的新的泥路上寸草不生。也不知道那些樱桃种子是不是从被挖的泥土里带过来的,第二年周围就冒出许多绿苗。家里后来添了许多个孩子,孩子多,也就不把孩子当回事,夭亡的就有两个,随手埋在土里。剩下的孩子长大了,到底不得不重新选址造房子,就把房子建在这里了。其他兄弟姊妹或奔忙或远嫁,只有祖父一直住在这,有意无意地把它们一棵一棵地移栽过来。这一移栽,反倒把樱桃树曝光于众人的眼手之下。"那时候樱桃多哩!树上结的果子一夜就被抢光,一串一串的,是好看,绿叶子经常被撸一地。"银妹是隔壁村的人,也看见过一两回那美丽的壮观。"第二年又长起来了!"银妹不无赞叹。

"不是那时候种的。老头子还做小队长的时候,为了让老三进厂,那时候进厂多难,要介绍信,老头子又不识字,就去镇上托人写信,去镇上次数多了，认识了一个女的。女的认不得路，就说以樱桃为记号。现在这里的路是整齐了，以前的路只有指头宽，稍微下点雨，路都打滑，谁认得？后来一条路上都是樱桃，樱桃花开得那个旺，是好认。现在是被糟得差不多了。老太后来知道了，不是天天跟他闹？还被他打丢掉一只耳环，像耳环这种东西，只要丢掉一只，就是一双。后来那个女的来来就不来了。现在那个女的还在镇上，就靠近镇上人像后面的西桥头。我前一段时间还看见过她，老得头发都掉光了，头上涂了一层黄黄的药。她看见我都认不得我了，我可是认得她。当年老太与老头吵得呢！"贵娣并不认同银妹的说法，且言之凿凿。因为银妹是后来的，这些家族幽秘的往事，只有她有发言权。老太生前确实经常遗憾地说起她年轻的时候一只耳环被打丢掉了，似乎从旁佐证贵娣的说辞。

"那是老头子年轻的时候曾经在桥下救过的一个跌破头的孩子。小孩子从桥上掉下去，幸亏桥底下是一条枯河，要是有河水，小命还不保。孩子跌得血糊拉拉的，大家在桥上都不敢去救。老头子停下车，跳下去，用衣服包住孩子的头，送了医院。那孩子就是小绍姨娘家的孩子，现在跟小绍一样大。去年我还看见他拎了两包礼来拜年的，头上还有一个大口子，就是那个时候留下的伤口。那孩子成年后年年来拜年。樱桃是那小孩的爸爸种的。孩子的爸爸为了感谢，特意种了一片，也是有一次听老头说老太喜欢吃樱桃，我们这里那时没有得卖。孩子的爸爸就从外面弄来了樱桃种，以为种不起来的。你不知道，以前哪里来的农药？气候又不适合，都是靠天收，没想到还给种成了。树栽在外面，也是整天担惊受怕的，老头子经常抓到来偷樱桃的人，那些偷樱桃的也会偷，大晚上为了不弄出声，直接剪树枝，连树根都挖，树都死掉了，独独巧就只剩下这一棵，一直被老头子照顾到如今，也是奇怪，越长越好了。"赵晓春说。大家在齐心协力补足关于樱桃树过去的一切，樱桃树非常像白头宫女口中的前朝帝王。

"现在的人，连点好东西都看不得。"赵晓菲咂咂嘴，在无意中想起那辉煌的窳败，也知那可惜，与可憎的贪婪。

"我就佩服我爸爸，做人仗义，不曾贪过哪个人的便宜。家里没有饭吃，荒年，连树上也没有一颗果子。他自己拿个破碗跑到别的地方去要饭，走之前到舅舅家要了一碗米才走。回来的时候，他身上没有一块好布纱，硬是不忘到舅舅家还了两碗米。他做小队长卸任的时候，都有人挽留的。他要是识字早就调到镇上去了。"赵晓菲说得极为激动，"这事我是怎么知道的呢，是后来我舅舅告诉我的。"

"那个女的，是栽赃！她陷害老头子的，就写了几封信，被她骗了一坛子铜钱去，大概套出老头子话来了。"赵晓春解释说。

"那他的话怎么会被套出来的？"李红侠质问。

"老头子不认得字，是被她骗的。"赵晓春含糊地坚持。

李红侠的质问迫使益书往那个女人跟祖父有污秽的地步上去想。因为樱桃树的美，因为母亲也叫樱桃。他相信女人没有骗祖父的钱，相信母亲也是因为不得已的苦衷才会抛弃他而原谅她。那其中有与之有关的情义，这点情义被他放大，放大成一个无限的世界。他的内心开始激动，这样的激动只有对惠惠的情感可以相媲美。

惠惠认为他有一天会后悔的，现在不后悔，将来也会。她常常忧愁地看着他，解释她的腿，好像解释得越详细，越是能得到他谅解似的。现在他读懂了，有一天他会像母亲抛弃自己那样抛弃她的。

赵晓菲问益书："我听你妈说，你想要那棵樱桃树？你要那棵树干什么？你平时都住在城里，马上你们又要搬到镇上去了。"

"账目上大概每家还能分得五千块。"赵晓菲回过头来向大家高声宣

223

布。于是大家都停止诉说，脸上表情来不及转换，各自俯身看账本。

晁贵娣尖锐地叫起来："哎呀，这账，明面上是平均，吃亏的还是我们。"

"你说你吃亏了，你吃亏在哪儿？"他们马上问。

贵娣一听，一下子又不知从何说起，背倚着墙，木木地只一味地说："那我们也太吃亏了。明华的孩子是家中长头孙子，这样我们也太吃亏了。"

红侠今天没有继续往下说，所以大家今天也就比较安静，似乎都有点不愿再为此事争执下去。家电的事到底悬而未决。远处的汽车按住喇叭一路前来，喇叭声越来越高，越来越高；刚才红侠就挤眉弄眼说要上厕所，可见也是憋了一泡尿；中间的那张四方桌上泡好的茶正在汹汹地冒出一团热气。一切都似乎充满暂时性。

"那个头上涂黄色药水的女人真的住在人像后面西桥头？"赵益书站在门口问。他想起西桥头离这里也并不远。

"她是住在那里，人都已经很老了。"晁贵娣愣了下，说，"你怎么又问起她来了？她认得字哩，替你爷爷写信，年轻的时候受过你爷爷不少帮助，钱都被她骗走了。"他们因为眼中有未分完的账目，绝不愿再多谈此事。

赵益书无法再插进去嘴，在胡想中看往远处，那不远处的西桥头……因着这激动的内心驱使，想要去那里一探究竟。一路上，推土机还在日夜不停地推土，这些房子马上要被全部推倒。他看见许多房子的窗户与门被撬掉，一个个灰色的大洞，偶从洞口中看见一只鲜红色的塑料桶。推土机马上就要推到他家那里了。

还在桥这头就望见很多户紧凑地坨聚在一起，也是千门万户的样子。赵益书这才意识到，他是个不速之客。一户又一户去生硬地敲门，是如此地令人胆战心惊。他站在桥头那里等了又等，不愿前行，但于刚才的激动之中生出许多信心，他相信他会遇到那个老妇人的。

有一个人往他这边走来，那人问："我看你在这半天了，你是哪里的人？不像是我们这里的。"

"我是这里的人呀，不过后来不大在这里生活，所以您没怎么看见过我。"赵益书诚实地告诉他。

"我是这里的人呀""我是这里的人呀""我是这里的人呀"，仿佛有一个人在那里永远地回答，与此同时，传来一阵阵的回声："这里的人呀……这里的……人呀……"

那人快要离开时，赵益书才回过神赶上前问："请问您知不知道那位头上涂着黄色药的女人住在哪里？"

来人听了半天，才弄懂他要找的是谁，"哦，原来你说的是那个女人。她姓沈，外面的人，原来好像是北方人，年轻的时候嫁到这里来的。因为她脖子上有颗红痣，人们都叫她'沈红痣'。她丈夫是跑船的，家里都靠她一个人撑着。"来人热情地说上许多，终于歪起眼睛问："你找她什么事？"

赵益书一时答不上话来，只是搪塞："我是来告诉她一件事。"

那人奇奇怪怪地打量他，想了半响，然后用手指指："往前面第一个路口左拐，第三家就是。她现在一个人，孩子不跟她住。她这个时候恐怕已经睡了吧。你去看看，若是黑灯瞎火的，人就肯定睡下了。"

第三家的窗户果然亮着，他非常兴奋地跑过去，待要敲门的时候，灯就熄灭了。

流光徘徊，窗户上依旧布满柔光，赵益书知道那个女人就躺在窗户后面，就像往常一样。祖父家门口那些樱桃树的花曾经一路噼里啪啦地开到这里，那个女人一路跌跌绊绊地打听来，就为了看看他祖父——曾经帮助过她的男人，从不要求她报偿，而她在不可承受的恩情下，只得局促地选

225

择用自己一腔天大的热情来看一看他，让他知道，她是多么感谢他。

赵益书仿佛也真的看见了一个坚强的美丽的女人不顾一切来看她心中所爱慕的男子。女人的脖子上恰巧也有一颗不大不小的红痣，像樱桃树上的樱桃一样。他对她的模样一下子清楚明白，尽管晃贵娣一再提起她的头皮上涂着黄黄的药，但这颗红痣仿佛就代表了她全部的美丽。她还喜欢笑，因为樱桃花在那儿开着；她的声音悦耳，因为樱桃花都在那儿开着；她有着明眸皓齿，因为樱桃花在那儿开着。赵益书走得是东倒西歪，像是喝醉酒一样，他闻到了一股浓烈的花香。不，樱桃树的花香几乎可以被忽略。可是花儿开得那么好，果实那么莹亮，怎么会没有花香呢？他已经忘却要去敲那个老妇人的门，也忘却要来告诉她一件什么事。他满心满意地想到了惠惠，他看见惠惠也曾不止一次打那樱桃树下走过，只身向他一人走来，轻轻对他一笑，说："你是在等我吗？"

他对惠惠重新笃定地生出一种无所希望的模糊的喜悦。他急切地要把这件事告诉惠惠，电话未有接通，他却没有任何先前的苦虑——她是否故意不接而疏远，是否因为她母亲的劝说而要更加实际地处理他们之间的关系。不多久，惠惠就发消息来说她刚才正在忙，没有接他的电话。她又告诉他明天工作结束后就要去他那里。

赵益书路过祖父的家，院子的铁门已经用一把铁锁锁起来，里面有风呜咽的声音，一切仿佛从来没有存在过。只有那棵樱桃树在黑夜中还在寂寞地扇动叶子，而每片叶子上都住着一个精灵似的。他顺手摘下几片放在口袋里。他到家后，从口袋里掏出树叶，想要作为标本夹在书里。想了想，他又把那本书抽出来，拿出树叶想要丢进垃圾桶。银妹看见他翻着书发呆，就问："你对着树叶发什么呆？时间不早了，明天还要搬家，你早点休息啊。"他意识到这样罗曼蒂克的事在柳西镇是如此令人诧异，自己身处其中，也觉得很好笑。他把书一合，重新放回书架。

推土机的声音越来越近了。他躺在床上，在寂静的午夜中，他听到一阵巨大的破坏声。樱桃树被连根拔起，树叶凋落一地，訇然倒下，然后这棵树再次成为往事，重新慢慢地被遗忘。

搬家的时候，他催促银妹上车，银妹这也要带走，那也要带走，像只小鸟衔树枝，把一点一滴全部带走，准备重新装饰新家。母子两个站在新家正中陌生的客厅中，银妹笑说："陪我住一晚吧，好像你跟我住了一晚，这里才算成了我家似的。"她难得开口要求他做什么。益书鼻子一酸，也觉得他的故乡现在只剩下这位母亲了。"你放心，年底我把惠惠一起带过来。"银妹一听，忽然就大起胆子擅自做主让益书去跟他们吃顿饭，她也知道他对他父亲这头的亲戚感情十分有限。不过这次即便在账目的事情上他们有分歧，闹了很多不愉快，但对把樱桃树送给益书没有任何异议。无论如何，他应该走之前跟他们吃顿饭。他们觉得益书要这么一棵樱桃树，实在是不可理喻，还要多此一举地把它带走，路远迢迢的，麻烦不说，还要花费很多费用。喜欢吃樱桃，哪里买不到呢？

贵娣摇摇头连说："傻喽——你傻喽！"

"也不知道他像谁？"红侠说。

"要是他爸爸在就好了。"银妹叹气说。

中午，他们又团团地围在一起吃饭。酒过三巡，热火朝天起来。他们把赵益书要樱桃树的事说了一回，又说到他这次怎么又是一个人回来，大家劝了一回银妹。银妹反倒是他们其中说话说得最多的，大家都不停地点头赞同。孩子因为吃得快，吃完便下桌。大家站起来把凳子重新挪了挪，这一挪，好像并没有刚才孩子空缺出来的位置，一大家子仍旧挤挤挨挨。

赵益书转过身看了他们一眼，肩膀上扛起那棵树坚定地走到镇上，找物流托运到他所在的城市。他即将离开这里，他不由自主地往西桥头看了一眼。头上涂黄色药物的女人所居住的房屋被埋没在其他房屋中，几乎认不出来。而他也看见了一个女人拄着拐缓缓地走过来走过去，看样子像是在饭后散步，不知道可会是她？因为忙着打包，赵益书来不及细想，跟快递公司交代好后就匆忙赶去车站。

樱桃树在运输的过程中出了一点麻烦，先是因为疫情封锁，物流迟滞，后来又说包装破裂，物品恐怕也遭受毁损。他一直处于担心之中，担心樱桃树因运输时间过长而凋亡，打了多个电话过去沟通。事情很快被同事知道了，都笑他对此事不必过于认真。他几日未能好眠，这么长时间过去，这棵树再不安置，大概就要死了。或许它已经死在了路上。

它怎么会死呢？它永远不会死去。

"应该把它种在前面的花圃中。"有人悄悄告诉他。

"花圃中本来有那么多树。"也有人也提醒他多种一棵并不会被人发现。

"还是种在花圃里吧，但是偷的人恐怕也多。以前河边有许多李树，夏天结很多李子，才长得有鸽子蛋大，马上就被抢光。年年如此啦！"

经过多次思索，即便樱桃被偷，那樱桃树总还在，于是赵益书仍旧决定把树栽种在花圃中。但他的樱桃树还没有到，一直被耽误在路途中。

他有时去狭窄的阳台上看一眼楼底下的花圃，其实也看不甚清楚，因为距离过于遥远，尤其是在有月亮的夜晚。他想象樱桃树栽在里面的情景，樱桃树在他的念想中，总浮现其他的与之有关的美丽的事。惠惠总会自然而然地成为其中的一部分，而那淡淡月光下的一切事物已在模糊朦胧中溢出光的轮廓——故乡的一切就在身边。

· **作者简介** ·

秦汝璧，女，1991年生于江苏扬州。中国作家协会会员。2016年在《钟山》头条发表处女作。作品发表于《作家》《文艺报》《中国作家》《山西文学》等报刊，部分作品被《小说选刊》等选载。中短篇小说集《史诗》入选"21世纪文学之星丛书"。曾获第二届"《钟山》之星"年度青年佳作奖、首届石峁文学奖中篇小说奖、第八届紫金山文学奖新人奖。

再生稻

□ 翔虹

1

从母亲淘米择菜开始,郭达爱的一对眼珠子就没转过,他死死盯着灶台,口水咽得喉咙疼。

现在,他终于捧过缺角的旧瓷碗,用细过筷子的指头夹起竹筷急迫刨向碗底,白花花的大米饭塞满他整个嘴巴。真香!好吃使他半眯着眼睛,猴急地咀嚼。等他囫囵咽下再睁开眼,一股慌乱瞬间震开天灵盖——米饭不知怎的掺满深褐色的沙子!郭达爱环扫一眼,看见所有人碗里都掺了沙,可他们并不察觉,还在那美美吃着,任他怎么叫喊,家人都是没听到一般。

他端起碗冲到灶边,灶上也是一锅褐色。郭达爱好比猛地被抽走脊梁骨,身子软塌塌扑上灶头,瓷碗哐当摔碎在脚下。他叉开十指狠命搅在灼烫的铁锅里，哇哇号啕开来。

在凌晨三点惊醒，郭达爱呼吸急促，额头汗淋淋。这个穿越回童年的梦，同桌家人都早已去世多年，蹊跷使他大为烧脑，再也睡不着。熬到天蒙蒙亮，郭达爱起床去河堤路溜达。

那口那么好吃的饭到底是什么米？米饭又怎么会变颜色？他步子恍惚，好几次踢上路沿石，脚趾一阵阵生疼都无法扯他回神。绕过一丛凤尾竹，滨江休闲广场草坪上高大的奇石闯入郭达爱眼帘。一见着这块锡矿石他便立马确定，梦里掺进饭碗的沙子，是锡矿粉末。

这番确认似乎减了郭达爱的纠结，可下一秒又叫他沉重起来。郭达爱所在的县属欠发达地区，但他老家地苏镇是南方有名的矿区，史上盛产铅、锌、锡、锑等矿种，被誉为"中国锡都"。宋代开始便有术士在此炼丹进贡朝廷，众多丹炉遗址在岁月里站成风景。20世纪80年代以来，地苏矿区大规模采选冶，到处是矿窿，冶炼厂一家挨一家，地苏经济实力长期稳居全市头牌，还一度跻身全国百强镇。但重开发轻治理的恶果日益凸显，好景断荏在五年前，环保风暴和安全生产高压让地苏矿区所有窿口封闭，冶炼厂关停拆迁。外来人比本地人还多的繁荣景象，一夜之间归于寂静。这还不算，重度污染使矿区数万亩土地无法再耕种。年轻人都外出打工，只留下老老小小，靠政府发放耕地生态补偿金度日。比村镇败落更让人锥心的是灰凉情绪蔓延，像无解的紧箍咒套在每个地苏人头上。郭达爱越想两腿越发软，他瘫坐在奇石边上，心头好比勾住一个大秤砣，沉得喘不过气。

下午上班时间一到，郭达爱走进县生态环境局局长唐秀永的办公室，说局长，我想修复地苏矿区的土地。

要是跟前站着别个，唐秀永铁定怀疑这人有毛病，可他是郭达爱。郭达爱在当地算个人物，他天生犟劲，颇有能量，从不轻易动念头，认准了就干。把矿区划为不宜耕种区，生态局便负责管理土地，发放补偿金，唐秀永做梦都想治理土地。所以郭达爱甫一开口，唐秀永立马满脑壳惊讶，夹带丁点儿欣慰。只是小欣慰倏闪即过，比他的惊讶消失还快当。

这桩活他干得吗？唐秀永学地矿专业，而且对矿区忒熟。他让疑惑搅着，心思没法集中。郭达爱还没完全从梦呓中抽离，在那迫切得有点冲动地讲，他听了很久，没插上几句话也记不了多少。

第三天郭达爱起床后，拽上二女儿伟骧帮开车直奔省城。他原来都自己开车，前阵子在省城待三个月回来后，寝食质量滑坡，精气神变差，才不开长途。伟骧出门前问为啥临时起意去省城，他说有事儿。一路见父亲神情焦急，她忍不住又追问。郭达爱耐不得便回她，我去找人合作，修复矿区土地种再生稻。他语气滞沉，但说完闭上眼的速度却极快，免打扰挂上脸。

为种再生稻去修复污染的土地？伟骧好生纳闷。她乖巧，在三姐弟里最懂父亲，也最得他信赖。郭达爱近几年把家族企业大部分板块裁掉，只留下一个大型农产品批发市场、地苏镇敬老院，还有隔壁县两千多亩蔬菜基地，全由伟骧夫妻打理，他很少过问。她见父亲辛苦半辈子后终于转向颐闲，打心眼里高兴，哪知下个月就过七十大寿了，父亲突然来一波神操作。

再生稻是收割谷子时特意留稻桩上存活的休眠芽，让其用两个月时间又长熟一茬稻米，产量虽然低，但质优味好价格贵。伟骧尝过再生米饭，没见种过。听父亲说，他小时候奶奶的娘家有人种，奶奶每年讨七八斤回来，大节日煮一顿。地苏属旱作地区，世代以种苞谷为主，水稻极少。父亲那时打牙祭可不限于吃肉，能有大米饭吃也算。要是偶尔吃上一碗再生米饭，可金贵得很，没有菜也吃个喷香。那天父亲一定会端碗转过经常欺负他的伙伴门口，炫耀地喊：吃再生稻喽！我家又吃再生稻喽！仿佛这种宣告能挽回他的尊严。他也在一次次变本加厉的衍生欺负中，养成自尊极强少说多干的倔犟劲。现在，做事不需由头，一说干连九头牛也拉不回的父亲，要修复土地种再生稻了。老天爷，你干吗总给我爸搭错筋呢？

爸，您种再生稻可以去我们蔬菜基地种呀。伟骧时不时从后视镜观察父亲，他明摆着佯装休息，开出几十公里后她又尝试。当初父亲选隔壁县搞蔬菜，就图那里土肥富硒，平坦又有大河。她言下之意，去折腾被污染的旱地种稻子，纵有天大理由，也一万个没必要。况且生长于斯，她从骨子里不相信这地还能修得好。可她知道不能直拧，父亲属于万瓢冷水泼下来，照样浇不灭他的干劲那种。

郭达爱没搭腔，也不睁眼，只动两下嘴角，通过后视镜传达给女儿：我听见了，开车吧。伟骧明白这个表情，只好打住，走一步看一步吧。

听完他一番话，省环境科学院领导翻看郭达爱的资料，和唐秀永一样质疑：他为什么想到个人整这事儿？但职业惯性也使他暗生喜悦，先别管这事干不干得成，人们环保观念转变总是好事。他问郭达爱，除了要有投大钱的思想准备，你对修复技术了解多少？

郭达爱说，我先前和雨辉教授谈了的，矿区土壤样本也拿给他化验过，他让我来找您。他提到的雨辉教授原来一直在环科院，七年前退休到大学当博导。领导听说他们早有沟通，就知道有门儿。他想了想对郭达爱说，行，我们来牵头，不过你还得跑农科院一趟，单靠我们和雨辉教授还不行。

返回时郭达爱像换了副脸皮，主动找话。直肠子话头一多就暴露，叫伟骧捋出了寅卯。乖乖，原来父亲裁掉大部分板块回笼资金，压根儿不是想存钱养老。捣鼓土地这活儿，他早就惦记上了，就等时机呀。

稻孙子呀稻孙子，你简直就是父亲从更年期向痴呆症转换的产物。伟骧直怨怼，哀哀叹着。稻孙子是再生稻别名，她学农业经济，哪有不晓得。

她并非心疼钱,是揪心长年苦行僧一般、近来身子骨又变差的父亲。大姐在国外,思维早已洋化,小弟打十五岁开始四海漂泊,就没着几回家,孤零零住大宅子的父母只有她了。成家后他们夫妻一直同二老住,放心不下。

2

半个月后郭达爱在宿舍楼下截住唐秀永,唐秀永拗不过只好请他进门。等坐上沙发去翻厚厚一沓资料,他着实被震撼了一把:老郭你当真跟土地磕上了?还搞得这么高效率!

郭达爱说,我原先全部航拍过,也收集了不少公开的资料,省环科院他们手里数据又多,做这套修复方案不耽搁。

唐秀永一页一页认真看。资料分三部分,首先是修复方式。郭达爱老家周边几个村有近万亩土地,污染最久最严重,他选这里试验。把平缓地块挖深一米,施入雨辉教授专利药物,形成品格结构和化学键,覆盖一层专用膜,土壤中铅砷镉铊等成分被永久固定,不再上冒下浸。之后铺上三十厘米秸秆稻草,再从外边运来净土回填七十厘米,彻底改变一米土质。改良后种粮食蔬菜和草莓西瓜这类浅根作物。挖出来的土拿去覆盖缓坡沟谷,同样施药形成品格结构和化学键,砌墙保土防止浸出流失,再按设计种上观赏花木。这带土薄,加厚有好处。

局长你是专家,你看他们的方案行得通吧?在旁边屏着气息,像看母亲煮再生稻饭一样紧盯的郭达爱,见过了好半晌,张嘴问。

唐秀永好像听不见,并没理会,继续往下看。第二部分阐述综合开发,在矿区搞光伏和风力发电,建新能源局域电网,向地苏镇群众优惠供电。最后一份资料,则是郭达爱草拟的企业和政府、农户三方协议。明确企业负责资金技术，两年内修复土地符合国家标准，种出来的农作物绿色无公害。到期达标就继续干，否则无条件退出，恢复土地原状。政府和农户则许诺，在两年试验期满后，给企业三十年流转土地经营权。头三年收入全部返还土地入股的农户，第四年开始分成，企业七，农户三。农户不用投一分钱，只需转让土地经营权，自愿务工的农民企业付酬。

唐秀永看完，"啪"一声合上卷宗，郭达爱欠过身来再要张嘴。唐秀永朝他摆了摆手，肩膀靠上沙发，在胸腔里轻舒一口气，眼皮半垂陷入回忆。

多年前他在地苏镇当镇长，矿区秩序堪忧，安全生产和环保压力超大，整天腿打绞仍然防不胜防，提心吊胆的。有一年半夜降暴雨，特大型尾矿库溃坝，冲毁六百多亩土地不能再耕种。要命的是严重污染了两条河流，下游五万多人饮水困难，很长一段时间靠政府从外面拉水解决，过后普查，上千人致病。唐秀永挨处分，中间换了两任，他当八年镇长后才接任镇党委书记。虽然已经离开地苏回县里工作，但那片被污染的土地始终是块心病。现在，大老板郭达爱要掏钱修复矿区了，弄得百感交集的唐秀永一夜睡不成觉。

第二天下午生态局开会。

摆明着要赔钱，郭达爱为什么要整这个事？就算同意他干了真有可能干成吗？唐秀永刚讲明会议主题，最年长的副局长起了头。

唐秀永拍了拍面前的资料说，当初他找我时我也想不通。后来见他跑上跑下全往实里拱，便花不少工夫琢磨他的方案，还咨询了业内人士，才敢确信他动真格，路数也对。

是呀是呀，郭达爱所为缺少一个合理的解释，这里边不会装玄机吧？发言者没顺局长思路，也不去翻面前的资料。

唐秀永早料着这次会议肯定有回漩涡，他清一声嗓，说大家还是先认真看看方案吧，然后我们从现实和专业角度，再来讨论好不好？

听局长这么一说，与会者你望我，我望你，这才齐齐低头看方案。

我看了方案倒是有可行性，可我还是难搞明白郭达爱……

半个时辰后一个声音响起，扯着众人争相放下资料，叽叽喳喳论开来，越思量越深不可测。

…………

唐秀永让子弹飞了好一阵子，觉得差不多时他敲敲桌面说：

各位，从刚才的议论中我听出来，每个人都对方案有自己的判断了。我想归纳一下讨论的重点。首先我们要充分研判方案科不科学，是否切合实际，能不能操作。其次，方案由企业执行，生态部门是监督者，我们只需要对着方案明确的措施、所列的实施工期、每一项所设定的标准来逐项实时监督，确保不偏差就行。我们完全没必要考量他为什么要做这件事。

他停下来喝一口茶，用眼光徐徐扫过全场接着说，况且，我们讨论形成的意见还要上报，是否同意开展土地修复，可不可订三方协议，权责在县里。

会议严重超时，唐秀永下电梯裹进夜色中，看见郭达爱站在大厅外焦急张望着。瞧那样子，他该是守着很久了。

3

早上郭达爱问伟骧，等下你一起去看看吗？

爸，我就不去了，今天上午还有事情处理。伟骧只顾喝牛奶，头也没抬。

县里同意开展土地修复后，筹备花了一个多月。其间，郭达爱到处跑，出远门还是女儿开车。他好几回试图探讨，可一提这个话题伟骧概不发表意见。她就像雇来的司机，不多说不好奇，拿捏极好。怎么劝都听不进，像不知乏的罩眼牯牛猛劲拱，还巴望我跟起推磨，没门。每次父亲套近乎她都硬心肠。郭达爱明了女儿心思，真急火没个商量时他也曾置气说，我一个人干，你们谁也不用管。可临到正式开工了，他忍不住又探。

郭达爱捡一顶旧草帽出门，伟骧转身去后院。她家很大，设计考究，三进式院落，有连廊相接。母亲正坐在池边看鱼，她多年身体不好，饮食习惯有点特别，都是保姆单独煮给她吃。

妈，我爸他好像挨人下蛊了，拿账面所有的钱去捣鼓田地，说要把我们百地百旺百益几个村丢荒地全种上再生稻，怎么讲都不听。自从第一次上省城回来，伟骧很多次想把父亲的反常行动告诉家人，最终都没张口。她知道母亲、大姐和小弟不会关心，丈夫嘛历来在岳父面前活脱脱是个小跟班，讲了也白搭，不如自个儿闷着。可今天父亲真开工了，话头实在没法再憋，感觉不寻个口子她自己会憋疯。也不管是大清早，不顾忌母亲的身体状态，她怼出一梭子怨气。

母亲望了女儿一眼，比见她走过来时望的第一眼多了点内容，没那么游移，可仍然不带任何倾向。也不知道伟骧的话她听见听懂了没有，大概率是听见了也听懂了，却只当没有。伟骧不甘心，讲完坐下来抓住母亲的手，看着她。母亲脸上自然给不了她什么，依旧习惯性苍白淡然。

伟骧把母亲的手连着摇晃了五次，母亲终于从茫然中回过神，开口问，早餐吃好了吗？非但没表情，连她话里搭上问号没有你也听不出。伟骧心里凄凄叹气，轻轻把母亲瘦削的肩膀搂在怀中，再一阵默默怨怼：稻孙子，你个恼人的稻孙子。整个上午她都陪着母亲。

这些年她一有空就来陪母亲。

施工队把这片开挖的土地围起来，只留靠路边两个出口。挡板上贴着各种工地规章，还有项目介绍和效果图。一个中年汉子骑摩托车经过，停下来一看，哈哈大笑说，日头要从西边来了，政府都检验过有毒，郭老挈还拿钱去洗它，洗得干净吗？他以为像裤腿沾上泥巴那么好弄？摆明就是脑子进水了呀。我打包票撂个话，他干得成我就用手倒起走路。完了他拍拍旁边人的肩膀说，别看了别看了，有钱人的世界我们不懂。油门一轰，摩托车卷一屁股烟尘走了。"郭老挈"是人们起的绰号，原来只有村里人叫，后来他当企业家了，全县人都懂。

郭达爱在地块上走来走去，这是他去省城待三个月回来后，最提气的一天。他一会儿在开挖过的边上拿尺子量深度够不够，一会儿催人联系爆破公司，碰到地下有大石头必须弄掉，保证每寸土地都平平整整挖深一米。他转到出口，监督每辆开出去的泥头车都要遮盖，冲洗轮胎，不许脏土抛撒。施工队工头笑他，郭总，挣你这点钱不容易啊，铲个土又不是搞原子弹，有必要那么讲究吗？郭达爱回道，当然有必要，合同上写得清清楚楚，干不合格返工，再不改好就换施工队。工头听了服服帖帖，这郭老挈可真没白喊。

突然手机响起，郭达爱接完脸色一紧，赶忙开车奔向后山工地。到了见一群人拿着扁担锄头围住勾机，吵吵嚷嚷的。领头的汉子气呼呼吼开，老子没签协议，你们就敢来挖地？郭达爱听了转头问管事的，我叫你们仔细对照图纸，怎么挖错了呢？那人急忙解释说郭总，我们没挖错，是他故意找碴儿，硬不让勾机过他地头，怎么讲都不通。

郭达爱问汉子，整好田地今后就能种了，老弟你为什么不乐意呢？

你管我？老子就不乐意，就喜欢坐等政府发补偿金，你说破天也白搭。你们谁敢再动一动看看！汉子青筋暴上额头，猛地扬了扬手中的锄头。

郭达爱见状便讲，今天都停工了吧。

管事的不干，他嚷嚷道，停工？我的勾机铲车全租来的，按小时付钱呢！

工钱我照付，郭达爱说。

晚饭后郭达爱提东西上阻工汉子的门。汉子见到他小愣一下，随即冷下脸问，你来干什么？郭达爱说我来看看你爸。他说着径直循尿臊味走到里屋，床上躺着一个和他年龄相仿的男人。郭达爱招呼一声老哥子，你吃过饭了吗？那人没料到会是郭达爱，赶忙应他，用肘子撑着想起身。郭达爱坐上床沿手掌轻轻拍他肩膀，说老哥子你别动，近来身子骨好点儿不？那人点点头，好多了，好多了。只三五句寒暄，两人就进入热聊，回忆当年一块儿挖洞背矿，一块儿干的糗事，越聊越兴奋。

汉子起初想拦着，来不及，就跟着郭达爱到门边，见哥俩聊开便站在那听。后来他动念头去床边，想想又不妥，悄悄拿张矮凳坐门口。父亲已经很久没这么多话，见到郭达爱猛提了精气神。他竖起耳朵听，内心翻滚。

聊过很多话题，郭达爱转个话头说，老哥子，我现在整理我们村的土地，看能不能再种上粮食。那人听完，抬起手来拍郭达爱的腰杆说，兄弟，你能这么干真是太好了，大阴功呐！

第二天早上，汉子回心转意，并动员村子里还在观望的另外五户一块儿签了协议。

4

身子骨一天比一天疲软，郭达爱仍旧不管不顾，跑得脚跟打绞。整出一块地他立马实时检测，专业机构只好拿来最先进的设备，派一队人长驻地苏镇。一旦检测合格，他赶紧种上适合的植物，半天不耽搁。玉米、红薯、花生、蔬菜、蓝莓、西瓜，根据时节适合什么种什么。他只求一个快，快点种快点收快点检测。每次检测他都如临大敌，搞得科研和检测机构，还有县里镇里的人也跟着一惊一乍。他很幸运，种出来的东西全部达到绿色无公害标准。地头看热闹的群众稀罕得不得了，原先放话要双手倒起走路的那个人，鸡啄米似的猛点头，一个劲说服了我真服了，郭老犟做哪门都犟出名堂，人精。

可再往后很快遇到坎儿，郭达爱的钱砸完了。他找伟骥商量，说爸爸实在没招啦，我们得卖掉农批市场，蔬菜基地也转手了吧。他这几天估摸过，农批市场值一亿多元，流转来的蔬菜基地还有十九年权限，收个千把万元转让费没问题，能挺一阵子。

伟骥近来瞧着父亲愁眉苦脸，就猜他难以为继。她非但不急，反倒生出一丝高兴，心想没钱父亲就没辙，他只能打住。哪料父亲竟然要砸锅卖铁，心里一下火蹿。可她明白这当儿顶撞不得，随着事情越难弄，父亲逆反心理越强烈了。她兜个圈说，爸，郭家只剩下这两个实业，虽然不赚大钱，但至少是个托底。如果我们全部转手，要是来点风吹草动，那个一直赔钱的养老院怎么办，一大家子怎么办？

你当我不晓得这个理儿吗？但爸爸实在被逼得没办法了呀……

郭达爱急迫，但心虚，很注意遣词，说了一大串。可伟骥只听完前边一句，便屏蔽了他跟着的话，在心里反问：逼？谁逼您了？还不是自个儿走火入魔。她想着，可说出来的话却耐着调子：

爸，本来每分钱都是您用血汗挣来的，想怎么花就怎么花。但您有没有想过，我们倒无所谓，可您和妈的养老钱总不能一个子儿不留吧？养老院几百号老人不能不顾吧？开张那天您拍着胸脯讲只要有老郭在，就让进院老人安享晚年。我当时听这句话，心里头敬佩不已，也暗暗下决心，只秀很是不解。

我和你们的大皇口比较不一样啦，它……女人的盛气弱了三分下来。卸掉一部分铠甲的她把自己装进了温和里，开始讲自己的故事。她讲她以前也一直以为自己的茶很好很完美，直到这次喝到了林师的"隐芳"，才知道父亲讲的铁观音传统的"大皇口"是个什么味道，也才知道了自家茶的短板。她讲她的父亲也是安溪人，一辈子爱铁观音，却也因为铁观音栽了大跟头，除夕夜被债主逼得吃药自杀。被救起来后，十几二十年基本不碰铁观音，转做普洱茶。她讲她自己跟着丈夫经营玉石店二十年，两年前硬是被父亲喊回来做茶叶生意。父亲已经卧病在床，他一直念叨着的只有二十年前喝过的"大皇口"。她讲她想带点"隐芳"孝敬老父亲，她相信这久违的大皇口可以治病，可以安抚老父亲的心。

女人讲得那么感人，林秀差点就信了。或者说，有那么两三秒的时间，她真是信了。但两三秒后，她重新回到不可能这么简单的现实中，重新审视这个带皇口的女人。同样是女人的独角戏，上半场的表演没有多少言语，更多的是表情是动作，这让女人看起来有一种城市铁轨的坚硬感。下半场的表演更多的是言语，女人像是切换到了另一条路径，有了一种山路的蜿蜒感，或者是水路的曲线，看起来便有了几分柔软。刚刚还杀气腾腾的皇口不知怎么的，突然就不见了，像是她的身体里有一个看不见的容器，她暂时把它们收进了那里。她半土半白的闽南话里暗藏玄机。除了广东一带的腔调，她说的闽南话多少还带点北线乡镇的口音，每个词都用着力发着重音，而且词语的尾音总会急速往下掉。安溪按距离城区的远近分内安溪和外安溪，又按地理方位分为北线和南线。内安溪的乡镇才产茶，南线乡镇的茶叶以茶汤色深醇厚见长，北线乡镇的茶叶以白水茶汤见长。一两公里的茶街上有几百家的茶店，因为主要收购茶叶区域的不同而各有特色，店家的口音也跟他们收购的茶叶一样南腔北调。

　　林家的店开在茶街上有十多年了，林秀五年前全面接管经营大权，父亲负责茶叶的收购和拼配，店里的主要用茶是南线乡镇的传统重发酵乌龙茶。这几年，父女俩分工合作联手干成了好几件大事。三年前，一家上市公司的五百份单价一千元的中秋节茶礼找他们订制；两年前，他们在省城开了第一家分店；去年，他们成了国内一个大品牌茶饮品企业的乌龙茶供应商。仔细回想，这几年与北线乡镇的茶农茶商少有生意往来，更不用说有什么过节，或者什么生意上的矛盾和纠纷了。她到底是谁？她究竟想干什么？

　　林秀搜肠刮肚还没想出个所以然，女人的态度又来了个一百八十度大转弯。她的皇口架势又起来了，叫嚣道，你说吧，"隐芳"什么价？不就是钱吗？！钱不是问题！

　　那你说，你的茶是哪一泡？林澜笑指桌上的两泡茶，问女人，这一泡，还是那一泡？

　　女人这才认真地品了品，然后指了指林澜右手位置的茶说，这个，这个是六号茶。

　　林澜摇头笑，连抽了两口，又吐了两口烟。

　　我就不信了！这个肯定是我的，是六号茶。女人的皇口一下子又回来了。她把茶倒扣在瓯盖上，这时盖瓯底的数字显露了出来，那是一个红红的"3"。她还是不肯罢休，把另一个盖瓯里的茶也来了个倒扣，再一看，瓯底的数字分明是"6"。女人并不服气，她指着林澜说，一定是刚才我不在，林师把两泡茶给掉了个个儿，对不对？对不对？

　　你这说什么话？我爸吃饱了撑着倒过来倒过去？林秀非常生气，起身准备送客说，好了，已经很晚了，我们准备休息了。至于"隐芳"，我不知道你是真喜欢还是假喜欢，我可以送你几泡。买的话，就算了。说着，她进屋拿了五泡"隐芳"出来，走到女人身边，放到她面前的桌上。

等等！女人朝空中一个挥手，急忙喊停马上要转身走的林秀。她把五泡茶推向对面的林澜，侧过身子对林秀说，如果你觉得十万还不够，你尽可以大胆地说！我今天就把话放这儿了，你出什么价，我都接受！

就你这语气，感觉你都可以吃下我们整条茶街了！林秀"噗"的一声笑了出来。

话都说到这份儿上了，我也不怕谁笑话。整条茶街我是吃不下，但就你店里这一斤十万的几斤茶，甚至就你这家店我还真吃得下！女人的语气越收越紧，越变越硬。她腾地站起来，指着林秀说，你开个价，我分分钟就可以把这小店给收了！

你是谁呀？凭什么你说收就收啊？林秀也急了，一手拍在桌上质问她，我们为什么要把店卖给你？

凭什么？林师不是所谓全县最德高望重的老茶师吗？敢不敢跟我打个赌啊？在场的都可以做证，我们今天就打个茶赌！我们一人出一泡茶，如果你赢了，我真金白银赔你们二十万，而且我立马消失，从此不再踏进你们店。如果我赢了，你们就把店卖给我，从此以后你们不再做茶生意，不再祸害人！

谁祸害人了？你把话说清楚。林秀的手指直戳戳地戳向女人，身体也紧跟着逼近。两个女人间的大战眼看一触即发。林澜左手一抬，像一道命令止住了林秀的继续进攻。他掐灭了手上的烟头，不紧不慢地说，茶叶是用来做，不是用来赌的。

好，那咱们就斗茶。女人把手一扬，挑衅道，敢吗？林师！斗个有年头的！

七个盖瓯和七个茶碗全部清掉，重新换上两个盖瓯，与每个盖瓯对应着排出五个茶碗——这是准备五冲茶水决胜负了。一切准备就绪。女人拿出的是一泡二十年的老铁，最简易的单泡真空包装，没有企业名没有产品名。林澜问清了年份，打开靠墙的柜子，从最下方取出一个大罐子，罐子上标注着"2002"。他的手扫一遍围观的人群过去，对女人说，公平起见，你随便指定一个人来泡。

女人指定的是后面跟进来的一个瘦高个，也是很生的面孔。他问，泡几克？女人答，七克。众人刚要转过身去，林秀突然说，不行，万一他做手脚呢？公平起见，我们也要指定一个人。众人都认为有道理，并推举了隔壁店的店主。女人没有反对。

房间里异常安静。只听见窸窸窣窣拆袋解袋的声音，听见茶颗粒"唰"地倒进天平托盘，再"噗""噗"继续加一颗、两颗进去，然后一下倒进盖瓯里。又听见罐子被打开的声音，听见茶颗粒先密后疏倒在天平托盘上，然后"噗"的一声后，泡茶的人拍了拍手说，好了。众人围过来站在桌前，他们很自觉地给林澜让出最居中的位置。林澜也不客气，往前一站，俯身拿起两个盖瓯，一看，再一闻。都是非常漂亮的铁锈色，都是大小非常均匀的茶颗粒，都是非常清新纯粹的陈年香。盖瓯放到一半，林澜有点迟疑，又拿起来闻了一遍。他一脸严肃地不说话，其他人也不敢在鲁班门前弄大斧，索性就都保持沉默。有那么一小段时间，大家只是静静地看和听。只有水流出壶入瓯的声音，只有瓯盖与瓯身轻轻相碰的声音，只有水流出瓯入碗的声音，只有汤匙与茶碗相碰的声音……当一股淡淡的檀木香氤氲在屋内，先是什么东西凝固了，什么东西缓下来了，紧接着又是什么东西迅速炸开了。

哇！哇！有人闭上眼睛猛吸几口，不住地夸赞道，是非常好的老铁香！

太棒了！肯定都是极品老铁！好得不行！有人说。

先后提过两个瓯盖、闻过两泡茶香，林澜的表情凝住了。他在两个盖瓯间反复提盖，反复嗅闻。众人一闻，香气确实有点类似，难怪林师会不好拿捏。茶汤一出，几乎同样浓淡明亮的琥珀色。现在，就看汤水的口感了。林澜舀两勺左碗茶汤入口，倒还平静，右碗茶汤一入口，他的手颤了一下，再一入喉，眼眶几乎已经是湿的了。他颤着声音问女人，你，你这是王运来的茶？

王运来？林秀怔了一下，急急问父亲，是很久很久以前欠你钱没还的那个王运来？林澜不置可否。该是二十年前的事情了吧。那时，铁观音正风靡全国，林家还在老家街上的茶铺收茶卖茶，每年春秋两季到茶铺来收茶的茶商里就有王运来。那年秋茶上市，王运来从广东回到安溪收茶。有一天，他到茶铺来，放茶假的林秀也在茶铺里帮忙。他请林澜去一个制茶能手家帮他把关一泡好茶，约定按照购买总金额支付百分之十的手续费，好奇的林秀也跟去看热闹。才到茶农家，茶叶刚刚完成第一次包揉和第一次烘焙，来自广东、东北、北京的几个茶商直接就开价抢购了。有人出价五百元，有人出价六百元，有人出价八百元，茶商们一个个摩拳擦掌，围观的人也跟着热血沸腾。王运来正想出价八百五十元，林澜拦住了他。

你们这是在干什么？在竞拍吗？林澜一边喊停了茶商的叫价，一边又给茶农上起了思想课。他说，怎么可以把茶叶的买卖当成赌博？茶叶卖什么样的价钱，关键还是要看这泡茶叶本身值不值得这个价。等它制作完成，它是好茶就该值好茶的价，它是一般的茶就该值一般茶的价。现在工序还没全部完成，这泡茶的最终质量还有很多不确定的因素，你们这样叫价对制茶和买茶的人都不公平，对这泡茶本身也不够尊重。三两句冷话让现场回归清醒。几个小时后，成品茶完全出乎大家的意料，茶商们纷纷选择放弃，王运来犹豫不决。林澜说，论当下，这泡茶可能卖不出好价钱，但若论十年后，这泡茶的价值不可估量。王运来听了他的建议，以每斤两百六十元买下那一天总共两担左右的茶叶。结账的时候，林澜还帮忙垫付了五千元。那以后，王运来像是消失了，再没跟林澜联系过。

女人也跟林秀一样怔住了。她还没回答，旁边的人已经先雀跃起来。有人惊呼说，天啊，连谁的茶都喝得出来吗？！有人认识当年的王运来，却也表示怀疑道，不可能吧？二十年了还能喝得出来？大家七嘴八舌地说，争先恐后地舀起茶汤又是咂又是啜。有人说左边盖瓯的茶好，更饱满更纯粹，有人说右边盖瓯的茶好，更细腻更绵软。女人这才反应过来，几乎和林秀同时舀了这一碗茶汤，又舀了那一碗茶汤。两口入喉，女人几乎合不上嘴了。她又来回多喝了两次。林秀直接问林澜说，这茶怎么那么像？她刚说完，众人又各说各好，各有各的道理各有各的依据。林澜努力平复了自己的情绪，缓缓地说，如果我没有判断错，二十年前这应该就是同一泡茶，只不过储存在不一样的环境里，所以造成了细微的差别。他的目光犹豫地看向女人，女人迎着他的目光，回应道，我是找王运来买的茶没错！你的呢？这难道真是同一泡茶？这怎么可能？你怎么会有王运来二十年前买的茶？听他——孩子说，那一批茶叶他全部买走了呀！

那批茶叶王运来是全买走了没错。当年我没收他的手续费，只要了他十斤茶叶。我知道这茶多放几年会更好，但我真是想不到它会好到这种程度。几分小小的骄傲从林澜的嘴中流出，爬上了他的脸、他的眼。他说，这泡老铁到目前为止真是战无不胜！

亏您这大茶师还能记得王运来的好！他的茶让您战无不胜，可您知道您把王运来祸害成什么样吗？我今天就是替王运来打抱不平来的，我必须替他讨个说法！女人像是一只手扣住了机枪的扳机，"突突突"地冲着林澜一番快速扫射。

真的是王运来的？！王运来怎么啦？他还好吗？他现在在哪里？被扫射的林澜没有躲，捡起地上的子弹壳一颗颗地递还回去。

在哪里？在天上看着你呢！女人说话的音调突然高了起来。她讲起当年王运来听信了林澜，说是那一年的茶叶是十年来最好的，借了高利贷买了很多安溪茶。运回广东后，仓库里几乎都堆满了。一开始，每天都有很多人来看茶，却只是看。后来，有人试着出价，一斤一百多元、两百多元买的茶叶居然有人敢出价几十元钱，而且，一个比一个出价低，一周比一周报价低。再后来，连看茶的人都没有了。临近春节，债主每天都到家里"上班"，各种威胁各种恐吓。除夕前一夜，王运来找来一辆大货车，连夜把家和仓库都搬到广东一个亲戚办的工厂里。春节后，情况没有好转，两个正在上高中的孩子也不敢去学校，只能办理了休学。到了第二年四月，眼看春茶收购马上开始，价格还是上不来，没办法，只能低价卖掉八担，剩下最后两担他死活不肯卖。收到茶款后，他跟亲戚转去买了其他茶，好不容易缓过劲来，两个跟着他收茶卖茶的孩子散了半年的心却再收不回来了，先后退了学。所有人都说他是被人骗了，他不信。他每年都会拿出来泡，越泡越感觉差，泡到第四年，他彻底绝望了。从那以后，他把它扔在仓库里。后来仓库里又进了其他各种茶，大家慢慢就淡忘了这个事。几年前，他得了阿尔茨海默症，更不记事了。有一天晚上，他突然想起了那些茶，半夜要跑去仓库看茶。结果，迷了路，莫名其妙掉进了湖里。第二天被发现的时候，早就断了气了。女人说着，情绪越发激动起来，说，你知道他被捞起来的时候是什么样子的吗？女人问着话，拼命摇着头，像是在极力否定着什么，眼泪已经挡不住地往下掉。

怎么会这样？怎么会这样？林澜一个趔趄跌坐下来，林秀赶紧跑过去扶住他。她用手势用眼神用嘴巴跟围观的人一个个打了招呼，示意大家离开。有人开始往外走，瘦高个望向女人。女人看一眼林澜，急急跟上往外走的人，伸手往他们面前一拦，说，都不能走！今晚你们通通都要在这里当见证人！林秀还想劝大家，林澜喊住了她。众人重新入了座，她请女人也坐下，女人并不领情，双手交叉往胸前一抱，侧着身子往墙上一靠，就那么斜斜地俯视着林澜。那目光冷峻得像是一把利刃，轻轻一甩，就足以把一个人死死钉在位置上。

林澜有些艰难地重新站起，走向女人，说，每个人都要为自己年轻时的张狂付出代价。那年的茶确实是那十年里最好的，甚至可以说，那之后的十年也比不过那一年的好。但是，好的东西没有遇上懂的人喜欢的人就显现不出好。当年的我太自信了，我以为这样的好茶随便收一定是有市场的。我忽略了那几年市场风向转变迅速，很多人更喜欢爽口度高一点，发酵度轻一点的。我以为这种风向顶多吹个三五年，再说了，广东那边老茶客多，应该会有更多人喜欢传统。我没想到，这种潮流居然风靡了十几年，到这几年才重新回归传统，重发酵的茶才越来越受欢迎。我也忘了，运来手头也没有多少钱，根本禁不起一批茶叶压在手上几年。资金转不动，什么都白搭。何况他又经常有搏一把的心理……末了，他有些庆幸地说，还好，他只买了两担。

他何止买了两担！女人的背瞬间脱离了墙，很激动地说，不是你跟他说的吗？这种茶，只要低于两百元，有多少尽可以收多少？那制茶师傅不说是你家什么表亲吗？王运来买了他和他亲戚不下十担那种风格的茶！

我当时——我——这——林澜吞吐着字句，不知该怎么解释。缓了一会儿，他转而说，这种茶，头一年喝也不错，中间的三四年味道是最差的。就像人在成长中的叛逆期，那阶段正是它各种吐青转化的重要过程。过了那几年，五年后，吐青吐完了，转化也稳定了，它就怎么喝怎么好了。讲着讲着，林澜问女人，你确定四年后，他没有再喝过？

没有。女人面无表情地回答说，越喝越难喝，再喝还有什么意思？

唉——林澜一声长叹道，这么多年，运来一直没有再跟我联系，我就估计那批茶肯定让他吃了苦头，但没想到会这么严重。那种茶是正宗的传统味，是我小时候喝的那种筋骨很重的茶。说实在话，当年没几个茶师能做出这种茶来，也没几个茶师敢做这种风格的茶。我知道假以时日，这种茶肯定会火。可我完全没想到，这一等居然要二十年。我自己那年也收了一些，但都卖得很不好。卖不出去也好，现在都成老茶成了宝了。三十年河东，三十年河西，这几年老铁非常风靡，这种上了二十年又是传统重发酵的，优势全面显现出来了。

是啊，老值钱了！林秀特别骄傲地补了一句。

值多少钱？女人又问。

一斤至少也要五……林秀心比父亲的更直、口比父亲的更快，但父亲用一个眼色拦截了她。他对女人说，我曾经给他打过很多次电话，手机一直没人接，后来干脆就停机了。我也曾到广东去找他，知道他搬家了，却不知道他搬去了哪里。如果当年他再回来找我，说不定我还可以帮得上忙。

帮忙？怎么帮？拿什么帮？女人的话语里极尽嘲讽与挖苦，一句叠着一句往上释放着杀伤力。她冷冷地说，你现在让我收购了便是对他最大的帮忙。

这事跟收购有什么关系？林秀觉得女人简直是在无理取闹。

做人都做到这份儿上了，你们怎么还好意思卖茶？女人连嘲带讽，每句话都翻着江倒着海，风不大浪却高。见林澜不接话，她打开身上的大挎包，取出两大捆钱说，你对王运来无情，王运来对你不会无义。我这次来就是受王家委托，替他还二十年前你帮他垫付的五千元的茶款。刚开头确实是没钱还，到云南后日子一点点好起来，他好面子，想着等再好点多还点。后来，人就傻了犯糊涂了……这是二十万元，算作利息，也算这些茶的溢价吧。

不不，林澜做了个挡的动作，把钱推回女人面前，说，我绝对不能收这些钱！我绝没有收这钱的道理！你把这钱给还回去！

女人直勾勾地盯着林澜，突然问道，王运来有这样的姿态，你不觉得你应该有所表示吗？你不觉得你应该把不属于你的东西还给他吗？

你……林澜嚅动着嘴唇，好半天说不出一句话。

你说什么呢？你怎么可以血口喷人？林秀怒指女人发问。什么不属于我爸的东西？

我说什么你爸知道。女人轻轻发出一声"哼"，一阵冷笑。

林澜有些激动起来，声音颤抖得厉害。你能不能告诉我，你怎么会去买运来的茶？你一定跟他们家很熟吧？他的孩子呢，现在都在做什么？日子过得好吗？他们现在住在哪里？

这些就不劳你老人家操心了！你老人家把这钱收了，他就不欠你了。你再把王家的东西还给他，你就不欠他了。

270

东西我可以还给他,但我需要跟王家的人见面才行!林澜说得非常平静。

这——女人突然卡住了。我就是王家的人!我是王运来的女儿!

现场顿时像炸开了锅,林澜却像是一点都不意外。他不再说话,反身上了楼,几分钟后又回来了,手上多了一个小木盒子。那个小木盒子林秀从小到大只见过两次。第一次是在二十年前了。那段日子,她刚放过茶假,王运来几乎天天来家里。一天晚自修回家,她听见父亲与王运来在客厅吵架。他们应该是在争执什么,父亲非常生气,甚至还说出了"猪脑"这样的词。不一会儿,王运来骂骂咧咧地走了。她偷偷凑到父亲身边,却见他身边的桌上打开着一个小木盒子,盒子里装着一块绿色玻璃样的东西。她忍不住上前就要拿,父亲一手就挡住了说,不能碰!看他一脸严厉,她只能断了念想。再看到它已经是五年后了。那一年,也是秋茶上市的季节,她回茶铺帮忙。父亲到广东转了几天回来,一脸的不开心。林秀帮他收拾行李箱里的换洗衣服时,掏出来一个衣服包裹住的小木盒子。她打开一看,一个挂坠。挂坠是非常鲜亮翠绿的一尊佛,那佛嘴角含笑,眼帘低垂,一种处事不惊一种万里无云。拿手电筒一照,天啊,完全透明的。她抓着那个挂坠,兴奋地跑过去问父亲,这个佛公可是翡翠?是玻璃种的?您哪里来的这么好的佛公?是给我的吗?这个值不少钱呢!

不!这是别人的!林澜硬邦邦地说着,生硬地把玉坠拿过来,重新装进盒子里,拿着盒子进了自己的卧室。他的卧室里有一个小小的保险箱。

此刻,林澜一脸神圣地打开了小木盒——盒子里果然就装着那个玉佛。女人拿起玉佛左看右看,眼里满是挑剔满是狐疑。她甚至打开了手机的手电筒上照下照,而后又从自己脖子上解下那个满绿观音。当两个玉器同时摆在她又白又嫩的左手手心上,林秀惊奇地发现,它们简直浑然一体。

一样翠绿,一样剔透,一样起荧光,玉观音多了几分温润的感觉。女人紧紧地握住左拳,贴着自己的胸口放,冲着林澜丢出一句,说吧!

简简单单的两个字,却写满了主人的傲慢和不屑,像是一个接受投降的君王等着对方提出什么不合理的条件。

要说什么?这东西放在我手上这么多年,我都担心把它弄坏了,或者弄丢了。林澜哈哈一笑,说,好了,好了,今天总算可以让它物归原主了。

没了?你就没有其他什么想说的?

没了。

这东西就这么给我了?

对。

你就那么相信我是王运来的女儿?

所有的信息都对得上,没什么好怀疑的,而且……林澜指了指自己的脸,说,有些东西不用多说,都写在脸上呢!

总算是落了幕,演戏的人卸装去了,看戏的人也纷纷散了场。等最后一个客人出了店门,快憋坏了的林秀终于可以开口说话了。她迫不及待地问,就这样白白给她了?王运来欠的两万五千元也不要了?

那些钱这十斤茶早就挣回来了。林澜指着盖瓯里的老铁说。

为什么不告诉她,你只是让他爸买了那两百斤,另外的那八百斤你根本不知情,也不是找咱们家什么亲戚买的,是他跟人在赌桌上赌回来的?你不是一直说他有赌徒心理吗?他肯定就想一次性博一博,博对了就赚大了。你一直告诉他,做茶就是做茶,心里要先想茶再想钱,不要一门心思往钱里钻。他不听你的才会这样。

人都走了,还是让他留一点好印象给孩子们吧,说那些干什么?难道还让人家真的感激你？怎么感激你？真的要接受人家的二十万？她父亲已经去世了，一切都过去了。

可你对他家有功啊！这茶不要说卖一斤一万，就是卖个五千，一百万就已经摆在那里了。

可我让他们家的幸福迟来了二十年，我何功之有啊？林澜反问道，当年，我如果不让他买下那两百斤，他就不会有后头去动那八百斤的心思。或者说，如果我后来不再借给他那两万元，他也不可能再去买别人要转手的茶叶。当年我就告诉他，这可能就是别人做的一个局，专门把他当猪宰的，可他就是不信。现在看来，肯定就是了，不然怎么会有那么巧的事？正好他那天带了一块祖传玉坠在身上，人家正好就约他上牌桌？正好人家就输了，要拿茶抵债了？正好他就想买茶，而赢钱的正好就看中他手上的玉坠？哪那么多刚好？上了赌桌，还有什么朋友可论的？可我要不借给他，他可能就把玉坠给当出去了……

正说着话，林秀的手机响了，有人让她到门口收货。很快，两大箱茶叶被搬进了店里，箱子上标注着"2002王"的字眼，起码有一百斤。父女俩相互一问，谁都没有订这样一批货。她又问送货的人，送货的也说他不知道。正在犯难，那个女人的微信来信息了。只有短短的一句话：我爸说得对，世间还真的有诚实正直的人在，一直有。林秀把微信递给父亲，轻轻地说，是刚才那个女人。她指着那两箱茶，问道，难道会是她？难道是那泡茶？不可能吧？！

林澜沉默了。林秀又想起了另一个问题。她问，第一轮斗茶是怎么一回事？为什么你一会儿说没有我们的茶，一会儿又说有？

她应该是把我们的茶和她的茶拌在一起了，所以三号和六号盖瓯里的茶才会那么像。

天啊！林秀惊叫一声，又无奈摇头道，这个女人，还真是带皇口啊，大皇口的！

·作者简介·

林筱聆，女，1975年生于福建安溪，福建省作家协会副主席。作品见于《人民文学》《中国作家》《北京文学》《作品》《山花》等刊，部分作品被《小说选刊》《中篇小说选刊》等刊转载。出版有长篇小说《故香》《茶王》等。曾获第二届曹雪芹华语文学大奖、福建省人民政府百花文艺奖一等奖。

花窗

□ 黄丹丹

下车前,我给老沈发微信:"我到了。"半晌未见回复,我只好舍弃微信,拨打电话。电话响了许久,无人接听,我索性折身往回走。方才在车上遥遥看见河湾时,我突然想到背包里的速写本上已许久未留涂鸦,心头顿生画兴,便朝那河湾走去。

春风浩荡的正阳港,我隐身于一丛尚未返青的芦荻间,映入眼帘的是滩涂和泊有几只渔船的水面,移至我速写本上的,是线条勾勒出的黑白世界。夕光渐暗时,我收起速写本,背包上岸,沿着堤坝走。从堤坝走下去,踏上一截青石板路,石板路走到头,是座石砌城门,门上悬挂的石匾上书有"凤城首镇"四字,看似旧物。天光暗下来,路灯亮了。我穿过城门,回头看,发现城门上又有一匾,上书"拱辰"二字,自觉与其有同名之缘,便掏出手机对着城门拍了张照片留念。拿出手机才发现,有十多个未接电话，其中老沈就拨打了十个。上午在车上，为避免打扰他人，我把手机铃声设为静音，下午在河边沉浸于画境，竟忽略了往日时刻不离的手机。我不忙回复电话，打开微信，想必微信里也布满未读信息的红圈。果然。仅老沈的对话框就有好几个视频电话，外加一连串语音信息、图片信息、文字信息。我翻阅完所有微信信息，决定先回复老沈。与老沈的视频电话即刻接通，他似乎在酒桌上，周遭嘈杂，他大声道歉："对不住呀宫辰老师，我下午接待省里来的作家采风团，你打电话时，手机不在身边。"我忙说没关系，老沈眼尖，看出了端倪。"宫辰老师在正阳关？"我说对。"在北门？"他问。我怔了怔，发现自己已失去方向感，便说："在'拱辰'匾下。""你在那儿等一下，我马上过去。"老沈说完挂了线。

我站在"拱辰"下四顾。不一会儿，一辆电动三轮车携着一束光朝我驶来，车在我身边停下。"宫辰老师好啊，我是老沈！"老沈从车窗里探出头伸出手，示意我坐上他的车。我躬身和老沈握了手后，便坐进他的小车。"没想到宫辰老师这么快就来了，昨天我们在微信里没有敲定见面的时间，今天又赶上作家们来采风，镇里安排我给他们讲解，竟误了接待宫辰老师这个大事，对不住啦！"老沈说着，轻巧地将车头转了个弯，驶过一条青石板铺就的窄巷，进入迎门置有一块巨石与两口大水缸的院内。

"宫辰老师请吧！"车停在院子里的一栋小楼旁。下了车，走到小楼的楼梯间，老沈礼让我先上楼。楼梯是木头的，踏上去吱吱作响，我为自己这一年半来暴增的体重令楼梯发出的抗议感到尴尬，于是尽量放轻脚步。即将走到楼梯尽头时，老沈在我身后提醒："宫辰老师往右转。"随即又大喊了一嗓子："贵客到！"我在楼梯转角处正思忖着哪边为右时，一扇木门打开了。门里走出一位高挑的年轻女孩，笑容可掬地说："欢迎欢迎，欢迎大画家光临正阳关！"我连连点头致谢，随之进入包厢，在一张硕大的圆桌旁落座。众人纷纷起身问候，这突如其来的热闹瞬间打破了我在正阳港半日获得的平静。

入座后，我默默数了数，围坐者恰好二十位，除去我这个入侵者和老沈这个讲解员，加上方才迎我的那位年轻女镇长——入座后，老沈隆重地介绍了她，还有坐在下首殷勤布菜、倒酒的中年男士，这一桌居然有十多位作家。酒桌上气氛热烈，大家七嘴八舌地讲段子、相互敬酒炸罍子——老沈悄悄对我说，本地人喝酒豪迈，将一口气喝干一大杯酒谓之"炸罍子"。罍乃古人盛酒器，正阳关所在的寿州城，曾是楚国最后的都城寿春，如今寿州城里的楚文化博物馆里有本地出土的罍子展出。

老沈渊博且善言，我佩服他在左右逢源敬酒寒暄的同时，还能不停地对我进行信息输出。相较满座热闹的宾客，我为自己与现场氛围格格不入的木讷感到尴尬，幸而，我发现席间有位略显腼腆的女作家，与我一样对待他人的敬酒与寒暄只会讪笑着端起果汁作势抿一口。这个秘密的发现大大缓解了我的尴尬——毕竟不只我一人不合群。但很快，一位作家同样发现了这个秘密。他提议，让两位不喝酒不说话的艺术家给大家唱首歌。我忙起身，想说自己五音不全，却看见女作家连连摆手，红着脸说自己不会唱歌。那位提议的作家起哄："但凡会说话的人没有不会唱歌的，不会美声可以唱通俗，不会通俗可以唱流行，再不行，童谣也算，《两只老虎》总会的吧？"

话说到这份儿上了，我便举起手中的果汁杯，故作大方地说："各位老师，那就由我来献唱《两只老虎》吧，友情提示，老师们可以随时喊停，因为我五音不全，可能一开口就会找不着调儿。两只老虎两只老虎，跑得快……"我硬着头皮刚唱了一句，大家居然为了烘托气氛打起了拍子，可拍子扰乱了我的心绪，令我更找不着调儿了。这时，女作家站起来了，她接着唱："一只没有耳朵一只没有眼睛，真奇怪真奇怪……"确实不够动听。大家以鼓掌打断了我们蹩脚的献唱，谢天谢地，服务员恰时端上一份大菜前来介绍。

老沈凑近我耳朵说："这道菜叫鸡海，是当年清宫里的御厨传出来的。你快尝尝，这道菜不久就要失传，将来想吃也吃不到了。现今，正阳关会做这道菜的只剩一位八十多岁的老奶奶了，你说，她都这个年纪了，还能再干几年？据说，老奶奶祖上是开药铺的，救了流落民间染了疾的御厨，御厨便把绝活传给了他们家的厨子，后来他们家惹上官司败了家，厨子又把手艺教给了他们家人……"

"沈老师，您说的这些有点演绎了吧？"女作家与老沈的座位隔了一个人，那人此刻正出座"周游列国"敬酒，她便与老沈成了邻座，把老沈对我说的那番话听了进去。老沈听她质问，扭过头问她："老师对鸡海有研究？"

"谈不上研究，但听家里老人说过鸡海的事。他们说的和沈老师刚才说的不一样。"女作家一脸的较真。

"哦？愿闻其详。"老沈也认真起来。

趁女作家和老沈在讨论鸡海的由来，我抓紧埋头于面前那碗浮着一只乒乓球状"鸡蛋"的鸡汤。布菜的中年男士给我盛这碗汤时说，这是别处吃不到的。我喝了一口鸡汤，心想，不过如此。我又捉住那只"浮蛋"，可刚咬了一口，便愣住了，这分明是当年我们家年夜饭上的一道菜，只不过，那些"鸡蛋"不是配鸡汤的，而是将一只只"鸡蛋"以金字塔状装盘，我们家管那道菜叫"团团圆圆"。

"沈老师，那场火灾发生的具体年份您知道吗？"

"正阳关当年商铺林立,火灾频繁,老师说的那场烧光一条街的大灾是民国的事了。从那次大火后,全正阳关的七十二条巷子,每个巷口都放上四口直径一米的大水缸,那水缸就像如今的消火栓,一旦有火情,可以就近取水救火。那水缸我小时候还爬进去洗过澡呢……"

我喝完最后一口鸡汤,渐渐收回思绪,听见女作家与老沈的对话已从"鸡海"转到了火灾。我再次愣怔,记得小时候我们家搬入新房子,外婆对新房子里的不锈钢推拉门窗很是不满。她说,现在的人,越来越不讲究,过去高门大户的人家用的都是雕砌的花窗。我当时小,对什么都好奇,便问外婆什么叫花窗。外婆拿过我的铅笔,在我作业本的背面勾勾画画,片刻就画出了一栋小楼,她指着楼上的一块花格子对我说,这就是花窗。外婆老了,爱讲故事,小小的我又爱听故事,外婆便把我抱在膝上,指着她画的小楼对我说,过去,她奶奶家住的就是这样带花窗的小楼。我先吃惊于外婆那么老的人居然也有奶奶,而后好奇她奶奶家带花窗的小楼到底有多好看,便央求外婆带我去她奶奶家玩。外婆"扑哧"一笑,往我脸上连亲两口,告诉我,她奶奶家的小楼早就被烧毁了,所以她奶奶从住绣楼的小姐变成了逃荒要饭的叫花子。

我隐约记得外婆讲的那个关于她奶奶家失火的故事,说是当年正阳关有家卖馍的,靠在秤杆上做手脚发了家,有天晚上,有个白胡子老头沿街吆喝"大火烧十四两,大火烧十四两",我问外婆白胡子老头吆喝的是啥意思,外婆说,过去卖馍不是论个儿卖,是论斤卖的,过去每斤是十六两,但卖馍的那家私自把秤杆改成了十四两,这样每斤馍就短了买馍的二两秤,卖馍的靠着偷斤短两积攒了不义之财,发家后,在正阳关街上置办了家业,从巷子里的茅草庵搬进了正阳关临街的小楼里。天上神仙看不惯这种欺诈百姓的小人得志,就下凡变成了白胡子老头来惩罚他。那天夜里，卖馍家的小楼果然着了火，并且火光冲天，那场大火不仅烧了卖馍家，火势还从他家木质的阁楼引到邻家，随后又蔓延到整条大街，一夜之间，那条繁华的大街被烧成了废墟。外婆说，她奶奶家的小楼就是那天夜里被烧毁的。那场大火，让住小楼的大户人家流离失所成了难民，而住茅庵子的穷人，倒是靠从大户人家舍弃的废墟里捡拾东西，渐渐把日子过好了。外婆是退休教师，她特别善于讲这种寓言式的故事来教育我。这个故事是为了告诉我，做人不能奸诈，以及遇到困难要想办法解决，而不是像那些受灾的大户人家，遇事不能主动想办法解决，只会被动地接受惨败，最后沦落成叫花子；要学习那些穷人，迎难而上，勤奋刻苦。

三十年过去了，我还记得外婆当年讲的故事。我是外婆带大的，在她离开的这大半年时间里，我始终无法集中精力创作，一幅画也没画成。说起来，我对美术的兴趣，源于外婆。她在我作业本后面画花窗那天，我发现了绘画的神奇。看外婆用铅笔勾画带花窗的小楼，比幼儿园阿姨教我们用蜡笔在图画本上描画太阳、月亮和小花小草有趣多了。

见老沈把话题岔到了对正阳关往昔的追忆上，女作家蹙着眉头打断道："沈老师，那场大火后，开中药铺的那户人家后来做什么了？"

嗯？她居然提到了中药铺！我惊愕地探了探身子，正要接话，女镇长端着酒杯走向我："宫老师，久仰大名！"我忙端起果汁，起身与镇长碰杯。原来镇长是我学妹。她说，母校至今仍有关于我的传说。当年，我在那所师范学院读数学，却不务正业地整日作画，大三时，我的一幅工笔画入选了全国美展，我当时并未当回事，却没想到省里的晚报、日报和画报记者纷纷跑到学校追着我采访，引发了一场小小的轰动。后来，学校新建的图书馆里，居然挂了我一幅与入展画作同系列的作品，那是以花窗为背景的系列作品。挂在图书馆的那幅，浅浅地画着花窗，窗下的案几上摆着一本翻开的书，案几下一只白猫跳跃着去扑红绒线球。那幅画中，除花窗是经外婆口述和草绘后由我想象出的虚构之物外，其余均是外婆房间的场景再现。

如今的美术界，对工笔画家是轻视的，他们觉得工笔画太过匠气，算不上艺术。也难怪，工笔画需要画家以细致的观察、过硬的画功和深厚的学养做底子，不然，确实画不出意蕴与意义。我作工笔画，是在大量临摹传统古画并拜师求学的基础上，同时吸纳了西方美术技巧，通过深思，将其融入自己的创作。在创作中，我巧妙地运用散点透视、时空穿插、形式化空白和画面分割等元素，渐渐地，我的画作里呈现出独具我个人色彩的艺术语言。我想，或许这就是我的画得到业内认可并颇受大众欢迎的缘由。

几年前，在美术馆举办的我的个人画展上，策展人在展板上引用了画评人评论我作品的一段话，那段话我很认同，至今记得："宫辰的画里有光，那光，乃是他长久探寻得见的悠久的中华文明之光，那光射入他的内心，探照幽微，使心境与万物微妙互融，并惟妙惟肖地呈现。那光，是艺术之光，生命之光，爱之光。"除了展板上引用的这几句，我还记得那篇画评的结尾很精炼，那是句很有哲思的话，后来被我经常引用："有光，万物通达。"碰了杯，各自喝了杯中酒和果汁，镇长替我拉了拉椅子，拍拍椅背，示意我坐下，她则又端杯走到了女作家身边。我挺佩服镇长这类女孩的，虽然年轻，但在基层锻炼得皮实又不乏玲珑，令人悦目又不失威严，宛若现代版的王熙凤。

"林老师，久闻大名，今天终于见到真人啦，之前拜读过林老师的大作，文字那么深沉老道，看文章，我还以为林老师是位老教授呢，没想到居然是比林妹妹还娇的美女作家。林老师不喝点酒吗?"

镇长嘻嘻笑着,从女作家的碗碟旁拿起一只空酒杯,作势要倒酒。女作家慌乱地去夺那酒杯,我见她脸都红了,便仗着"学长"的身份对镇长说:"算啦,你都说人家比林妹妹还娇,就别劝人酒啦。"

"那好吧,听学长的。林老师,既然我学长这么爱护你,我提个建议,请林老师写写我学长吧,我看你给那么多书法家、画家都写了文章呢。我学长可是少年成名的画家,更有得写呢,评论的事就拜托林老师啦!"镇长说着,朝女作家扬了扬酒杯,又一口喝完了杯中酒。当着镇长的面,女作家主动提出加我微信,请我把作品发给她欣赏。我同意了她的好友申请,心想这人怎么如此实在,竟然把酒桌上的套话当了真。

"咦,林老师认识写《生命之光》的画眉?"我添加完女作家为好友后,顺势到她的朋友圈里浏览了一番,没想到她居然在朋友圈里转了那篇我很认可的画评,"有光,万物通达——这结尾写得真好,我喜欢。"

女作家的脸更红了,笑眼弯弯道:"画眉是我写书画评论时用的笔名,一个杂志约我写书画评论,我是写小说的,觉得写那些东西多少有点不务正业,所以就用了画眉这个笔名,当然,除此之外,我用这个笔名也是为了纪念家族里的一位长辈,她是位旅居海外的女画家。"

我忙起身,举起果汁,走到她身边说:"难怪画眉老师的评论写得那么专业,原来是有家学传承呀!我要郑重感谢画眉老师,我非常喜欢这篇画评,前几年,在我的画展上,策展人还从你的这篇评论里选了一段印在展板上。这么多年,我一直为临时爽约与你在画廊会面感到遗憾,不过有缘人兜兜转转还是会遇见,没想到今天能在这里相会!"

"啊?这么巧!"女作家忙起身举起果汁杯,与我的杯沿轻轻相碰后端到唇边沾了沾杯,便无话了。

我讪讪坐回自己座位。隔在我与女作家之间的老沈离座去敬酒了，除了我和女作家稳坐座上，满座宾客皆进入离座绕桌敬酒模式，如此，我与女作家的存在又多少有些破坏气氛了。我瞄了一眼女作家，她正握着手机在翻看什么。我拿起手机，打开微信，看见自己的朋友圈里多了一条点赞，原来，她正在翻看我的朋友圈。我转头望向她，发现她也从手机上抬起视线，我清了清嗓子说："画眉老师，刚听你和沈老师说到中药铺，我想起我外婆和我说过她奶奶家原是正阳关开中药铺的，小时候，我还听外婆讲过一个关于火灾的故事。"

"啊，宫老师也和正阳关有渊源哪？你说你外婆的奶奶家是开中药铺的，冒昧问问，外婆她姓什么？"女作家的弯眉因惊讶挑得高高的，弯月一般，把我看傻了。外婆去世后，整理她的遗物时，我母亲把外婆那本老相册交给我保管，那本相册一直放在我的画案上，都快被我翻破了。女作家这两道弯眉，在我看来，简直是从我外婆年轻时的照片上复制到她脸上的。

"我外婆姓张。"我说。

"哦。"女作家面露遗憾，"我的太爷爷是正阳关的，我听爷爷说，太爷爷在正阳关的一家中药铺里当学徒，中药铺失火，累及整条街的住户都遭了火灾。不过，我爷爷当学徒的中药铺不是张家开的。"

"嗯，当年正阳关大着呢，想必中药铺不止一家，我外婆说的故事，是她奶奶家中药铺隔壁卖馍的人家失火引发的火灾，那是民国的事，太久远了，查不到准确记录，也没有了见证人，所以那场火灾究竟起源何处，如今很难确定了。"女作家听罢又蹙起了眉，眉头顿时隆起了一道深深的沟壑，可惜了她脸上那两道新月般弯弯的眉毛。

老沈端着酒杯蹒跚地走过来，坐下。年过七旬的老沈明显斗不过那群年富力强的作家们，刚落座，便把酒杯往桌上一蹾，摇头晃脑地对我说：

"宫辰老师，别因为自己是大城市来的，就小看咱正阳关，虽然正阳关如今只是一个小镇，但过去咱这可是个大码头，号称'小上海'呢，一百多年前，这里就有十三家旅馆了。今晚咱们吃饭的这里，就是过去的淮安旅馆。宫辰老师，你真别小瞧正阳关，有位享誉海外的大画家祖籍就是咱正阳关的，我在网上看书画拍卖时看到的，那画里的小楼花窗简直跟真的一样，网上有人说，国内有个小画家专门模仿这些画，对，他们说那叫剽窃。早些年大画家的画没有流入国内，国内的那个小画家靠剽窃大画家的画，博得了一些名头，这两年，丑事被眼尖的网友们给扒拉出来，那个小画家现在凉凉喽……"

老沈摇头晃脑地讲了这么多，镇长叫他，他也不应。镇长明察秋毫，发现他喝多了，忙吩咐人送老沈回家。"年纪大了，喝多了受罪，也不安全。"镇长向我们解释道。老沈被人挽着蹒跚在出包厢的路上，边走边嘀咕："凉凉喽，凉凉喽……"听得我后背发凉。

老沈刚走，服务员便把他的座椅挪开了，我和女作家成了邻座。当我俩坐近后，她反而冷漠起来，头也不抬地刷着手机。我瞄了一眼她的手机，她居然在刷小视频，虽然手机静音，但屏幕上的画面是动的。我想，她肯定已判断出老沈说"凉凉喽"的那个剽窃者就是我。确实是我。两年前，网上开始流传我剽窃海外女画家林扬眉教授画作的视频。开始我没有在意，因为我几乎不刷小视频，也不在网上刷新闻，所以大家议论纷纷的热热闹闹的网络世界，于我而言是真空地带。当我不关注时，外界的声音再喧嚣也干扰不了我内心的清净。

外婆去世后，我悲痛至极，备受失眠的困扰。过去偶尔失眠时，我起身到画室作画，但失去外婆的痛苦令我无法专心绘画。漫漫长夜，何以度过？开始，我打开微信，按照通讯录的排序，像检阅兵士般，一一检阅在微信里存在了许久的"好友",想找一个陪我说说话的人。可是,我从第一位好友顺次翻到最后一位,居然找不到一个可与我在深夜对话的人。那一刻,我感到人生无比悲凉,生命如此孤独。那个夜晚,我顺手点开了过去我很鄙视的小视频,一个个划下去,不觉中竟到了天亮。我望了一眼被晨曦染透的窗,继续把目光锁定在明灭闪烁的手机屏上,而右手大拇指触着手机屏向上刷的动作已经熟稔为习惯。

第一次看小视频,我竟然刷了一天一夜。也就是那天,我刷到了无数个举报我、讽刺我、谩骂我剽窃海外华裔女画家画作的视频。我才知道,这世界还有一位画家,与我所作的工笔画画风如此相似。后来,我又在网上深扒,当我探出她祖籍正阳关的信息时,决定去拜访她。在办理签证期间,我刷到了她因病离世的消息。这个消息给我的打击简直是致命的,我大病一场,病愈后,紧接着又莫名其妙地发热,绵延月余,查不出缘由。我以为自己得了绝症,将不久于人世。想到人生如此悲凉、世界如此荒诞,便觉得生无可恋,索性不再关注体温的高低变化,不知不觉,那莫名其妙发起的热不知何时又悄然退去了。

老沈便是我在刷小视频时关注到的。前天夜里,我看见他发了一个关于淮安旅馆的小视频,我当时捕捉到视频中一闪而过的花窗,我无数次回放、截图,再放大图片,我觉得那花窗简直就是我想象中的花窗。我说过,我画的花窗是外婆口述和草绘后由我想象出的虚构之物,而多年的虚构之物居然真实地存在于现实世界!我深受震撼,当即给老沈发了私信,又加了微信,做出了到现场鉴别那花窗与我虚构花窗间差异的决定。可惜,我还没能看到花窗,答应带我看花窗的人便醉了。

宴席将散。我又看了一眼身边的女作家,她依旧冷着脸在刷手机,一副拒人千里的冷酷,那冷酷为她平添了几分英气,看上去不像病怏怏的林

285

妹妹，反而更像我外婆年轻时穿军装的一张侧面照。"画眉，你这笔名是为了纪念林扬眉教授的，对吗？"我突兀地问道。

她抬起头，把目光从手机屏幕移到我脸上，没作声。

我不在意地继续说："你相信一个人的虚构之物会与现实之物完全相同吗？"

她又蹙了眉，我举起手机，有些激动地对她说："如果我说你和我的外婆年轻时长相非常相似，你相信吗？你是小说家，你告诉我，你的虚构源于现实，还是完全脱离现实、只是你无端臆想出来的？"

在我激动地陈词间，镇长站在她的座位上发话："感谢各位艺术家到正阳关采风，期待各位的佳作。天下没有不散的筵席，今天咱们就到这里，大家采风辛苦了，早点休息吧。明天再见！"

众人踏着木楼梯摇摇晃晃地下楼，我因为话还没有说完，便紧跟着女作家，急于下楼后把剩下的话说给她听，并把存在我手机里的外婆年轻时的照片找给她看。

可能我太急迫了，当她走下楼梯朝他们的采风车走去时，我听见自己跨越两级楼梯往下踏的脚踝发出了清脆的一响。在我将要歪倒的那一瞬间，镇长飞快地扶住了我倾斜的身躯。当我勉强站稳身子时，采风车已轰然而去，我看见女作家的脸在车窗里飞快地闪过。可惜这一幕不是小视频，我无法回放、截图，然后放大图片去细细观察她的表情。但采风车走后，裸出了被车身遮掩的一段围墙，墙上赫然现出了我虚构的那个花窗，它如此真实地呈现在现实世界里，简直要逼我怀疑自己到底是不是一个可耻的剽窃者。

作者简介

黄丹丹，女，1979年4月出生于安徽省寿县。中国作家协会会员，安徽省作家协会理事，安徽省文学院签约作家，寿县作协主席，寿县文学艺术院院长。发表小说、散文、诗歌等数百万字，多部作品被选刊转载或收入年度选本。出版小说集《孤城》《别说你爱我》和散文集《应知不染心》《一脉花香》等，有小说改编成影视作品。曾获全国散文原创大赛一等奖、《美文》最受读者喜爱的中篇散文奖和《小说选刊》最受读者喜爱的小说家奖等多种文学奖项。